Roter Schatten

Treppers 14. Fall

von Konrad Krumbachner

Teile der Krimireihe „Deutschland im Schatten":

1. Verschenkte Tage   (1945/48)

2. Januskopf   (1948/49)

3. Als Gott keinen Ausweg wusste   (1951)

4. Wenn Sterne fallen   (1954)

5. Sieg oder Sibirien   (1955/56)

6. Katzelmacher   (1957/77)

7. Wenz   (1959)

8. Schwarz-Rot-Gold   (1961/63)

9. Gleisbett   (1965)

10. Väter und Söhne   (1968)

11. Gott lässt seiner nicht spotten   (1969)

12. Höher, schneller, weiter   (1972)

13. Silvester   (1974)

14. Roter Schatten   (1977)

Die Reihe wird fortgesetzt mit:
15. Bundeskristallnacht   (1978)

1. korrigierte Auflage

Lektorat: Christina Binsteiner

Datum: 06.05.2022

„Es ist inzwischen ein Krieg von sechs gegen 60 Millionen"

Heinrich Böll

1

Dutzende Einschusslöcher hatten die Wand aufgesprengt. Zwei Linien zogen sich hüfthoch in einer leichten Schräge über die Wand. Die Männer der Spurensicherung, die gerade die Einschläge untersucht hatten, erhoben sich aus ihrer gebückten Haltung. Beide Spezialisten trugen einen weißen Ganzkörperschutzanzug, ein dichtes Haarnetz und sogar einen Mundschutz. Sie richteten sich gleichzeitig auf.
Kriminalhauptkommissar Simon Trepper stand etwas abseits und betrachtete die mit Einschüssen übersäte Wand. „Und?", fragte er die zwei Spurensicherer. Bisher hatte Trepper den unmittelbaren Tatort selbst nicht betreten dürfen. Einer der Männer zog seinen Mundschutz hinab. Er hatte einen dichten Oberlippenbart. Wahrscheinlich trug er deshalb einen Mundschutz, dachte Simon. Wohl um kein Barthaar zu verlieren und so die Arbeit zu erschweren. „Das sind tatsächlich zwei Arten von Patronenhülsen. Also das waren zwei Schnellfeuerwaffen. Ich schätz eine Kalaschnikow und wahrscheinlich ein G3." Der Mann hob seine beiden Zeigefinger, die linke Hand führte er nach vorne, die rechte dahinter. Er sah aus, als würde er auf Trepper zielen. Dann drehte er sich in einem Halbkreis um seine Achse. „Das müssen zwingend zwei Mann gewesen sein. Die haben von zwei Seiten aus geschossen. Die Schützen waren wahrscheinlich so zwei, drei Meter voneinander entfernt. Mit dem Opfer bildeten die Schützen so ungefähr ein rechtwinkliges Dreieck."
Trepper stellte sich die beschriebene Situation gedanklich vor. Dann sah er zu dem blutüberströmten Körper, der mittig in dem großen Kaminzimmer lag. Der Rücken des Mordopfers war zerfetzt von etlichen Austrittswunden. Seine Kleidung schimmerte blutdurchtränkt. Auf dem gefliesten Boden hatte sich eine große Blutlache gebildet.
Simon drehte seinen Kopf wieder zu dem Spurensicherer. „Ihr braucht noch länger?" Trepper hatte den Tatort bis jetzt noch nicht begehen können. Die Arbeiten der Spurensicherung stellten sich umfangreich dar. Der große Raum war unübersichtlich und dicht bestellt mit Möbeln und weiterem Interieur. So mussten die Experten langsam vorgehen. Sie suchten jeden Zentimeter des Tatorts genau ab. „Des wird dauern", bestätigte der Mann Treppers Vermutung.
Simon drehte sich um und schlenderte durch den breiten Hausgang der Villa. Er blieb an einer aufwendig gestalteten Kommode stehen. Auf dem wertvollen Möbelstück stand eine vergoldete Uhr. Trepper kannte sich nicht mit Kunsthandwerk aus, aber die mit zwei Porzellan-Engeln und

anderem Zierrat geschmückte Goldarbeit sah antik aus. Er las die Zeit ab. 21:45 Uhr.

Einige Schritte hallten durch den Gang. Simons Blick wanderte zum Eingang. Trepper kniff seine Augenlider eng zusammen. Es war dunkel. Ein Mann kam auf ihn zu. „Servus Simon", hörte er die vertraute Stimme des Chefpathologen Josef Kamml aus einigen Metern Entfernung. „Servus Sepp", grüßte er zurück.

Schließlich erkannte er den Kollegen aus dem Münchner Polizeipräsidium auch optisch genau, nachdem dieser näher gekommen war und nun ebenfalls unter dem Deckenleuchter stand. „Sind's scho fertig?", fragte Kamml. Trepper antwortete überrascht mit einer Gegenfrage: „Du warst schon hier?" Kamml lächelte spitz. „Ja freilich. Meinst, mia Rechtsmediziner haben's so gemütlich wie ihr von der Mord?" Simon sah noch einmal auf seine Armbanduhr. Kamml musste relativ kurz nach dem Eintreffen der Polizeimeldung zum Tatort gekommen sein.

„Ich war noch in der Löwengrube", klärte Kamml auf. Löwengrube war der polizeiinterne Spitzname für das Münchner Polizeipräsidium in der Ettstraße. „So spät?", fragte Simon überrascht. Kamml nickte mit ausladender Geste. „So schaut's aus. Ich hab's mia angewöhnt, den ganzen Papierkrieg am Abend zu führen. Des is mia mittlerweile lieber. Dann sind's alle weg, es is mucksmäuschenstill und man kann in Ruhe arbeiten. Des mach ich jetzt fast jeden Mittwoch."

Simon presste seine Lippen zusammen und nickte. „Fleißig", kommentierte er anerkennend. Kamml winkte ab und wechselte das Thema: „Was sagst zum Mordopfer?" Simon zuckte mit den Schultern. „Ich bin erst ein paar Minuten hier. Ich weiß ehrlich gesagt gar nicht, um wen es sich handelt. Der Anruf vom KDD meinte nur Mord in Bogenhausen, Stradellastraße 133, Tatort wird aktuell gesichert", zitierte Trepper aus seiner Erinnerung heraus die erste Meldung, die ihn zuhause erreichte und damit gleichzeitig seinen Feierabend beendete.

„Des war der Korbinian Strobmeier." Simon runzelte die Stirn. Der Name kam ihm durchaus bekannt vor. „Des war der Vorstandsvorsitzende der Bayerischen Industriebank", klärte Kamml auf, noch ehe Trepper seine Überlegung abschließen konnte. Simon nickte. „Ach ja. Ein toter Banker. Soll vorkommen. Wo das Geld eben zuhause ist", sagte er mit belustigtem Unterton. Kamml war von Treppers Reaktion ein Stück weit enttäuscht. „Wie es bis jetzt ausschaut, ham die Täter nix entwendet. Alle Schränke, der Schreibtisch und so weiter, alles – scheinbar – unberührt. Die ham nix gestohlen, nix durchwühlt", erklärte Kamml, um Trepper weiter ins Bild zu setzen. Nun dämmerte Simon, worauf Kamml scheinbar anspielte: „Achso. Du meinst also ...“ Er senkte den Kopf und nickte.

Kamml starrte durch den Gang in Richtung Kaminzimmer. „Hört sich doch irgendwie so an: Die kommen rein, Sturmgewehre dabei, gehen hin, schießen wie die Wahnsinnigen drauf und hauen wieder ab.“ Simon hob seinen Kopf und folgte nun Kammls Blickrichtung. „Du glaubst also, das hier war kein gewöhnlicher Mord.“ Kamml zuckte mit den Schultern. „Schaut doch so aus, oder? Des war ja eher eine Hinrichtung.“

2

Paula Brückner saß vor einer Tasse schwarzem Kaffee. Auf der ansonsten weißen Tasse schimmerte ein bereits etwas verwischtes Bild des Münchner Rathauses mit der Widmung „Frohe Weihnachten 1975“. Es handelte sich wohl um ein Souvenir vom Christkindlmarkt am Rathaus, sinnierte Trepper, als er an den Schreibtisch seiner Kollegin trat.

Paula hob langsam ihren Kopf. Sie sah müde aus. „Ärger mit den Kindern?“, fragte Trepper. Paula hatte vor sechs Monaten ihr zweites Kind bekommen und arbeitete erst seit Beginn dieser Woche wieder in der Mordkommission.

Dabei handelte es sich bei ihr ohnehin um ein Novum: Paula Brückner war die erste weibliche Kommissarin in der Münchner Mordkommission. Bereits zu Beginn ihrer Laufbahn wurde hinter ihrem Rücken, von der praktisch ausschließlich männlichen Belegschaft, getuschelt, dass die Kollegin spätestens nach dem ersten Kind nicht mehr hier arbeiten würde.

Doch Paula hatte ihre mehrjährige Ausbildung an der Polizeihochschule nicht abgeschlossen, um schon in jungen Jahren den Dienst zugunsten einer eigenen Familie aufzugeben. Sie biss sich durch. Rein rechtlich war der Mutterschutz für berufstätige Mütter mehr ein Lippenbekenntnis. Es gab kaum mehr unterstützende Maßnahmen als ein wenig Müttergeld und jeweils sechs Wochen bezahlten Mutterschaftsurlaub vor und nach der Geburt.

Allerdings erhielt die junge Mutter Unterstützung vom Polizeidirektor in München und auch von ihrem direkten Vorgesetzten, Richard Marburger. Vor allem Marburger schätzte seine einzige weibliche Ermittlerin. Hatte er zu Beginn ebenfalls noch Vorurteile über die Leistungsfähigkeit einer Frau in der Mordkommission, so überzeugte ihn Paulas engagierter Dienst vom Gegenteil. Deshalb setzte er sich maßgeblich dafür ein, dass Paula Brückner an ihren alten Arbeitsplatz zurückkehren konnte. Andernfalls wäre ja die gesamte Ausbildung und Einarbeitung umsonst gewesen. Mit diesem Argument überzeugte er schließlich auch den Polizeipräsidenten. Außerdem hatten sich auch die Zeiten geändert: Längst begehrten junge Frauen auf und emanzipierten sich vom ausschließlichen Bild der Mutter, die zuhause bleibt und ihre Kinder erzieht.

„Es ist schon anstrengend", bekannte Paula kurzgehalten. Trepper wollte etwas Aufmunterndes sagen: „War bei uns genauso. Die ersten Jahre sind einfach hart." Paula wischte sich eine Strähne ihrer braunen Haare aus der Stirn. Ihr Gesicht wirkte angespannt. Sie lächelte mit zusammengepressten Lippen. „Ich will nicht jammern", bekannte sie erschöpft. „Du und jammern? Das kenne ich von Dir sowieso nicht", sagte Trepper freundschaftlich.

Simon freute sich richtiggehend darauf, mit Paula wieder gemeinsam an einem Fall zu arbeiten. Er hatte sie in den ersten beiden Jahren bei der Mordkommission fördernd begleitet und sie gegen Kritik in Schutz genommen. Mit Genugtuung beobachtete er ihre Etablierung innerhalb des Polizeipräsidiums. Aber seit der Geburt ihres ersten Kindes, vor vier Jahren, war ihr beruflicher Kontakt stark zurückgegangen.

„Hast Du Dich schon wieder eingelebt?" Die Kommissarin legte ihre Hände ineinander und zuckte mit den Schultern. „Eigentlich ist es fast so, als wäre ich erst am letzten Freitag ins Wochenende gegangen und an diesem Montag wieder zurück im Dienst." Simon legte ein Dossier auf ihrem Schreibtisch ab und bemerkte: „Ja, die Zeit vergeht schnell."

Paula drehte die Akte in ihre Blickrichtung. „Der Bericht der Spurensicherung?" Simon nickte. „Relativ dünn", meinte Paula, als sie den Deckel aufschlug und den Inhalt mit seitlich schräg gestelltem Kopf betrachtete. Die Ergebnisse umfassten tatsächlich nur wenige Seiten, von denen zwei ausschließlich mit Detailfotografien ausstaffiert waren.

Simon verschränkte seine Arme vor der Brust. „Ja, kann man sagen. Wobei die Kollegen wirklich jeden Stein umgedreht haben. Aber es war einfach nichts zu finden: Keine Haare, keine Finger- oder Schuhabdrücke, nichts war aufgebrochen, nichts durchwühlt." Paula sah interessiert zu Trepper auf. „Es wurde nichts gestohlen?" Simon dachte an seine eigene Verwunderung, als er von diesem Tatumstand gehört hatte. „Nein. Das Motiv muss gänzlich woanders liegen. Die Täter gingen dafür auch viel zu auffällig vor. Die sind in die Wohnung rein, direkt in sein Arbeitszimmer, haben 63 Schuss auf ihn abgefeuert und sind wieder verschwunden. Du kannst Dir ja denken, das bei 63 Schuss aus vollautomatischen Sturmgewehren man nicht unbedingt von einer geheimen Mordaktion sprechen kann."

Paula lächelte. „Nein, eher nicht. Die hatten also kein Problem damit, gehört zu werden." Sie zog ihre Augenbrauen zusammen und blickte skeptisch zu ihrem älteren Kollegen. „Glaubst Du was Politisches? RAF?" Der Verdacht lag nahe. In diesem Jahr hatte es bereits zwei Mordanschläge der sogenannten Roten Armee Fraktion, kurz RAF, gegeben: Am 7. April war der Generalbundesanwalt Siegfried Buback ermordet worden, am 30. Juli folgte ein Mordanschlag auf den Vorstandssprecher der Dresdner Bank, Jürgen Ponto. Zudem war der Arbeitgeberpräsident Hans-Martin Schleyer seit dem 5. September in Geiselhaft der RAF. Die Terroristen wollten mit Schleyer ihre führenden Mitglieder – Andreas Baader, Gudrun Ensslin, Jan-Carl Raspe und Irmgard Möller – freipressen, die aktuell im Sondergefängnis Stuttgart-Stammheim einsaßen.

Simon zuckte mit den Schultern. „Könnte schon sein. Das Mordopfer war – wenn man es so nennen will – ein richtiger Kapitalist: Vorstandsvorsitzender von einer Großbank, dazu Aufsichtsratsposten bei Siemens und BMW, Berater vom Strauß und er hat sich gerne und streitbar in der Öffentlichkeit über wirtschaftliche Themen ausgelassen. Natürlich nicht im Sinne von Linksaußen."

Paula zog die geöffnete Akte näher an sich heran. Sie blätterte um und blickte auf die Bilder der Einschusslöcher. „So eine Brutalität ...", sagte sie leise vor sich hin. „Ja, das würde natürlich ins Bild passen. Also zur RAF. Aber andererseits ..." Trepper ging um den Tisch herum und betrachtete auch noch einmal die ihm bereits bekannten Bilder.

„Unser Mordopfer war allgemein ein streitbarer Mensch, sowohl geschäftlich, als auch privat. Aktuell läuft gerade seine dritte Scheidung." Paula lehnte sich zurück und blickte über ihre rechte Schulter zu Trepper. „Also könnte es auch sein, dass es jemand nur so aussehen lassen wollte, als wäre es die RAF", sinnierte Paula. Trepper nickte ihr zu. „Darauf würde ich sogar wetten."

3

Sylvia Strobmeier trug ein eng anliegendes, hellblaues Abendkleid. Sie war eine durchwegs hübsche Frau: Ein feines, helles Gesicht, sinnliche blaue Augen, eine wohlgeformte Nase, ihre Haut schien makellos. Dazu besaß die 27-jährige Noch-Ehefrau des Mordopfers Korbinian Strobmeier eine außergewöhnlich attraktive Figur: Obwohl Sylvia schlank war, wies sie an den Stellen, an denen Männer es gewöhnlicherweise etwas üppiger wünschten, eben jene Rundungen auf, die gemeinhin als Schönheitsideal aufgefasst wurden.

Auch Trepper zeigte sich von der Attraktivität der Befragten durchaus beeindruckt. Seine Augen wanderten interessiert über Gesicht und Dekolleté seiner gegenübersitzenden Gesprächspartnerin. Simon war nie ein Schürzenjäger oder untreuer Mann. Aber eine schöne Frau war eben eine schöne Frau. Paula Brückner biss sich auf ihre Unterlippe. Sie versuchte ein Lächeln zu unterdrücken, als Trepper länger als gewohnt brauchte, um das Gespräch zu eröffnen, nachdem Frau Strobmeier die beiden Kommissare in den Wintergarten geführt hatte. „Mein Beileid, Frau Strobmeier", sagte sie deshalb auch, um die Befragung in Gang zu bringen.

Umgehend stimmte Trepper mit ein: „Ja, mein Beileid, Frau Strobmeier." Sie nahm die Kondolenzbezeugung mit Händedruck an. „Ich danke Ihnen", antwortete sie trocken. „Übrigens: Entschuldigen Sie mein Outfit." Sie fuhr mit der flachen Hand über ihre Brust. „Das hat mir unsere Schneiderin aus der Truderinger Straße eben noch vorbeigebracht. Heute Abend wird doch an der Staatsoper ‚Die Walküre' aufgeführt. Und an meinem Kleid mussten noch einige Änderungen vorgenommen werden. Und da musste ich gleich reinhüpfen. Ich wusste ja nicht, dass die Polizei vorbeikommt."

Frau Strobmeier hatte das Gefühl sich rechtfertigen zu müssen. „Alles in Ordnung Frau Strobmeier", schickte Trepper voraus. Er hatte zwar noch nie das englische Wort „Outfit" gehört, aber er konnte sich in dem Zusammenhang denken, dass es sich wohl um einen Ausdruck für Kleidung handeln musste. „Sie wollen trotz des Unglücks Ihres Mannes heute in die Oper gehen?", fragte Paula in beiläufigem Ton. Allerdings stellte sie diese Frage nicht aus Belanglosigkeit. Natürlich besaß ein solches Verhalten einen gewissen Geschmack.

Frau Strobmeier verdrehte die Augen zur Decke. „Hören Sie", begann sie etwas zu laut. Sie senkte daraufhin ihre Stimme, scheinbar selbst überrascht über die Lautstärke. „Die Ehe zwischen mir und Korbinian existierte nur noch auf dem Papier. Wir hatten uns schon lange auseinandergelebt. Übrigens: im Guten!" Simon notierte ihre Aussage stichpunktartig. Als er seine ersten Notizen beendet hatte, fragte er nach: „Dürfen wir erfahren, weshalb Ihre Ehe nicht von Bestand war?" Sie lächelte überlegen. Ihr feingliedriges Gesicht strahlte.

Korbinian Strobmeier und Sylvia Untermaier lernten sich in den mondänen Räumen der Bayerischen Industriebank kennen. Sylvia trat dort im Frühjahr 1970 eine Anstellung als Empfangsdame im Foyer des Prunkbaus in der Maximiliansstraße an.

Sie fiel auf. Vom ersten Tag an. Ihre Schönheit, unterstützt durch entsprechend auffällige taillierte, enge, kurze Kleidung, die die junge Frau mit Bedacht und durchaus auch Berechnung auswählte, taten ein übrigens. Schnell wurde die Schönheit am Empfang zum Gesprächsthema von den Wachmännern bis hinauf zur Geschäftsführung. Nun bestand die Führungsriege der Bayerischen Industriebank aus braven, biederen Männern gesetzten Alters. Es wurde ein wenig geflirtet, wenn man das Foyer passierte, aber mehr geschah nicht. Vielleicht in den Gedanken so mancher, aber nicht in der Realität.

Natürlich passte auch Korbinian Strobmeier mit seinen 51 Jahren in dieses Schema. Allerdings verhielt es sich bei ihm ein wenig anders. Zwar gab er gerne nach außen den seriösen, zurückhaltenden Wirtschaftsfachmann, den gediegenen Konservativen, der an ungeschriebene Gesetze bürgerlicher Tugenden glaubte und sie scheinbar vorlebte. So gerierte er sich vor Politikern und Geschäftsfreunden.

Jedoch genügte schon ein kleiner Blick hinter die Fassade und es blieb nicht mehr viel von dieser Außendarstellung übrig: Strobmeier war ein Frauenheld. Er punktete dabei nicht mit seiner rundlichen Figur, seiner großen fleischigen Nase oder dem schütteren Haar. Nein, Korbinian Strobmeier punktete mit anderem – er war reich. So einfach es klingen mochte, so erfolgreich setzte er diese Strategie für Eroberungen beim schönen Geschlecht ein. Er strahlte enormes Selbstbewusstsein aus, prahlte mit seinen Kontakten und Beziehungen bis in die höchsten Wirtschaftskreise und er warf, wenn er es für angebracht hielt, mit Geld um sich.

Es gibt genügend Frauen, die auf eine solch aufgeblasene Masche nicht hereinfallen und hinter dem geheuchelten Interesse am Menschen gegenüber nur die fleischliche Gier erkennen. Und es gibt einen anderen Typ von Frau. Dieser Typ spricht nur allzu gerne auf Reichtum an – ganz egal, was an Gefühlen oder anderem dahinterstecken mochte. Zu diesem Typ Frau zählte Sylvia Untermaier.

So fanden sich schnell zwei, die sich suchten: Korbinian Strobmeier, der mächtige Vorstandsvorsitzende der Bayerischen Industriebank und die rein von ihrer Stellung her bedeutend weniger wichtige Sylvia Untermaier, die jedoch ihren fehlenden fiskalischen Einfluss durch ihre enorme Attraktivität mehr als ausgleichen konnte.

Die beiden wurden ein heimliches Liebespaar. Wobei sich die Heimlichkeit schnell in ein offenes Geheimnis wandelte. Schließlich, als es bereits die Spatzen von den Dächern pfiffen, machte Korbinian reinen Tisch: Er erklärte seine große Zuneigung zu der hübschen Empfangsdame und erntete dafür in der Vorstandsrunde ungläubiges Staunen, teilweise sogar Entsetzen. Die Banker fürchteten um den guten Ruf ihrer altehrwürdigen Institution. Diese Ängste konnte Strobmeier jedoch nur allzu schnell entkräften: Die Geschäfte gingen gut, sogar sehr gut. Und welcher Anleger mag denn schon groß wegen einer harmlosen Liebelei jammern, während sein Bankkonto in immer neue Sphären wuchs.

Im nächsten Schritt suchte Korbinian das Gespräch mit seiner Ehefrau Luise. Es gingen einige antike Vasen zu Bruch, es flossen – einseitig von seiner Frau – etliche Tränen und am Ende kamen die beiden noch verbundenen Eheleute zu einer großzügigen Übereinkunft. Die Scheidung war damit auf den Weg gebracht.

Als letzten großen Schachzug in seinem, von ihm so empfundenen, Meisterspiel, machte er nach einem Galadinner im Feinkost Käfer Sylvia einen Heiratsantrag. Natürlich nahm sie den Antrag an. Dem Glück schien nichts mehr im Wege zu stehen. Zumindest für eine Zeit.

4

Es folgte ein wildes, durchaus glückliches Jahr: große Hochzeit im Freisinger Dom, Flitterwochen auf Capri, Winterurlaub in St. Moritz, dazwischen Empfänge, Opern, Banketts, Theater. Für Sylvia öffnete sich ein völlig neues Leben. Die aus einfachen Verhältnissen stammende Münchnerin wurde plötzlich Teil der hohen Gesellschaft. Man zeigte sich einfach auch gerne mit dem frisch vermählten Paar. Sie bildhübsch, er einer der einflussreichsten Männer im Finanzwesen und Duzfreund von Franz-Josef Strauß – es passte. Die Geschichte gefiel der Münchner Oberschicht. Es hörte sich ein wenig nach einem romantischen Märchen an.

Doch so euphorisch ihre Beziehung begann, so schnell erlosch auch die Leidenschaft füreinander. Es war dabei übrigens nicht einem Partner über Gebühr die Schuld an dem langsamen Schwinden der Liebe zuzuschreiben. Sie lebten sich wechselseitig auseinander. Ihm waren bald die langen gesellschaftlichen Abende in Residenztheater, Deutscher Oper, Gärtnerplatztheater und den feinsten Restaurants der Stadt zuwider. Es war ihm zuviel. Es war ihm einfach zu langweilig. Auch der körperliche Reiz der Intimität mit Sylvia ließ langsam aber sicher nach. Selbstverständlich war sie weiterhin bildhübsch. Aber Strobmeier suchte nach neuen Reizen. Er sehnte sich nach neuen Abenteuern und wurde auch bald fündig.

Ebenso nahm auch das Interesse von Sylvia Strobmeier an ihrem Mann schnell ab. Ihr wiederum konnten es eigentlich gar nicht genug Galas, Opernaufführungen oder Festessen sein. Zudem schlich sich auch bei ihr schnell körperliches Desinteresse an ihrem Ehemann ein. Sein Geld hatte sie angezogen. Aber nun sehnte sie sich nach einer besseren Kombination. Und München wimmelte ja geradezu von forschen, hübschen Jünglingen, die es verstanden, einer Frau zu schmeicheln. Geld war ihr nun als Faktor auch relativ egal geworden. Geld besaß sie nun schließlich selbst mehr als genug. Zumindest solange Korbinian zahlte.

Neben etlichen schnellen Affären und Seitensprüngen fand sie nach einigen Jahren schlussendlich in Jürgen Gensheim einen Mann, der ihre Leidenschaft richtig entfachen konnte. Gensheim studierte mit seinen 24 Jahren noch Betriebswirtschaftslehre an der Ludwig-Maximilians-Universität. Ein Praktikum bei der Bayerischen Industriebank hatte ihn einige Male in die Villa Strobmeier geführt, wenn er Akten als eine Art Kurier transportieren musste.

In dem halben Jahr seiner Praktikumstätigkeit bei der Bank kam er so langsam und Stück für Stück der Hausherrin näher. Der sportliche und gut aussehende Student zeigte sich von vornherein nicht schüchtern und begann relativ schnell ihr zu schmeicheln und mit ihr längere Gespräche zu führen. Nach zwei Wochen folgte der erste Kuss, einige Tage später noch deutlich mehr.

Korbinian Strobmeier war nicht naiv. Mit Interesse verfolgte er die immer länger werdenden Botengänge seines gut aussehenden Praktikanten. Allerdings schockierte ihn keineswegs der Gedanke daran, seine Frau würde sich heimlich eine Liebschaft mit dem jungen, sehr attraktiven Mann aufbauen. Ganz im Gegenteil.

In der letzten Arbeitswoche schickte nun Strobmeier wieder den Praktikanten in seine Villa. Längst hatte er es sich angewöhnt, Akten absichtlich zuhause liegen zu lassen, um dem Studenten wöchentlich mindestens einen Botengang zu ermöglichen.

Er ließ Gensheim eine gute halbe Stunde Vorsprung. Dann folgte er ihm zu seiner Villa in der Stradellastraße. Leise schlich er sich in sein Haus. Auf leisen Sohlen tapste der stämmige Mann durch den Gang und wurde schnell fündig: Seine bildhübsche Ehefrau lehnte mit beiden Unterarmen auf der teuren, englischen Ledercouch. Sie war völlig entkleidet. Ihr schöner Körper strahlte geradezu im einfallenden Sonnenlicht. Hinter ihr stand der junge Student Jürgen Gensheim. Er trug noch das meiste seiner Kleidung. Allerdings lagen seine Hosen heruntergezogen auf seinen schwarzen Stoffschuhen. Seine Augen waren geschlossen und mit wippenden Bewegungen führte er die höchste Intimität mit Strobmeiers Ehefrau aus.

Zufrieden betrachtete Strobmeier noch einige Sekunden das Schauspiel, dann marschierte er mit absichtlich knallendem Schritt über das Holzparkett. Das geheime Liebespärchen zuckte zusammen. Strobmeier bemühte sich, ein Lächeln zu unterdrücken. Er zwang sich, zumindest etwas enttäuscht dreinzublicken. Dann sagte er mit ruhiger Stimme: „Und Schatz? Ist es nicht so, wie es aussieht?"

5

„Sie wurden also in flagranti erwischt?" Sylvia stellte ihren Kopf etwas schräg und formte mit ihren vollen Lippen ein süffisantes Lächeln. „Er hat mich hereingelegt", erklärte sie zur Überraschung der beiden Kommissare. „Wieso ‚hereingelegt'?" Sie senkte ihren Blick ein wenig, ihr Lächeln behielt sie bei. „Wir hatten einen Ehevertrag. Er besagte Gütergemeinschaft, mit einer Ausnahme: Wenn einer der Ehepartner die Beziehung schuldhaft zu einem Scheitern bringt. Das konnte mein Mann dann ja einfach behaupten."

„Die Scheidung stand bereits an. Sie gehen jetzt dabei leer aus?" Sie schüttelte mit dem Kopf. Ihr fröhlicher Gesichtsausdruck war gewichen. „Nein. Korbinian ist schon ein ganz korrekter Mensch. Er ließ schreiben, dass ich in dem Fall auch noch 100 000 DM erhalte und dazu noch diese Stadtwohnung hier. Also für mein Auskommen war ganz gut gesorgt. Da kann ich ihm nichts Schlechtes nachsagen." Paula schaltete sich wieder mit einer Frage ein: „Wann wäre nun Ihre Ehe vollständig geschieden worden?"

Sylvia zuckte mit den Schultern. Die Haut in ihrem Gesicht spannte sich angestrengt. „Ich weiß gar nicht … Ich glaube, am 3. Oktober oder so. Da wäre der Termin vor dem Gericht." – „In gut zwei Wochen also", bemerkte Trepper den zeitlich sehr nahen Termin. Er sah zu seiner Kollegin, die auf der breiten Couch rechts von ihm saß. Paula und er wechselten einen skeptischen Blick, dann wandte sich die Kommissarin wieder Sylvia Strobmeier zu und fragte: „So gesehen ist der Todeszeitpunkt für Sie ja gar nicht schlecht, oder? Somit wird die Scheidung nicht mehr vollzogen und Sie sind Alleinerbin.“

Zum ersten Mal während dieser Befragung wirkte Sylvia unsicher. Sie schluckte und mied die prüfenden Blicke der beiden Mordermittler. Etwas beschämt äugte sie zur Seite und dann zurück auf die Tischfläche. „Das … Ja das stimmt. Ich … Aber Sie dürfen jetzt nicht glauben, ich hätte damit was zu tun. Mir reichen die 100 000 Mark ganz und gar. Ich habe ja auch die Wohnung hier im Lehel. Die ist ja auch viel wert. Die könnte ich locker für 200 oder 300 000 Mark verkaufen. Also das ist ja auch viel Geld.“

„Aber so wie es jetzt steht, wird es wohl deutlich mehr. Herr Strobmeier verfügte ja über ein Millionenvermögen.“ In Treppers Andeutung steckte mehr Mutmaßung als belastbare Recherche. Er kannte die Vermögensverhältnisse des Mordopfers noch nicht genau. Allerdings vermutete er ein Millionenvermögen, schon alleine wegen der opulenten Villa in Bogenhausen.

Seine Finte funktionierte. Sylvia bestätigte seine Annahme: „Ja, jetzt ist es wohl sehr viel mehr. Korbinian hatte keine Kinder. Wir haben nur sehr oberflächlich über Kinder gesprochen. Er sagte recht früh, dass es bei ihm nicht ginge. Ich wusste zuerst nicht, ob er meinte wegen der Arbeit, oder weil es einen gesundheitlichen Grund gab. Aber es hat ja auch nie funktioniert, obwohl wir da gar nicht so aufgepasst haben. Und er hat nie was darüber gesagt. Also ich glaube, bei ihm war da vielleicht wirklich was Gesundheitliches. Könnte ja sein.“

Paula stoppte diese größtenteils irrelevante Passage. Sie vermutete, dass die Zeugin absichtlich ein anderes Thema wählen wollte. „Es ist nicht relevant, weshalb die Zahl potenzieller Erben gering ist oder nicht. Fakt ist, Sie gelten nun weiterhin als Ehefrau des Mordopfers und sind damit als Erbin erstbegünstigte.“

Wieder schluckte Sylvia Strobmeier. Ihr Oberkörper schwankte etwas vor und zurück. Das enggeschneiderte Kleid spannte sich über der Brust. Deutlich sah man ihre unruhige Atmung, die sich durch den hellblauen Stoff abzeichnete. „Ich habe damit nichts zu tun. Das müssen Sie mir glauben. Ich wär doch auch ziemlich dumm! So wie die Sache jetzt aussieht, wäre ich doch die erste Verdächtige. Da wäre ich doch schön dumm … Also das wäre doch dumm. Da wär ich doch gleich verdächtig“, verhaspelte sich die junge Frau in ihrer Verteidigung.

„Wo waren Sie in der Nacht des 14. September 1977 zwischen 21 Uhr und 22:30 Uhr?" Trepper stellte seine Frage absolut trocken und emotionslos. Sylvias Augen wurden weich und etwas feucht. „Das dürfen Sie nicht glauben. Das stimmt nicht." Trepper räusperte sich. „Frau Strobmeier, bitte beruhigen Sie sich. Beantworten Sie meine Frage: Wo waren Sie in der Nacht des 14. September 1977 zwischen 21 Uhr und 22:30 Uhr?" Trepper und Paula starrten gespannt auf die Befragte. Stand die Lösung dieses Falls unmittelbar bevor? Sylvia Strobmeier wirkte regelrecht angeschlagen. Wie ein schwer getroffener Boxer, der sich nur mehr taumelnd durch den Ring bewegt, reagierte sie jetzt auf die Befragung durch die beiden Kommissare aus der Löwengrube. „Sie halten mich für eine Mörderin? Schämen Sie sich!", empörte sich Sylvia nun wortgewaltig. Der Wandel in ihrem Verhalten machte durchaus Eindruck: Vom entspannten, souveränen Antworten, hin zur völligen Verunsicherung bis hin zur jetzigen Trotzphase vergingen nur wenige Augenblicke. Simon ließ sich nicht beirren und bestand auf eine Auskunft: „Wo waren Sie in der Nacht des 14. September 1977 zwischen 21 Uhr und 22:30 Uhr?", wiederholte er seine Frage das dritte Mal wortgleich.
Sylvias Wandlung vollzog sich nun vollständig. Ihr hübsches Gesicht formte eine trotzige, zornige Fratze. Sie sah wütend zu Trepper und antwortete mit giftigem Ton: „Ich war hier! Mein Freund war auch da. Wir haben es getrieben, wenn Sie es so genau wissen wollen." Trepper notierte sich die Antwort. Dann blickte er auf. „Dann haben Sie nun ja ein Alibi. Ihr Freund wird Ihre Angabe ja sicherlich bestätigen." Sie nickte trotzig. „Er war da auch voll dabei, wie Sie sich denken können." Simon nickte bestätigend. „Wie gesagt. Sie haben ein Alibi." Er klappte sein Notizbuch zusammen und bemerkte: „Sonderlich glaubhaft ist es natürlich nicht."

6

Der Diaprojektor flimmerte zuckend. Franz Tauber von der Spurensicherung hantierte an einem kleinen Rasterrad an der Seite des Projektors. Die Größe und Schärfe des projizierten Dokuments änderte sich im schnellen Wechsel. „Schöner Scheißdreck!", fluchte Tauber derb. „Ich hab's dem Schnellinger Ernst scho x-mal gsagt, dass des Drum kaputt is. Aber der sagt nur immer, er schaut es sich an und dann meint der, des haut scho wieder hin. Aber nix haut hin!"

Trepper und Paula Brückner blickten sich an. Tauber war als Querulant im Polizeipräsidium verschrien. Insgeheim, so vermuteten die meisten Kollegen, freute er sich wohl darüber, wenn irgendetwas nicht auf Anhieb funktionierte. Das ermöglichte ihm, Kritik zu üben oder zu beweisen, dass er etwas besser konnte als ein anderer. Simon zwinkerte mit dem rechten Auge, Paula zwinkerte zurück.

Schließlich gelang es Tauber, die von ihm gewünschte Einstellung zu erreichen. Vor den Augen Treppers und seiner Kollegin wurde ein Brief auf die weiße Wand projiziert. Deutlich sah man auf dem Briefkopf das Logo der sogenannten Roten Armee Fraktion – eine Maschinenpistole auf einem roten Sowjet-Stern. „Text könnt's Euch ja noch schnell durchlesen", meinte Tauber. Doch Trepper verneinte: „Die textuelle Abschrift haben wir schon vor einer Stunde erhalten. Wir wissen, was drinsteht." Tatsächlich hatten Simon und Paula den Bekennerbrief der RAF durchgelesen. Darin bekannte sich die sozialistische Terrororganisation zum Mordanschlag an Korbinian Strobmeier.

Tauber hob einen langen, hölzernen Zeigestab nach oben. Er deutete damit auf das Logo der RAF. „Also des is scho der erste markante Unterschied: Des Logo is viel unschärfer. Es schaut aus, als hätt der Verfasser von diesem Schreiben das durchgepaust." Tauber schob den Brief etwas zur Seite und legte ein zweites Dokument daneben. „Des is jetzt eine exakte Kopie von dem Bekennerschreiben nach dem Mordanschlag am Ponto. Des hat uns des BKA Frankfurt zur Verfügung gestellt." Tauber legte die Dokumente etwa zur Hälfte auf die Projektionsfläche. Wieder wandte sich der Spurensicherer der Wand zu und hob seinen Zeigestab. Er tappte abwechselnd auf das Logo des rechten und des linken Briefes. „Ja, sieht man recht deutlich: Des is ned dasselbe." Tatsächlich unterschieden sich die beiden Muster. Bei dem Bekennerschreiben zum Mordanschlag an Jürgen Ponto war das Logo deutlich und sauber aufgedruckt. Das vermeintliche RAF-Bekennerschreiben zur Ermordung Korbinian Strobmeiers trug dagegen verwackelte, unsaubere Ränder.

„Dann schaut's natürlich auf die Rasterung des Textes." Tauber setzte seinen Stock einige Zentimeter tiefer und tappte wieder auf Unterschiede in beiden Texten. „Beim Ponto is des alles sauber bei Einzug 3,5 Zentimeter aufgeführt. Des schaut da ganz anders aus beim Strobmeier." Langsam strich er über den Texteinzug. „Ihr seht's es: der Zeilenanfang is bei beide Absätze eingerückt. Des is beim Originalschreiben Ponto ned so."

Tauber senkte den Holzstab und legte ihn in einer Aluminium-Halterung an der Rückwand ab. „Und eins habt's sicher auch scho gesehen: Es gibt einen Rechtschreibfehler." Er trat an den Projektor und tippelte auf das Wort „Bourgeoise" dieser Ausdruck aus dem sozialistischen Milieu, mit dem das besitzende Bürgertum abfällig bezeichnet wurde, war sogar doppelt falsch geschrieben. Auf dem Brief stand anstelle der korrekten Schreibweise „Bourguise". „Und die Kollegen vom BKA ham gesagt, dass es sowas noch ned gegeben hat. Die Bekennerschreiben beim Ponto, Buback und so weiter, sind immer in korrekter Rechtschreibung. Da gibt's keinen Fehler."

„Also eine Fälschung", stellte Trepper fest. Tauber zuckte mit den Schultern. „Es is auf jeden Fall ned von der RAF, wie man es bisher kennt." Tauber wandte sich seinen Notizen zu. „Ansonsten kann ich Euch nix weitergeben: keine Fingerabdrücke auf Briefkuvert oder Schreiben selbst, keine Haare oder andere interessante Partikel. Der Brief wurde mit falschem Absender – also fiktiver Absenderadresse – eingeworfen. Gestempelt im Postamt Unterhaching. Des wär ein ganz kleiner Ansatz, wobei ihr natürlich sicher davon ausgehen könnt, dass des ned der wahre Ursprungspunkt von den Burschen is."

Trepper faltete beide Hände ineinander, hob sie an und senkte sein Kinn darauf. Er nickte. „Also wahrscheinlich wollen unsere echten Täter den Mord an Korbinian Strobmeier der RAF in die Schuhe schieben." – „Sieht ganz so aus", pflichtete Paula Brückner bei. „Dann bleiben wir vorerst mal lieber an unserer ‚trauernden' Witwe dran." Simon betonte das Wort „trauernd" mit ironischem Unterton.

„Seh ich genauso", meinte seine Kollegin. „Aber wer weiß: Vielleicht handelt es sich ja auch um Trittbrettfahrer." Trepper und Tauber blickten erstaunt zur jungen Kriminalpolizistin. „Wie meinst Du das?" Paula hob beide Hände an und legte sie dann zusammen. „Ihr kennt doch selbst diese Polarisierung: Wir haben viele Unterstützer der RAF in der Bevölkerung. Es gibt doch …", sie zuckte mit den Schultern, „ … Hunderte, vielleicht Tausende, die diesem Terror sehr nahe stehen. Ich meine jetzt nicht irgendwelche linken SPDler oder Studenten, die der allgemeinen Kritik am Kapitalismus das Wort führen. Ich meine richtige Unterstützer, die auch diese Radikalität teilen. Könnte doch sein, dass da einer auf den Gedanken kommt – auch wenn er gar keinen Kontakt zur echten RAF hat – die will ich unterstützen. Da veranstalte ich auch sowas, um denen zu helfen."

Trepper presste seine Lippen zusammen. Er nickte bedächtig. „Naja. Wir bleiben auf jeden Fall mal an unserer Witwe dran. Aber Du hast natürlich recht: Denkbar wäre so was schon. Vielleicht liegt auf dem Fall ja wirklich ein roter Schatten."

7

Die Änderungen am Abschlussbericht der Spurensicherung waren hochinteressant. Tauber hatte zum Abschluss seines Vortrages bezüglich dem gefälschten RAF-Bekennerschreiben darauf hingewiesen: Die Spurensicherung ging nun nur mehr von einem Schützen aus.

Diese neue Erkenntnis ergab sich aus dem Trefferbild des Opfers. Korbinian Strobmeier wurde von sechs Kugeln aus einer Kalaschnikow AK-47, Kaliber 7,62 mm getroffen. Daneben gab es weitere 36 Einschläge dieses Kalibers hinter dem Opfer in der Wand. Des Weiteren fand man noch 21 Treffer in der Rückwand mit dem Schussbild eines G3, der Standardwaffe der Bundeswehr. Allerdings ergab sich aus den Schusswinkeln ein eindeutiges Bild: Das Mordopfer wurde nur von den Kugeln aus der Kalaschnikow getroffen. Die G3-Salve ging komplett in die Rückwand, ohne das Opfer zu treffen. Einige der Schüsse überlagerten sich teilweise. Auch daraus ging die unterschiedliche Reihenfolge der Schüsse hervor. Dieser Umstand passte auch mit der Meldung eines Ohrenzeugen zusammen. Dieser hörte zwei Salven, mit einem zeitlichen Abstand von einigen Sekunden.

Der Verdacht lag nun nahe, dass es sich um einen Täter handelte. Dieser verwendete wohl die beiden Schnellfeuerwaffen nur, um den Verdacht auf einen terroristischen Anschlag zu erhärten. Der Einsatz von Kriegswaffen, mehrere Täter, ein Bekennerschreiben der RAF, ein Mordanschlag, ohne Wertgegenstände zu entwenden – das Indizienbild wäre so schlüssig. Allerdings hatten ja bereits die fachlichen Fehler des Bekennerschreibens erste Zweifel gesät. Da nun auch die Theorie von zwei Schützen zumindest nicht mehr als unumstößliche Tatsache galt, steigerte sich die Skepsis gegenüber einem vermeintlichen Terroranschlag weiter.

„Was hältst Du davon?", wollte Trepper wissen, nachdem ihm Paula den Bericht zurückgegeben hatte. „Aus meiner Sicht kann es da keinen Zweifel geben: Der Terroranschlag ist nur inszeniert. Ich glaube nicht mehr an einen Trittbrettfahrer. Das schaut eindeutig aus. Der Täter hat zwei Waffen dabei – ein G3 und eine Kalaschnikow. Er geht in die Villa ...." – „Und vor allem: Er kommt in die Villa, ohne ein Schloss oder ein Fenster zu beschädigen", unterbrach Simon. Paula nahm seinen Einwurf auf: „Ja, das erhärtet ohnehin den Verdacht, der Mörder kannte das Opfer oder hatte zumindest Zugang zu jemandem, der das Opfer kannte und so einen Schlüssel organisieren konnte." Trepper nickte.

„Er kommt also in die Villa ohne Gewalt. Sicher kennt er auch die Verhältnisse vor Ort. Er weiß wahrscheinlich, dass sich Korbinian Strobmeier gerne in seinem Kaminzimmer aufhält, in dem er auch seinen Schreibtisch aufgestellt hat. Er geht direkt dort hinein. Dann schießt er sofort auf das Opfer. Strobmeier ist noch aufgestanden, soweit ist der Bericht der Autopsie und der Spurensicherung eindeutig. Da trifft ihn schon die erste Garbe. Er bricht sofort tot zusammen. Dann geht der Täter einige Meter zur Seite und feuert noch einige Schuss mit dem G3 ab. Dann verschwindet er vom Tatort."

Simon lehnte mit seinem Gesäß an Paulas Schreibtisch. Er hatte seine Arme vor der Brust verschränkt und nickte den einzelnen Punkten ihrer Version zu. Dann hob er seinen Zeigefinger und tippte sich damit auf seine geschlossenen Lippen. „Passt alles soweit. Aber eines stört mich noch: Wie kam er in die Villa rein und wie wieder raus, ohne im Umfeld bemerkt zu werden. Wenn einer zwei große Sturmgewehre dabei hat – und ich meine sowohl die Kalaschnikow, wie auch das G3 sind ja nun nicht gerade klein – wie kann er sich dann unbemerkt durch die Nachbarschaft bewegen? Der wird doch gesehen, der fällt doch auf. Irgendein Kerl, mit einer riesigen Tasche, der durch die Siedlung schleicht. Wir reden hier ja nicht von irgendeiner wilden Zeit – Mittwoch um 21 Uhr. Da ist doch noch der ein oder andere draußen. Dazu wird die Nachbarschaft doch nach den Schüssen aufgeschreckt sein. Da schaut man doch auf die Straße. Aber da gibt es ja gar keine Zeugen. Weder vor, noch nach der Tat. Das ist ja doch etwas komisch, oder?"

Paula presste ihre Lippen zusammen und nickte. „Ja, das ist schon irgendwie komisch. Ich meine, der Täter musste doch schon irgendwie damit rechnen, die Gegend aufzuschrecken. Er hat ja immerhin 63-mal mit seinen schweren Waffen geschossen. Der Lärmpegel muss enorm gewesen sein."

Trepper verschränkte wieder die Arme vor seiner Brust. Er schnaufte laut aus. Dann zwängte er seine Augenlider zusammen. „Es gab ja diesen Zeugen, ich glaube er hieß Wieshuber." Paula bestätigte Treppers Annahme. „Der hat ja unmittelbar nach den ersten Schüssen die Polizei gerufen und danach sofort beim Fenster rausgeschaut." – „Sein Telefon steht direkt an einem Fenster mit Blick zur Straßenseite", ergänzte Paula. „Ja genau. Das kommt ja noch dazu. Der Wieshuber muss es ja eigentlich sehen, wenn der Täter das Haus verlässt." Paula zuckte mit den Schultern. „Oder er ist über den Hinterausgang raus." – „Ja. Auch möglich. Aber die Villa Strobmeier ist ja zu drei Seiten dicht. Der Täter hätte dann ja in den Garten eines anderen Anwesens klettern müssen. Da fängt der sich doch wieder einen Ärger an und da kann er sich doch dann wieder nicht sicher sein, ob er gesehen wird und so weiter."

Paula blickte plötzlich erschrocken zu ihrem Kollegen. „Oder es war so mit einem der Nachbarn abgesprochen: Der Täter deponierte die Waffen dort, ging dann nicht über die Straße in die Villa Strobmeier, sondern über den Garten eben dieses Nachbarn. Und die Lautstärke seiner Tat konnte ihm dann auch egal sein." Trepper lächelte und nickte zustimmend mit dem Kopf. „Gefällt mir. Und nach der Tat muss der Mörder wiederum nicht über die Straße, sondern geht zurück in das Nachbargrundstück."

Simon sah anerkennend zu seiner Kollegin. „Gut", lobte er nochmals. „Weiß man schon, wer die direkten Nachbarn sind?" Paula spitzte die Lippen und nickte. „Wir haben die Leute schon routinemäßig überprüft, während Du in der Pathologie warst. Einer der Nachbarn ist sein Bruder." – „Oha", bemerkte Trepper interessiert. „Aber gut, das ist dann wahrscheinlich der Streichkandidat. Dann können wir uns auf die anderen beiden konzentrieren." – „Nicht unbedingt", entgegnete Paula Brückner. „Das Verhältnis der beiden Brüder war scheinbar zerrüttet."

8

Wenzel von Preisberg brach das rote Wachssiegel auf dem braunen Briefumschlag. Sechs Augenpaare folgten angespannt und in tiefer Erregung dem Vorgehen. Die verfaltete, mit etlichen grauen Haaren belegte Hand des Notars fasste in den Umschlag und zog ein Blatt Papier heraus.

Der Jurist breitete das Papier sorgfältig vor sich aus. Bedeutungsschwer richtete er seine schmale Lesebrille. Der 72-Jährige räusperte sich noch einmal und begann dann in schneller Folge vorzulesen: „Mein letzter Wille! Ich, Korbinian Josef Strobmeier, geboren am 21. März 1912, gebe mit diesem Testament die Verwendung meines Nachlasses bekannt. Meine treue, erste Ehefrau Luise Holmer, geboren am 13. Juni 1918, wird nach meinem Willen als Universalerbin eingesetzt. Sie erbt all meinen weltlichen Besitz. Gegeben zu München, den 9. August 1977. Unterschrift: Korbinian Josef Strobmeier."

„Mieses Dreckstück!", fluchte Sylvia Strobmeier mit gerötetem Kopf in Richtung von Strobmeiers Ex-Frau Luise Holmer. Die beschimpfte Frau rümpfte ihre Nase. „Das trauen Sie sich zu sagen? Schämen Sie sich! Sie haben Korbinian doch nur mit niederen Diensten eingefangen. Wirklich geliebt haben Sie ihn doch nie." Sylvia hob ihren rechten Zeigefinger und fuchtelte damit wild hin und her. „Niedere Dienste? Was fällt Dir ein, Du alte Schachtel!", schnaubte sie zornig. Beide Frauen erhoben sich und blickten mit hasserfüllten Augen aufeinander.

Es kam aber nicht zu einem Handgemenge, obwohl Luise Holmer ihre Konkurrentin nochmals als „Straßendirne" bezichtigte. Einerseits verhinderte Wenzel von Preisberg eine körperliche Auseinandersetzung, indem auch er sich von seinem Lehnstuhl erhob und beschwichtigend auf die beiden Frauen einwirkte. Zudem saß noch Helmut Strobmeier zwischen ihnen, wodurch ein unmittelbarer, körperlicher Kontakt vorerst nicht möglich war.

Während der verbalen Streitigkeiten saß der Bruder des Verstorbenen regungslos auf seinem Platz. Die Farbe seines Gesichtes färbte sich merklich heller, bis es in farblose Blässe überging. „Ist Ihnen nicht gut, Herr Strobmeier?" Der Angesprochene reagierte zunächst nicht. „Herr Strobmeier?", setzte der Notar nach. Nun dämmte sich die Lautstärke des Streits. Auch Sylvia und Luise blickten jetzt zu Helmut Strobmeier hinab. Erst in diesem Moment antwortete er stammelnd: „Ich … Mir … Mir geht es ganz gut." Dann begann er zu kichern. „Gut geht es mir", wiederholte er etwas lauter. Schließlich steigerte sich Intensität und Lautstärke seines Gelächters. Er schrie förmlich: „Mir ist es noch nie besser gegangen!"

Verdutzt und auch etwas verängstigt betrachteten der Notar und die beiden Frauen Helmut Strobmeier. Es wirkte richtiggehend unheimlich, ihn zu sehen, wie er zunehmend die Fassung verlor. Schließlich stand er auf und schüttelte mit ausladender Geste die Hand des Notars. Der alte Mann wurde dabei durchgeschüttelt.

Dann drehte sich Helmut um und klatschte mit aller Kraft seine Hände zusammen. Dadurch dröhnte ein lauter Knall durch das Notariat. „Wunderbar!", brüllte Strobmeier noch einmal lauthals, bevor er den Raum verließ.

9

Jürgen Gensheim stimmte einer Befragung ohne anwaltlichen Beistand zu. „Ich hab nix zu verbergen", meinte der Student mit freundlichem Lächeln. Wenn ich jedes Mal für diese Aussage fünf D-Mark bekommen hätte, wär ich auch nicht schlecht gefahren, dachte Trepper umgehend. Tatsächlich verzichteten viele Befragte bei der ersten Vernehmung auf einen Anwalt. Teilweise berechtigt, weil sie wirklich unbelastet in die Befragung gingen und frei antworten konnten. Aber Simon kannte nun schon zur Genüge Fälle, in denen sich Verdächtige um Kopf und Kragen redeten, da sie glaubten alle Informationen geschickt ummodellieren zu können. Die Praxis zeigte, dass die meisten Menschen bei einer Befragung durch die Kriminalpolizei schnell an ihre Grenzen gerieten.

Gensheim trug eine tiefschwarze Sonnenbrille, obwohl es relativ stark bewölkt war. Es wirkte etwas linkisch, dass Gensheim die Sonnenbrille auch hier in dem nicht gerade grell beleuchteten Verhörraum II weiterhin trug. „Könnten Sie bitte Ihre Brille abnehmen? Oder benötigen Sie diese aus medizinischen Gründen?" Simon setzte seine Nachfrage mit Bedacht. Er vermutete bereits, damit die Eitelkeit Gensheims angehen zu können.

Der Lebensgefährte von Sylvia Strobmeier nahm umgehend seine schwarze Sonnenbrille ab. „Sie meinen wie der Heino, oder?", bemühte er sich um einen Scherz. Doch seine Bemerkung tropfte regungslos bei Trepper und Paula Brückner ab. Gensheim fingerte kurz mit der Brille durch sein Haar. Es schien, als wollte er die Brille oberhalb seiner Stirn in sein dichtes, schwarzes Haar stecken. Als er jedoch das ironische Lächeln von Paula Brückner in seinen Augenwinkeln erkannte, legte er die Sonnenbrille zusammen und neben sich auf den Tisch.

„Ich hab auch so den Durchblick", bekannte Gensheim mit einem weiteren, etwas verunglückten Scherz. Allerdings konnte er auch damit keine Reaktion – weder positiv noch negativ – bei den beiden Ermittlern erzielen. „Na, das kann ja spaßig werden", brummte er halblaut und lehnte sich demonstrativ weit zurück. Er senkte dabei sein Kinn tief hinab und drehte seinen Blickwinkel nach oben, um auch mit dieser schiefen Kopfneigung die beiden Beamten im Blick zu haben.

„Wie war Ihr Verhältnis zu Herrn Strobmeier?", begann Paula die Befragung unumwunden. Gensheim zuckte kurz mit den Schultern. „Was wollt Ihr hören? Ich hab ihm die Frau ausgespannt. Das war's. Mehr hatte ich mit dem nicht zu schaffen." – „Aber Sie waren doch in der Bayerischen Industriebank als Praktikant beschäftigt", entgegnete Trepper. „Achso … Ja schon. Da hab ich ihn schon einige Male gesehen. Aber mir war der wurscht. So ein fetter, ekliger Typ. Stinkreich und faul. Sie brauchen nicht glauben, dass der wirklich gearbeitet hat. Der geht mit seinen Spezeln schön essen und handelt seine Geschäfte unter der Hand aus. Wirklich drauf hat der nichts."

Trepper ließ sich äußerlich nichts anmerken. Seine Miene wirkte völlig neutral. Aber die Aussage von Gensheim war schon bemerkenswert: Zuerst behauptete er, nichts mit dem Mordopfer zu tun gehabt zu haben.

Dann, auf Nachfrage, schossen schnell etliche negative Kommentare hervor. „Und Sie haben mehr drauf?", provozierte Paula. Gensheim strich sich aufreizend langsam durch sein dichtes, gegeltes Haar. Er drückte dabei einige Strähnen nach unten. Dann richtete er seinen Oberkörper etwas aus seiner schiefen Lage auf. Er lächelte breit in Paulas Richtung. „Das kannst Du glauben, Schätzchen."

„Reißen Sie sich bitte zusammen!", tadelte Trepper den Befragten noch im selben Moment. „Wir behandeln Sie mit Respekt, dann können wir doch auch einen entsprechenden Umgang von Ihnen verlangen. Oder sehen Sie das anders?" Jürgen Gensheim zuckte etwas zusammen. Der junge Mann gierte nach Anerkennung. Es war ihm enorm wichtig, von seinem Gegenüber als intelligent, seriös und beredet wahrgenommen zu werden. Leider entsprach sein Wunsch nach Außendarstellung nicht seinen charakterlichen Eigenschaften: Gensheim war ein Blender, nur wenig gebildet und alles andere als fleißig.

Der junge Student wusste durchaus von seinen Schwächen. Gerne hätte er sich geändert. Doch eine positive Eigenschaft besaß er durchaus: Gensheim war Realist. Er konnte sich gut einschätzen. Für einen echten Sinneswandel hielt er sich selbst für zu träge.

„Entschuldigen Sie", gab er sich versöhnlich. „Sie sind so eine schöne Frau, da hat mich einfach …" Paula Brückners Blick verfinsterte sich bei diesen Worten noch mehr. Ihre Geste entmutigte ihn, seine Erklärung zu Ende zu führen. Er wechselte abrupt das Thema: „Ja … Äh … Ich kannte ihn von daher natürlich schon etwas. Der Strobmeier hat mich als eine Art Boten missbraucht. Wirklich kennengelernt hab ich ihn dadurch eh nicht. Er hat mir auch fast nichts von seinem Geschäft gezeigt."

Trepper rieb sich mit der rechten Hand über sein Kinn. „Dennoch können Sie Herrn Strobmeier als ‚faul' einschätzen?" Der junge Mann legte seinen Kopf etwas schräg und antwortete: „Naja … Also wenn ich ihn gesehen habe, hat der eigentlich nie was getan. Zeitung gelesen, Cognac getrunken und Zigarre geraucht. Und klug dahergeredet natürlich."

Trepper wechselte einen kurzen Blick mit Paula. Er nickte dabei. Dies war das verabredete Signal, nach dem Paula eine Theorie vorbringen wollte: „Glauben Sie, Herr Strobmeier hat Sie absichtlich mit seiner Frau zusammengebracht?" Gensheim blickte irritiert zu der ihm gegenübersitzenden Kommissarin. „Hä? Was meinen Sie damit? Ich hab dem Alten die Frau ausgespannt … Das hat der sicher nicht gewollt!"

„Nun, soweit wir es aus den Gesprächen mit Ihrer Freundin, Frau Sylvia Strobmeier, herausgehört haben, war die Ehe nicht mehr im allerbesten

Zustand." – „Ja und?", fragte Gensheim Kopf schüttelnd zurück. Sein Gesicht verspannte sich zornig. „Ist doch logisch, dass bei dem alten Sack nichts mehr gegangen ist. Ist doch logisch, dass da das Feuer draußen war. Der Alte konnte die Sylvie doch gar nicht richtig ..." Er brach ab und überlegte nach einem passenden Ausdruck. Gensheim wollte nicht ordinär wirken, wenngleich der von ihm gesuchte Wortsinn deutlich in diese Richtung ging. Allerdings gab ihm Trepper nicht die notwendige Zeit, seinen Punkt vollständig auszuformulieren: „Haben Sie einmal mit Frau Strobmeier darüber geredet? Sie meinte durchaus, dass es sich um eine arrangierte Situation handeln könnte." Gensheims Augenbrauen zogen sich zusammen. Seine dunklen Augen fokussierten Trepper. „Was soll das heißen? ‚Arrangierte Situation'..."

„Dass Herr Strobmeier davon wusste, dass seine Frau mit Ihnen fremd geht. Dass Herr Strobmeier Sie bewusst an diesem Tag wieder einmal zu sich heimschickte, damit Sie sich mit seiner Frau treffen könnten. Dass Herr Strobmeier Ihnen folgte, um Sie in flagranti zu erwischen."

Tatsächlich hatte Gensheim an ein solches Szenario nie gedacht. Auch Sylvia hatte ihm nie eine solche Vermutung mitgeteilt. „Sie meinen, der Alte hat das gemacht, um einen guten Scheidungsgrund zu haben?" Trepper zuckte mit seinen Augenbrauen und nickte einmal langsam auf und ab. „Es gibt einen Ehevertrag, der die weiteren Vermögensverhältnisse aufschlüsselt. Darin steht auch in einer Passage, wie im Falle, dass ein Ehepartner das Ende der Partnerschaft schuldhaft einleitet, vorgegangen werden soll."

Gensheim wirkte ehrlich überrascht. „Also ... Ich weiß nicht", stammelte er langsam und unsicher. „Davon hat mir die Sylvie nie was gesagt." Beiläufig bemerkte Trepper, dass Gensheim seine Freundin in der Koseform „Sylvie" ansprach und nicht mit ihrem eigentlich korrekten Vornamen „Sylvia". Darüber hinaus schien seine Aussage glaubhaft. Trepper wollte die Verunsicherung des Befragten nun nutzen und schob eine Frage hinterher: „Wo waren Sie in der Nacht des 14. September 1977 zwischen 21 Uhr und 22:30 Uhr?" Gensheim machte große Augen. „Hat Euch das die Sylvie nicht schon gesagt?" – „Ja, Sie hat uns Ihre Version erzählt. Aber diese muss ja nicht stimmen." Jürgen Gensheim senkte seinen Blick. Er starrte auf seine Sonnenbrille. „Doch, das stimmt schon so, wie es die Sylvie gesagt hat." Dann blickte er noch einmal mit traurigen Augen auf und fügte hinzu: „Egal was sie gesagt hat. So wie Sie es gesagt hat, ist es richtig."

Trepper kannte den alten Mann vom Sehen her und als er den Namen erfragte, blitzten umgehend einige Erinnerungen in seinem Gedächtnis auf. „Wenzel von Preisberg", wiederholte Trepper den Namen des Zeugen leise murmelnd. „Sie sind Notar, oder?" Von Preisberg bejahte. „Wir hatten schon einige Male miteinander zu tun", bemerkte Trepper freundlich. Der alte Notar nickte zustimmend. Auch er erinnerte sich an einige Begegnungen mit Trepper. „Wie es so ist, Herr Kommissar: Leider geht es beim Sterben immer auch ums Geld."

Simon presste die Lippen zusammen und nickte mit dem Kopf. Dann hob er das braune Briefkuvert, welches ihm von Preisberg gegeben hatte, an. „Und Sie sagen, es handelt sich dabei um einen Beweis im Mordfall Korbinian Strobmeier?" Der Notar hüstelte und hielt sich dabei die Hand vor den Mund. Der alte Mann wirkte ohnehin gesundheitlich nicht gerade in einer guten Verfassung. Seine Haut war leicht gräulich, unter seinen verfalteten Augenlidern waren einige dunkle Ringe. „Genau weiß ich es nicht. Es ist …" Er zögerte. „Schauen Sie, Verschwiegenheit gehört zu meinem Beruf. Das nehme ich auch sehr ernst. Aber manchmal muss die Wahrheit befördert werden."

Simon öffnete den Umschlag. Zur Vergewisserung sah er zu von Preisberg auf. Dieser nickte ihm zu. Also zog Trepper den Inhalt hervor. Es handelte sich um ein schlichtes Blatt weißes Papier. Simon begann laut vorzulesen: „Mein letzter Wille. Nach meinem Ableben soll mein gesamter Besitz an meinen Bruder Helmut Strobmeier übergehen. Mit den Frauen hatte ich ja doch allerweil nur Verdruss. Deshalb ist es ganz gut, wenn mein Bruder alles bekommt. Wir hatten nicht immer das beste Verhältnis, aber Blut ist dicker als Wasser. Jetzt, so kurz vor meinem Ableben, möchte ich daher die Verhältnisse noch einmal klären. Alles bekommt mein Bruder: Geld, Immobilien, Aktien, Pfandbriefe und was sonst noch mir gehörte. Bitte leisten Sie diesem letzten Willen Gehör und setzen alles um, wie ich es gewollt habe. München, den 2. September 1977. Gezeichnet Korbinian Strobmeier."

Der Text war durchgehend mit Schreibmaschine abgetippt. Nur die Unterschrift wurde handschriftlich hinzugefügt. Simon musste das Schreiben erst einmal ablegen und die neuen Informationen sitzen lassen. Er blies beide Backen auf. Dann richtete er seinen Blick wieder auf den Notar. „Das ist in der Tat eine Bombe." Trepper schüttelte leicht mit dem Kopf. Er sah wieder auf das Blatt. „Wann ist dieses Schreiben bei Ihnen eingegangen? Wirklich am 2. September?"

Wenzel von Preisberg winkte ab. „In der Nacht vom 14. auf den 15. September. Unsere Sekretärin entleert jeden Morgen gegen halb acht unseren Nachtbriefkasten." Trepper legte beide Hände ineinander. Er lächelte ungläubig. „Das ist wirklich enorm. Ich meine Art und Form des Testaments sind schlicht ein Witz. Dazu noch die Formulierung ‚so kurz vor meinem Ableben‘ und obendrein noch die nächtliche Abgabe bei Ihnen." Trepper zuckte mit den Schultern. „Eigentlich müssten wir den Herrn Helmut Strobmeier sofort in Untersuchungshaft nehmen."

Treppers Aussage machte den alten Notar etwas betroffen. Dennoch trieb ihn die Wahrheitsfindung in diesem Fall an. Korbinian Strobmeier war über viele Jahre ein treuer Geschäftspartner. Zwischen den beiden Bestand keine direkte Freundschaft aber doch eine enge und vertrauensvolle Beziehung. An eine Schweigepflicht fühlte sich von Preisberg ohnehin nicht gebunden. Auch er nahm das Testament nicht wirklich ernst. Der enge zeitliche Zusammenhang mit der Ermordung Strobmeiers und der anonymen Abgabe des Testaments taten das Ihrige. Und da war ja noch das Verhalten Helmut Strobmeiers bei der Testamentseröffnung. Genau deshalb hatte von Preisberg seinen Gang zur Kriminalpolizei noch zurückgeschoben: Er wollte zuerst die Reaktion Helmut Strobmeiers abwarten, wenn nicht diese offenkundige Fälschung vorgelesen wird, sondern das von ihm selbst beglaubigte Dokument aus dem Sommer 1977.

„Bei der Testamentseröffnung habe ich die Ihnen vorliegende Version nicht verlesen. Ich habe mich an das Testament gehalten, welches Herr Korbinian Strobmeier mir erst im August 1977 persönlich diktiert hatte. Ich hatte Herrn Strobmeier dabei auch persönlich beraten. Damals gingen wir von einer schnellen Scheidung aus. Herr Strobmeier wollte unbedingt seiner künftigen Ex-Frau jeglichen Zugang zu seinem Vermögen vorenthalten. Er ging damals natürlich davon aus, die Scheidung wird vor seinem Ableben durchgezogen und auch der Pflichtteil entfällt."

Simon kratzte sich an seiner Stirn. „Wie reagierte Helmut Strobmeier auf dieses Testament?" Von Preisberg stöhnte leise. „Sehr, sehr auffällig. Er lachte hysterisch, schrie ‚wunderbar‘ und verließ grußlos die Testamentseröffnung."

„Und Sie wollten die Reaktion von Herrn Helmut Strobmeier noch abwarten und dann erst zu uns kommen?" – „Exakt", bestätigte der Notar. „Wie gesagt: Verschwiegenheit ist Teil meines Berufes. Aber hier gab es für

mich – gerade auch nach der Testamentseröffnung - keinen Zweifel mehr. Ich musste den Vorfall melden."
Simon steckte das Blatt Papier zurück in den braunen Umschlag. „Ich danke Ihnen, Herr von Preisberg. Vielleicht kann man alleine aufgrund dieses Papieres noch keine Täterschaft von Helmut Strobmeier beweisen. Dennoch: Irgendetwas hat er damit zu tun. Soviel scheint sicher."

11

„Bundeskanzler Schmidt besuchte am Nachmittag das Bundeskriminalamt in Frankfurt am Main. In einer Ansprache an die leitenden Kriminalbeamten erneuerte er die Haltung der Bundesregierung, auf keine Forderungen der RAF einzugehen und in der Sache hart zu bleiben: Es wird keine Gefangenfreilassung zugunsten des entführten Hanns-Martin Schleyer geben."
Paula drehte den Lautstärkeregler des Autoradios weit nach links. Der Ton aus dem Lautsprecher dämmte sich merklich. „Oder magst Du es noch hören?" Trepper schüttelte mit dem Kopf. Daraufhin drehte sie den Knopf vollständig zurück. Mit einem metallischen Ton schaltete das Autoradio ab. „Ich kann's eigentlich nicht mehr hören", erklärte Paula Brückner. „Geht mir genauso. Hoffentlich ist der ganze Wahnsinn bald vorbei."
Trepper blickte durch das Lenkrad auf die integrierte Uhr im Armaturenbrett des 5er-BMW. „Hast Du Deine Uhr dran?", fragte er seine Kollegin. Simon hatte seine Armbanduhr in der Reparatur. Paula blickte auf ihr linkes Handgelenk. „13:10 Uhr." Simon lehnte sich zurück. „Passt", kommentierte er die übereinstimmende Uhrzeit auf dem Armaturenbrett. „Und wenn er doch woanders hin ist und gar nicht mehr heimkommt?", fragte Paula.
Schon seit Viertel nach zehn observierten Trepper und Paula Brückner den Hauseingang von Helmut Strobmeiers Wohnhaus in der Stradellastraße. Schräg gegenüber befand sich die Villa seines ermordeten Bruders Korbinian. In Strobmeiers Firma hatte man den beiden Kommissaren gesagt, Strobmeier hätte sich heute krank gemeldet. Daraufhin fuhren Trepper und seine Kollegin zu Helmut Strobmeiers Wohnsitz. Allerdings war der Gesuchte nicht aufzufinden. Da Strobmeier krank gemeldet war, hofften Trepper und Paula ihn abwarten zu können. Eventuell holte er nur ein Medikament aus der Apotheke oder er machte eine andere Besorgung.

Langsam vermutete auch Trepper etwas anderes: „Der macht blau." Paula streckte ihre Arme nach vorne aus und streckte sich ausgiebig. Dann lehnte sie sich wieder zurück. „Als Chef darf er das wohl", meinte sie lächelnd. „Und jetzt?" Simon antwortete, indem er den Zündschlüssel des BMW umdrehte. „Wir fahren zurück in die Löwengrube." – „Sollen wir Strobmeier zur Fahndung ausschreiben?" Trepper überlegte. „Ja", antwortete er schließlich. „Er muss uns die Sache mit dem gefälschten Testament einfach erklären. Gut erklären, wenn wir ihn nicht sofort in Untersuchungshaft nehmen sollen."

Paula blickte zeitgleich mit Trepper nach hinten auf die Fahrbahn. Als Simon den ersten Gang einlegte und den Dienstwagen aus der Parklücke auf die Straße setzte, fragte Paula beiläufig: „Glaubst Du das denn? Der bringt seinen Bruder um oder lässt ihn umbringen und wirft dann ein gefälschtes Testament ein, das ihn als Hauptbegünstigten angibt." Trepper lächelte spitz, während sein Blick auf der Straße ruhte. „Im Prinzip nicht zu glauben. So dumm kann natürlich eigentlich keiner sein. Noch dazu ist das Testament ja praktisch ein Spaßschreiben. Andererseits: Seine Firma ist längst in der Insolvenz. Für Strobmeier geht es um alles. Er ist Einzelunternehmer und haftet unbeschränkt mit seinem Privatvermögen. Wenn die Firma mit den angeschriebenen 2,3 Millionen Mark Pleite geht, ist der Mann über Nacht mittellos."

„Du meinst, er könnte so verzweifelt sein, dass er da nicht mehr realistisch gedacht hat?" Simons Blick haftete weiter auf dem Verkehr. Er zuckte kurz mit den Schultern. „Zumindest eine Möglichkeit. Wenn man wirklich verzweifelt ist, greift man doch nach jedem Strohhalm."

Sie hielten an einer roten Ampel. „Oder es möchte ihm jemand den Mord in die Schuhe schieben." Simon wandte seine Augen kurz zu seiner Kollegin. „Auch nicht unmöglich", stimmte er ihr zu. Seine Augen wanderten weiter zur großen Verkehrsampel an der Straßenseite. „Dass der wahre Mörder das Testament einwirft, um dem Bruder den Mordverdacht aufzulasten."

Die Ampel schaltete auf Grün. „Gefällt mir fast noch besser." Plötzlich öffnete Paula das Handschuhfach. Sie holte das blaue Magnetlicht hervor, mit dem man aus dem zivil-lackierten BMW nach außen hin ein Dienstfahrzeug der Kriminalpolizei kenntlich machen konnte. Sie knipste das rotierende Blaulicht an, kurbelte das Seitenfenster hinab und setzte das Blaulicht auf das Dach des Fahrzeugs. Mit einem mechanischen Geräusch verband sich das Magnetfeld mit dem stählernen Fahrzeugdach.

„Gleich können wir dem Herrn Strobmeier unsere Fragen persönlich stellen." Sie deutete mit ausgestrecktem Zeigefinger auf die andere Fahrbahn. Trepper drückte auf einen schwarzen Knopf neben dem regulären Armaturenbrett, woraufhin die integrierte Polizeisirene einmal laut losheulte. Dann zog er den BMW scharf nach links. Der Gegenverkehr wich aus.
Tatsächlich stand Helmut Strobmeier auf dem Gehweg. Breit lächelnd winkte er den Polizisten zu. Simon stoppte den Wagen und knipste die Sirene wieder aus. Das laute Geheul hatte nur einige Sekunden gedauert. Er setzte zusätzlich zum Blaulicht die Warnblinkanlage in Gang. Dann stieg er aus dem Wagen. Gleichzeitig verließ Paula Brückner den BMW. Die beiden Kommissare näherten sich Strobmeier ohne Hast von links und rechts. Sowohl Trepper, als auch Paula legten dabei die Hand auf die im Halfter steckende Dienstwaffe, ohne diese hervorzuholen.
Helmut Strobmeier quittierte diese Handlung dadurch, dass er seine Hände weit nach oben hob. Sein Gesicht schimmerte rötlich verfärbt. „Bitte nicht schießen", bat er grinsend. Etwa einen Meter vor ihm blieben die Kommissare stehen. Strobmeier roch stark nach Alkohol. Da ließ Strobmeier auf einmal die Hände hinabgleiten. „Ach wisst Ihr was ..." Er hob seine rechte Hand und formte damit die Geste einer Pistole, indem er seinen Zeigefinger ausstreckte, den Daumen anhob und die restlichen drei Finger zusammenballte. „Ihr könnt ruhig schießen." Bei diesen Worten drückte er ab, indem er seinen Daumen nach unten drückte. „Mir ist es egal. Ihr könnt mich ruhig abknallen. Ich hab eh alles verloren."

12

Trepper konnte sich nicht mehr an den Namen Uwe Seidler erinnern. Neun Jahre waren mittlerweile vergangen, seit sich ihre Wege kurz gekreuzt hatten. 1968 wurde der linke Student Seidler verdächtigt, bei einem Mordfall beteiligt gewesen zu sein. Trepper vernahm den Studenten einige Male. Schlussendlich stellte sich dessen Unschuld heraus. Als ihm nun die Akte Seidlers übergeben wurde, konnte er weder mit dem Namen, noch mit dem Fahndungsfoto etwas anfangen.
„Und ... Dieser Seidler soll etwas mit unserem Fall zu tun haben?" Trepper legte die Akte ab und sah fragend zu seinem Kollegen Stefan Michlbier. „Wir sind eigentlich schon ziemlich weit." Simon dachte an den gestrauchelten Bruder des Mordopfers, der seit etwa drei Stunden seinen Rausch

in der Ausnüchterungszelle ausschlief. Zudem gab es noch einige Ermittlungspunkte gegen die Ehefrau Korbinian Strobmeiers und deren Geliebten Jürgen Gensheim.

„Hm, weit seid Ihr also", brummte Michlbier. Er beugte sich etwas über Treppers Schreibtisch und blätterte nochmals die frisch angelegte Ermittlungsakte auf. Er schlug einige Seiten um und drückte dann seine Hand auf den oberen Rand, damit die Seite geöffnet blieb. „Dann schau Dir mal das an", verlangte Michlbier von seinem Kollegen. Trepper musterte die hinter Klarsichtfolie eingefügte Fotografie.

Auf dem Schwarz-Weiß-Bild sah man eine unverputzte Klinkerwand auf der mit unruhiger Strichführung die Parole „Strobmeier – unser erster Streich! Kommando Baader-Meinhof" aufgepinselt war. Simon verschränkte die Arme vor der Brust. Er zuckte mit den Schultern. „Das war dieser Seidler?" Michlbier zog seine Hand von der Akte zurück, woraufhin einige Seiten zurückschnellten und die Fotografie wieder überdeckten. „Nicht sicher. Aber das Graffiti befand sich in der Nähe von seinem aktuellen Wohnort in Schwabing." Michlbier richtete sich auf. „Den Seidler hat das BKA schon länger auf dem Schirm. Der treibt sich seit Anfang der 70er in linksextremen Kreisen umher." – „RAF?" Michlbier drehte beide Handflächen nach oben und legte sie dann ineinander. „Da sind sich die Kollegen nicht vollständig sicher. Er suchte auf jeden Fall Anschluss an radikalere Kreise. Bis vor zwei Tagen zählte ihn das BKA aber nur zum Sympathisantenkreis der RAF, ohne wirkliche Beziehungen dazu. Eher ein Sprücheklopfer."

Trepper runzelte die Stirn. „Bis vor zwei Tagen? Was hat sich denn in den beiden Tagen geändert?" Michlbier tippte mit dem rechten Zeigefinger auf die verblätterte Akte, obwohl die Fotografie nicht mehr oben auflag. „Das Graffiti ist das eine. Seit Schleyer entführt ist, dreht das BKA jeden Stein um. Die haben jetzt ja so viel Mann, wie sie brauchen: Polizeischüler, Landespolizei, Bundesgrenzschutz, GSG 9 – die können jetzt aus dem Vollen schöpfen und durchsuchen Wohnungen, beschatten Verdächtige, setzen V-Männer ein. Das volle Programm eben."

„Und dabei haben sie den Uwe Seidler auf frischer Tat erwischt, wie er gerade das Graffiti gemacht hat?", mutmaßte Simon. „Das nicht. Der Seidler war aber auch auf deren Liste. Sie haben ihn beschattet. Die sind ihm einige Tage gefolgt und plötzlich, nach dem Tod vom Strobmeier war dieses Graffiti da. Wenige Meter neben Seidlers Schlafplatz." – „Wieso haben die Kollegen ihn dann nicht auf frischer Tat ertappt, wenn sie doch aus dem Vollen schöpfen können?" Trepper hielt dieses Graffiti für eine Wichtigtuerei und vermutete dahinter das Verhalten von Trittbrettfahrern. Sympathisanten der RAF wollten die Ermordung eines „Kapitalisten" für ihre Sache nutzen.

Michlbier ballte seine rechte Faust, spreizte Daumen und kleinen Finger ab und kippte seine so geformte Hand vor seinen Lippen auf und ab. „Vielleicht haben die Kollegen vom BKA zwischendurch etwas getankt." Beide lachten. „Nein, ich weiß es nicht. Vielleicht haben sie ihn etwas laufen lassen, um noch Komplizen einzusacken, oder so." Trepper winkte ab. „Egal", meinte er. Seine Augen wanderten zur großen Wanduhr auf der Rückseite des Großraumbüros der Mordkommission.

Trepper wartete mit einiger Spannung auf das Verhör mit Helmut Strobmeier. Der Atemalkoholtest hatte 2,13 Promille ergeben. In der Rechtsmedizin meinte Josef Kamml, bei Strobmeier gäbe es zudem Anzeichen von permanentem Alkoholmissbrauch. Er schätzte deshalb, dass Strobmeier bis zu 0,3 Promille Alkohol je Stunde abbauen konnte. Ein hoher Wert. Es würde dennoch einige Stunden dauern, bis der Bruder des Ermordeten vernommen werden konnte. Simon seufzte. „Zeit für Deinen Seidler haben wir ja noch genug."

Michlbier hob seinen Zeigefinger und schüttelte ihn ein wenig als Geste der Verneinung. „Du unterschätzt die Sache noch." Trepper atmete tief durch. „Mensch Stefan – Du kennst doch die Lage: Wir haben im gesamten Bundesgebiet RAF-Sympathisanten und Unterstützer. Die haben halt mitbekommen, dass ein Banker ermordet wurde und wollen jetzt den Fall für ihre Sache einspannen. So wird aus einem ganz klassischen Mord aus Habgier, ein politisches Spektakel."

Ohne auf Treppers Anmerkung verbal zu reagieren beugte sich Michlbier wieder vor. Er begann erneut in der Akte umzublättern. Treppers Kollege erklärte dabei: „Seidler treibt sich aktuell in einer Gruppe von sieben Kommunarden herum. Die haben ein altes Arbeiterhaus im Schwabinger Süden besetzt. Eher eine Bruchbude." Michlbier hatte die gesuchte Seite gefunden und drückte wieder mit seiner Hand auf den oberen Rand des Dokuments.

„Das BKA hat die Truppe verwanzt." Jetzt merkte Trepper interessiert auf. Er blickte auf das Dokument und las den Titel: „Abhörprotokoll Kommunarde Schwabing, 12. September 1977". Simon zwängte seine Augenlider zusammen und sah zu Michlbier. Er wollte eine schnelle Zusammenfassung, ohne das dicht beschriebene Protokoll vollständig lesen zu müssen. „Was ist dabei rausgekommen?", fragte er nun interessiert. Zufrieden bemerkte Michlbier die Sinneswandlung seines Kollegen.

„In der Gruppe wurde darüber diskutiert, zwei Waffen zu verstecken: ein Sturmgewehr G3 und eine Kalaschnikow AK-47."

13

Ein gewaltiger Lärmpegel dröhnte durch die Kanzel. Simon setzte erstmals seinen schalldichten Kopfhörer ab. Erst jetzt bemerkte Trepper die volle Lautstärke des Spektakels. Doch der Co-Pilot des Bundesgrenzschutz-Hubschraubers hob die rechte Hand und tippte sich damit auf seinen eigenen Kopfhörer. Trepper verstand die Geste richtig und setzte sich seinen Kopfhörer wieder auf.

„Wir müssen sofort weiter. Daher werden wir die Rotorblätter nicht abschalten. Bitte entfernen Sie sich deshalb in tief gebücktem Zustand vom Hubschrauber. Erst wenn sie vollständig aus dem Bereich der Rotorblätter sind, können Sie sich wieder aufrichten. Und passen Sie auf lose Gegenstände und Ihre Bekleidung auf: Es herrscht draußen sehr starke Zuluft durch den Rotor. Sichern Sie Ihre Habseligkeiten und achten Sie auf sicheren Schritt."

Nach diesen Worten, durch das Kehlkopfmikrofon, drehte sich der Co-Pilot nochmals um und streckte den rechten Daumen nach oben. Simon Trepper, Paula Brückner und Gebhardt Schweiger, der Verbindungsmann zum BKA, erwiderten die Geste praktisch zeitgleich. Dann beugte sich Schweiger vor und öffnete die Seitentür des Bundesgrenzschutzhubschraubers. Der 40-jährige, sehr sportliche Mann sprang heraus. In gebückter Haltung winkte er den beiden Münchner Kommissaren. Paula und Simon folgten seiner Anweisung und verließen in befohlener Weise den Hubschrauber.

Dann sprinteten die drei Beamten schnell über den Landeplatz auf dem Untersuchungsgefängnis der Generalbundesanwaltschaft in Karlsruhe. Schweiger lief den beiden Münchnern voran. Er strebte zu einer geöffneten Tür an einem Betonschacht. Dort wartete bereits ein uniformierter Bundesgrenzschützer. Noch ehe die Dreiergruppe den Gebäudezugang erreichte, hob der Hubschrauber unter großem Lärm ab.

Der uniformierte Bundesgrenzschützer salutierte vor Schweiger, obwohl dieser keine Uniform trug. Schweiger erwiderte die Ehrerbietung mit einem Kopfnicken. Dann traten sie in den schmalen Betonschacht. Es handelte sich um einen Aufzug, der hier oben vom Gebäudedach, auf dem sich auch der Hubschrauberlandeplatz befand, in das Innere des Gebäudes führte.

Der BGS-Mann setzte einen Schlüssel in das Bedientableau des Fahrstuhls ein und drehte ihn um. Dann öffnete er die silbrig glänzende Schiebetür des Aufzugs per Knopfdruck. Schweiger, Trepper und Brückner betraten den Aufzug. Der uniformierte Bundesgrenzschützer blieb draußen. „Vierter Stock?", fragte Schweiger den Mann. Dieser antwortete der Frage wortgleich mit anderer Betonung: „Vierter Stock."

Daraufhin wählte Schweiger den entsprechenden Knopf, auf dem die Nummer vier stand. „Sie haben ganz schön Glück, dass wir Ihnen die Sache hier ermöglichen", bemerkte Schweiger in neutralem Ton. „Wir haben aktuell genügend andere Baustellen, wie Sie sich denken können", fügte er hinzu. „Wir danken Ihnen, für diese Möglichkeit", erwiderte Trepper. „Seid Ihr bei Schleyer schon weitergekommen?"

Schweiger drehte sich um und sah zu Trepper. Er zögerte. Dann antwortete der BKA-Mann: „Darüber dürfen wir nicht sprechen. Wir haben einige Hebel in Bewegung gesetzt und …" Er drehte sich wieder um, mit Blickrichtung zur geschlossenen Aufzugstüre. „Wir werden die Burschen kriegen und Schleyer befreien." Trepper drehte seinen Kopf zu Paula. Beide zuckten mit den Augenbrauen.

Der Fahrstuhl hielt auf dem 4. Stockwerk und öffnete. „Wann dürfen wir Uwe Seidler befragen?" Schweiger ging schnellen Schritts voran. Ohne sein Tempo zu senken oder sich zu Paula Brückner umzudrehen erklärte er: „Sie dürfen gar keine Fragen stellen. Wir führen die Vernehmung. Sie dürfen zuhören. Mehr nicht." Trepper hätte diesen Punkt gerne in Ruhe besprochen. Natürlich ging er davon aus, selbst den Verdächtigen zu befragen. Aber Schweiger stoppte nicht und ging weiter den schmucklosen Gang voran.

„Wir hätten natürlich einige besondere Fragen bezüglich unserem Mordfall." Da stoppte Schweiger tatsächlich. Allerdings nicht, um auf Treppers Kommentar einzugehen. Er öffnete eine Seitentür und betrat ein schmales Zimmer. Das lang gezogene Zimmer war auf einer Seite mit fünf Einzelarbeitsplätzen bestuhlt. Jeder Arbeitsplatz verfügte über einen kleinen Schreibtisch und jeweils einen Stuhl. Die Schreibtische waren aneinandergereiht. Auf der gegenüberliegenden Seite befand sich ein Spiegel, der praktisch über die gesamte Raumlänge verlief.

Auch Trepper und Paula Brückner traten ein. Währenddessen wandte sich Schweiger einem Bedienpult neben dem Eingang zu, das sich auf Brusthöhe befand. Er drückte den ersten Knopf. Umgehend löste sich das Spiegelbild auf und die gläserne Front ermöglichte freie Sicht in den Nebenraum. Es handelte sich um einen Venezianischen Spiegel, so wie er auch in einem Verhörraum des Münchner Polizeipräsidiums eingebaut war.

Trepper und Paula sahen im Nebenraum Uwe Seidler an einem schlichten Metalltisch sitzen. Zwei Männer, die jeweils einen dunklen Anzug mit Krawatte trugen, saßen ihm gegenüber. Schweiger drückte derweil den zweiten Knopf. Damit hatte er die Sprechanlage eingeschaltet. Schon drang der Ton aus dem Verhörraum herüber. „Das hat sich aber am 12. September noch ganz anders angehört", vernahm Trepper den ersten Satz aus der laufenden Vernehmung.

Trepper blies beide Backen auf. Wie sollte er aus dieser Vernehmung etwas für seinen Fall ableiten? „Wir führen mit Seidler seit gestern Abend Dauerverhöre", erklärte Gebhardt Schweiger. „Ich habe die Kollegen schon darüber informiert, dass Sie wegen dem Mordfall aus München heute Vormittag eintreffen." Schweiger drückte daraufhin einen dritten Knopf. Sofort erleuchtete im Verhörraum ein grünes Licht.

Der aktuell befragende BKA-Ermittler lehnte sich zurück. Sein Kollege übernahm: „Herr Seidler, kommen wir noch einmal auf den Mord an Korbinian Strobmeier zu sprechen." Seidler, der einen sehr ungepflegten Eindruck machte, winkte ab. „Was soll der Scheiß? Ich hab Euch das doch schon alles erzählt. Strobmeier ist nur ein Anfang! Wir machen weiter!"

14

Trepper machte große Augen. Er setzte sich an den mittigen Schreibtisch und packte sein Notizbuch aus. Paula Brückner bezog den Arbeitsplatz neben ihm. Auch sie legte sich Notizmaterial bereit.

„Wir wollen das nur noch einmal in Ruhe besprechen." – „In Ruhe besprechen? Ihr stellt mir doch schon seit 1000 Stunden immer die gleichen Fragen." Der BKA-Mann steckte sich eine Zigarette an. Trepper im Nebenraum fragte währenddessen Schweiger: „Hat er keinen Anwalt?" Schweiger, der sich mit dem rechten Oberschenkel auf den ersten der Schreibtische gesetzt hatte, antwortete: „Nein. Seidler sagt aus. Er möchte keinen Anwalt haben. Der redet wie ein Wasserfall. Es scheint, als wolle er mit nichts hinterm Berg halten." Simon zuckte mit den Schultern. „Und warum dann das Dauerverhör?" Schweiger wandte seinen Blick zum Venezianischen Spiegel. „Tja. Er redet viel. Sehr viel. Aber es passt nichts zusammen. Das werden Sie gleich selbst hören." Bei diesen Worten nickte Schweiger mit dem Kinn in Richtung Seidler.

„Unsere Gruppe hat das Attentat geplant", erklärte Seidler mit genervter Stimme. „Woher …", begann der BKA-Mann eine Frage. Doch Seidler schnitt ihm das Wort ab: „Woher wir die Waffen haben? Kinder, Kinder … Das hab ich Euch doch schon dreimal erzählt: Die Kalaschnikow haben wir in Frankfurt gefunden. Das war in einem besetzten Haus im Westend. Die lag da drinnen in einer Holzkiste." – „Sicher eine Lüge", kommentierte Schweiger die Aussage im Verhörraum. „Und die G3 ist aus den Beständen unserer glorreichen Bundeswehr. Einer unserer Genossen hat sich mit Absicht zum Wehrdienst einziehen lassen und das G3 aus der Waffenkammer geschmuggelt."

„Die Geschichte könnte eventuell sogar passen", erklärte Schweiger. „Es gab da tatsächlich einen solchen Fall vor einem guten Jahr. Dafür wanderte ein gewisser Karl Laubheim ins Gefängnis. Er gehörte zu Seidlers Gruppe."

„Und wo sind die Waffen jetzt?" Seidler lächelte spitz. Er raufte seinen strubbeligen Bart. „Leute, Leute … Seid Ihr behindert? Ich hab Euch das schon erzählt: Wir haben die beiden Schießprügel in die Isar geschmissen." – „Sie sagten, Sie hätten die Waffen von der Herzog-Heinrich-Brücke geworfen. Richtig?" Seidler riss die Augen weit auf und spitzte seine Lippen. „Oh! Du bist ja scheinbar der Beste aus dem Wurf." Ohne auf die Provokation zu reagieren führte der Befrager aus: „Wir haben sowohl die Isar, wie auch den mittleren Isarkanal von der Brücke bis zum Stauwehr Oberföhring untersucht. Die Waffen sind nicht dort." Seidler lächelte spöttisch. Er schüttelte den Kopf. „Dann müsst Ihr Helden halt besser suchen. Die Knarren sind da drinnen. Ihr müsst halt mal ein bisschen fleißiger sein."

Wieder wechselten die BKA-Ermittler die Rolle. Der zweite Beamte fragte: „Welches Motiv steckt hinter dem Anschlag auf Korbinian Strobmeier?" Seidler zog den schmutzigen Ärmel seines Holzfällerhemdes nach oben. Auf seinem Oberarm trug er eine Tätowierung. Man sah in einer etwas unsauberen Linienführung das Logo der RAF. „So schaut es aus, Jungs. Darum geht es." – „Also wegen den in Stammheim inhaftierten Terroristen?" Der BKA-Mann wählte bewusst den Ausdruck „Terroristen". Er wollte Seidler etwas provozieren. In den vielen Stunden Verhör, hatte sich bereits herauskristallisiert, dass Seidler zumeist herablassend und entspannt an der Befragung teilnahm. Außer man kritisierte die RAF oder allgemein den Sozialismus und die linken Studentenbewegungen. Damit konnte man ihn aus der Reserve locken und er verlor seine scheinbare Unnahbarkeit.

„Terroristen? Da hast Du aber was verwechselt, Opa!", giftete Seidler. Der BKA-Mann war etwa Mitte 50, aber sah keineswegs so alt aus, wie ihn Seidler titulierte. Es handelte sich um ein während des Verhörs bereits öfters festgestelltes Verhalten Seidlers. Sobald ihn etwas störte, wurde er beleidigend und ausfällig. „Ihr Bullenschweine seid Terroristen. Ihr fettgefressenen Schweine schützt doch die Ausbeuter und den Imperialismus. Wegen Euch Bullen sterben die Menschen bei uns in der Gosse und in Vietnam im Dschungel."

Der ältere BKA-Mann, den Seidler als „Opa" verspottet hatte, ließ sich nun selbst erstmals zu einer spöttischen Reaktion hinreißen. Er lächelte kopfschüttelnd. „So oft gehen wir gar nicht im Dschungel auf Streife, wie Sie meinen. Zudem: Der Krieg in Vietnam ist seit zwei Jahren beendet." Seidler hob seinen Zeigefinger und deutete damit inmitten des Gesichts seines Befragers. „Vietnam kann überall sein. Solange Ihr die Menschen ausbeutet, ist Vietnam immer und überall auf der Erde."

Trepper kannte die harte und ideologisierte Sprache aus dem Umfeld der RAF auch aus seinem beruflichen Alltag. Dennoch schockierte ihn die enorme Verblendung des Angeklagten. Er sprach wie aus einer anderen Welt, wie aus einer anderen Wirklichkeit. Sicher, viele, Hunderttausende Studenten waren nach 68 auf die Straße gegangen. Damals waren in der Studentenschaft linke und auch linksextreme Gedanken weit verbreitet. Aber längst hatte sich doch die Lage merklich entspannt. Der weitaus größte Teil der Studenten ging in dieser Zeit weiter dem eigenen akademischen Abschluss nach. Radikalere Gruppierungen unter den Studenten verloren immer mehr an Bedeutung. Zudem wirkte die sozialliberale Koalition unter Willy Brandt entspannend auf die politische Situation in Deutschland.

So begannen die 70er-Jahre mit einer gewaltigen Entspannung und – trotz einiger wirtschaftlicher Probleme – einer gewissen Euphorie in der Gesellschaft. Sozialleistungen wurden erhöht, Löhne stiegen, es gab bedeutende Fortschritte in der Gleichberechtigung von Mann und Frau und der Akzeptanz der Homosexuellen. Dazu schwappte eine Welle der sexuellen Offenheit über das Land flankiert von öffentlichen Diskursen, Buchveröffentlichungen und auch manchem halbseidenen Kinofilm wie der populären „Schulmädchen"-Reihe. Kurzum: Das Leben in der Bundesrepublik fühlte sich gut an. Die Gesellschaft war wohlhabender, offener und freundlicher als je zuvor. Das Land war aus dem wirtschaftlich erfolgreichen, allerdings gesellschaftlich angestaubten Wiederaufbau der Adenauer-Ära in ein neues, modernes Stadium getreten.

Doch es gab diesen kleinen Teil Radikaler aus dem ehemaligen Milieu der Studentenbewegung der 68er. Dieser spaltete sich ab von der eigentlich positiven Entwicklung des Landes und flüchtete sich in eine Art Gegenwelt, in der es eine ganz andere Erzählung gab: Der Polizeistaat BRD unterdrückt die freie Gesellschaft und seine Eliten verstehen sich ausschließlich als Machtapparat zur Förderung und Sicherung des Großkapitals. Die Armen darben am Hungertuch, das Proletariat verarmt, die Reichen werden immer reicher.

Auch Uwe Seidler gehörte scheinbar zu diesen Außenseitern der Gesellschaft, die für sich allerdings in Anspruch nahmen, für das wahre und gute einzustehen. Seidler trieb sich einige Jahre in West-Berlin herum. Er suchte Anschluss an unterschiedliche linke Gruppierungen. Die Stadt mit ihrem besonderen Flair gefiel ihm. Das damalige, von dem Staatsgebiet der DDR eingeschlossene West-Berlin war nicht offiziell Teil der Bundesrepublik. Deshalb gab es dort auch keine Wehrpflicht. So siedelten viele junge Wehrdienstverweigerer in den Westteil der geteilten Stadt. Zudem zog das wilde Nachtleben viele abenteuerlustige, junge Menschen aus der restlichen Bundesrepublik an. Auch Uwe Seidler ließ sich in diesen Rausch mitziehen. Aber der gescheiterte Student war kein einfacher Mensch. Seidler war selbstverliebt und besserwisserisch. Schnell überwarf er sich mit seinen Mitstreitern, sobald er in einer Gruppe seinen Platz suchte.

Nach einigen Streitigkeiten zog es Seidler 1971 nach Frankfurt am Main. Er wollte sich am sogenannten „Frankfurter Häuserkampf" beteiligen: Linke Gruppierungen sicherten Altbauten rund um das Frankfurter Bahnhofsviertel vor dem Abriss um diese den großen Neubauplänen von Investoren und Spekulanten zu entziehen. Es war der große, weltweite Kampf Sozialismus gegen Kapitalismus im kleinen Brennglas einer Stadt.

Seidler machte sich bald einen Namen als patenter Straßenkämpfer. Er konnte ordentlich austeilen, vertrug aber auch eine Tracht Prügel, wenn es schief ging. Er empfahl sich so zu höheren Weihen. Eines Tages, im Herbst 1971, wurde er von einem rotköpfigen jungen Mann mit leichtem französischem Akzent angesprochen: „Wenn Du mal bei den Profis mitspielen willst, kann ich Dir was zeigen."

Gerne ging Seidler mit dem rothaarigen Ex-Studenten mit in eine Gründerzeitvilla im Westend. Das etwas baufällige, aber in seiner Anlage und Bauform bemerkenswerte Haus, war das heimliche Hauptquartier der sogenannten „Putztruppe". Diese „Eliteeinheit" der Hausbesetzerszene hatte sich den Ruf erarbeitet, besonders hart und unerbittlich gegen Polizisten vorzugehen.

Seidler wurde in den ersten Stock geführt. Die Wände waren dicht mit politischen Plakaten beklebt und mit sozialistischen Parolen beschmiert. Er gelangte in einen Raum, in dem sich Papiere auf dem Boden stapelten. Ein alter Salontisch stand in der Mitte. Dort saß ein junger Mann, mit langen Haaren und Dreitagebart. Er trug eine Lederjacke und am Hals ein Palästinensertuch. Freundlich deutete er auf einen freien Stuhl am Tisch. Seidler setzte sich.

„Du bist also der Junge aus Berlin, der bei den Bullen für diverse Massaker gesorgt hat?" Seidler lächelte stolz. „Ich geb den Burschen nur, was Sie brauchen." Der Mann holte weit aus und schlug ihm hart auf die Schulter. Dann krallte er seine Hand fest und schüttelte ein wenig an seiner Seite. „Gut so. Solche Leute wie Dich brauchen wir. Der Kampf hat gerade erst begonnen." Der Mann lehnte sich zurück und breitete seine Arme aus. „Noch schaut es bei uns recht ärmlich aus, aber das war beim Ché oder unseren Genossen in Vietnam auch nicht anders. Und heute? Heute haben sie die Macht. Das werden wir auch schaffen. Irgendwann gehört uns die Macht im Land."

Die Worte machten großen Eindruck auf Seidler. Er schlug ein. „Ich freue mich schon", bekannte er glücklich. „Super! Geht schon morgen los. Es gibt eine große Demo im Westend. Da machen wir mit. Ausrüstung geben wir morgen aus. Sei um halb zehn da." Seidler stand auf und bedankte sich. Als er zum Ausgang ging, rief ihm der Mann hinterher: „Wie heißt Du eigentlich?" Beide lächelten. Sie hatten tatsächlich den Namenswechsel vergessen. „Ich bin der Uwe", antwortete Seidler. „Alles klar, Uwe. Kannst Joschka zu mir sagen."

15

„Sagen Sie mal, ist Ihnen Ihr ‚Kampf' eigentlich nicht irgendwann mal zu blöd? Sie rennen hier gegen einen Staat an, der wahrscheinlich auf dem gesamten Erdball die höchsten Sozialleistungen hat: Arbeitslosengeld, Rente, gesetzliche Krankenversicherung, Arbeitsunfallver …" Seidler winkte zornig ab und brüllte laut: „Almosen! Alles Almosen!", grollte er. „Damit wird das Proletariat doch nur abgespeist, während die Bonzen immer fetter werden." – „Und warum gehen Sie dann nicht rüber? Drüben würde man sich über so einen tatkräftigen Proletarier, wie Sie zweifelsohne einer sind, sehr freuen." Mit „drüben" meinte der BKA-Mann die DDR. Der biedere Beamte freute sich über seine Spitze. Mit der Aufforderung „nach drüben" zu gehen, konnte man ultimativ alle politisch engagierten Menschen links der Mitte prächtig provozieren.

„Tja", murmelte währenddessen Schweiger im Nebenraum, hinter dem Venezianischen Spiegel. „Leider ist die Befragung mit Herrn Seidler nicht einfach. Er ist aggressiv und unkooperativ", meinte er etwas entschuldigend zu Trepper und Paula Brückner. „Und irgendwie passt sein Gehabe auch nicht. Die anderen aus der Gruppe sprechen eher abfällig über Seidler. Da ist überhaupt nichts davon zu hören, Seidler wäre ihr Anführer. Eher ein Mitläufer oder Kostgänger in deren Kommune. Eine sehr komische Situation. Die anderen sagen auch nichts zu Ihrem Mordfall Strobmeier aus, während Seidler so tut, als wäre alles der Plan ‚seiner' Gruppe."

Trepper stand auf und ging auf die gläserne Spiegelwand zu. Er stützte sich mit seiner rechten Hand ab und betrachtete den weiter anschwellenden Streit. „Lassen Sie uns doch ran", bat Trepper plötzlich. „Wir wollen nur unseren Fall abklären. Ihre weitergehenden Ermittlungen in Richtung RAF gehen uns ja nichts an."

Schweiger verschränkte seine Arme vor der Brust. Auch seine Augen starrten gebannt auf das Wortgefecht im Vernehmungsraum. „Schauen Sie: Es gibt da exakte Vorgaben von unserer Einsatzzentrale. Schleyer hat absoluten Vorrang. Vor allem anderen. Ihr Fall ist − verzeihen Sie − praktisch belanglos. Wir müssen Schleyer rausholen. Dann können wir vielleicht diesem ganzen Spuk ein für alle Mal ein Ende bereiten. Deshalb darf ich niemand anderen ranlassen. Dieser Seidler gehört uns, bis wir alles aus ihm draußen haben."

Simon wandte seinen Blick vom Nebenraum ab und sah zu Schweiger hinüber, der etwa zwei Meter entfernt stand. Im Hintergrund plätscherte weiter der Streit aus dem Verhör über die Lautsprecher herüber. „Glauben Sie wirklich, dieser Seidler hat Kontakt zur RAF? Das ist doch eher ein Wichtigtuer. Wenn er wirklich etwas mit dem Mord an Korbinian Strobmeier zu tun hat, dann ist der doch eher auf einen fahrenden Zug aufgesprungen."

Schweiger senkte plötzlich seinen Kopf und kratzte sich am Nacken. Trepper deutete die Geste als Unsicherheit des BKA-Mannes. „Geben Sie uns ein paar Minuten. Wir wollen nur wissen, woran wir sind. Eigentlich gibt es in München genügend Spuren für uns. Es ist nur die Geschichte mit der Kalaschnikow und dem G3. Das kommt uns hier in die Quere."

Schweiger atmete laut aus. „Meinetwegen", bestätigte er Treppers Ansinnen. Er drückte wieder einen Knopf auf dem Bedienpult. Schon sah man im Verhörraum ein oranges Licht brennen. Daraufhin verließ Schweiger den Nebenraum. Im Verhörraum machte sich ebenfalls einer der beiden BKA-Männer auf den Weg nach draußen.

„Wahrscheinlich sind die ganz froh, mal jemand anderem die Arbeit zu überlassen", meinte Paula mit vergnügtem Unterton. Trepper drehte sich zu ihr um. Er zwinkerte mit dem rechten Auge. „Vielleicht können wir dann die Sache ein für alle Mal beenden", verwendete er die großen Worte des BKA-Mannes. Paula legte währenddessen ihre Unterlagen zusammen und steckte sie in ihre kleine Ledertasche. „Wenn wir den Schleyer rausholen, sind wir ja Kandidaten für das Bundesverdienstkreuz."

Die Tür öffnete sich. Schweiger winkte die beiden Münchner Kommissare zu sich. „Sie haben 30 Minuten. Wir zeichnen natürlich alles auf." Trepper stimmte zu. Die BKA-Männer verließen den Verhörraum und überließen Trepper und Brückner ihre Plätze.

„Und wer seid Ihr zwei Pappnasen?", begrüßte sie Seidler genervt. „Guten Tag Herr Seidler. Wir kommen aus München. Ich bin Kriminalhauptkommissar Trepper, das ist meine Kollegin Kriminalkommissarin Brückner. Wir sind von der Mordkommission und bearbeiten den Mordfall Korbinian Strobmeier." Seidler öffnete seine Arme und hob beide Hände an. „Da seid Ihr bei mir genau richtig", erklärte er gönnerisch. Er hatte Trepper, speziell nachdem dieser seinen Namen genannt hatte, wiedererkannt. Doch Seidler sagte dazu nichts. Es erschien ihm ohne Wert und er hatte auch kein Interesse daran, alte Geschichten aufzuwärmen.

Trepper und Brückner setzten sich. „Sie haben angegeben, der Mord an Korbinian Strobmeier wäre politischer Natur", begann Trepper die Befragung. Mit übertriebener Bewegung nickte Seidler tief. Sein Kinn berührte dabei seinen Hals. „So ist es. Wir haben es für die Stammheimer gemacht. Und wir werden es wieder tun." Trepper blickte kurz in seine Notizen und fuhr fort: „Aber der Täter sind Sie nicht?" Seidler nickte in Richtung Treppers Notizen. „Dann haben Sie ja schon einen ganz ausgezeichneten Überblick über meine bisherigen Aussagen", lobte er vergiftet. „Dann hätten Sie sich den Weg hierher auch gleich sparen können. Ich sag nichts anderes aus. So war es."

Simon legte den Zeigefinger auf die entsprechende Stelle in seinen Unterlagen und zitierte aus Seidler Aussage des Vortages, von welcher Trepper vorab eine Abschrift erhalten hatte: „Zwei Genossen, deren Namen ich niemals verraten werde, haben das Kommando Korbinian Strobmeier ausgeführt." Wieder nickte Seidler mit ausladender Geste.

Diese Passage fiel Trepper nicht nur wegen der angeblichen Täterschaft aus Seidlers Gruppe auf. Seidler sprach auch von zwei Tätern – die kriminaltechnische Untersuchung ging aber nur von einem Schützen aus, der Waffe und Schusswinkel wechselte, um einen zweiten Schützen vorzutäuschen. „Sie behaupten also, die Täter zu kennen, diese aber nicht Preis zugeben?" Seidlers Augen funkelten angriffslustig. „So schaut's aus. Wir halten zusammen. Da brauchen Sie sich keine Hoffnungen zu machen. Genossen sind keine Verräter!"

Trepper musterte Seidler und sah ihm dann in die Augen. „Oder Sie waren selbst der Schütze und wollen die Schuld einfach von sich weisen."

„Ich war es – leider – nicht. Das Los hat gegen mich gestimmt. Ich hätte es aber sofort getan, wenn ich das längere Streichholz gezogen hätte. Ohne mit der Wimper zu zucken", erklärte er feierlich. Seidler unterstützte seine Aussage visuell, indem er mit zusammengelegten Zeigefinger und Daumen der rechten Hand an die geschlossene Faust seiner linken tippte und dann mit den Fingern anhob. Er spielte damit scheinbar das Szenario des Streichholzziehens nach.

„Sie hätten sich ja freiwillig melden können", meinte Paula Brückner spontan. Dieser Einwurf brachte Seidler etwas aus dem Gleichgewicht. „Wieso freiwillig? Äh ... Wir sind Genossen. Das ... Also das geht seinen Gang. Da entscheidet immer das Los." – „Ihre Genossen sagen aber gar nichts hierzu aus. Da gibt es keinerlei Aussagen zum Mordfall Korbinian Strobmeier." – „Das macht jeder mit sich aus. Die Genossen wollen eben nicht mit Euch Schweinen reden. Mir macht's Spaß." Trepper öffnete währenddessen eine graue Dokumentenmappe. Er suchte die Skizze der waffentechnischen Untersuchung des Tatorts.

„Aber Sie sagen, es mussten zwei Streichhölzer gezogen werden?" Seidler äugte misstrauisch zu dem Mordermittler, den er das erste Mal vor neun Jahren gesehen hatte. Langsam konnte er sich in groben Zügen wieder an sein Verhör von damals erinnern. Ein gewisser Respekt stellte sich bei ihm ein. Auch damals hatte ihn Trepper einige Male enorm unter Druck gesetzt und mit einer präzisen, hintergründigen Befragung in die Enge gedrängt.

Gerade deshalb bemühte er sich nun, besonders abfällig zu sein. Seidler wollte ihm keinen Respekt zollen: „Bist Du noch Polizeischüler? Du bist ja noch grün hinter den Ohren! Wenn's zwei Schützen gibt, muss auch zweimal gelost werden, Du Pfeife!" Simon freute sich insgeheim über die hochnäsige Zurechtweisung durch den Befragten. Damit steigerte sich die Fallhöhe der nun folgenden Offenbarung. Er zog die Skizze des Tatorts aus der Mappe und schob sie über den Tisch. Seidler reagierte nicht. Sein Blick blieb auf Trepper gerichtet.

„Wenn Sie einmal auf diese Skizze schauen möchten, sehen Sie eine interessante Auswertung von unserer Spurensicherung." Seidler ließ seinen Blick demonstrativ auf Trepper ruhen. Davon unbeeindruckt begann Simon die Skizze zu erläutern: „Nun, wir sehen darauf die Einschusswinkel der beiden Waffen. Herr Strobmeier wurde von sechs Kugeln aus einer Kalaschnikow AK 47 getroffen." Seidler zuckte mit den Schultern und meinte grob: „Schade, dass das Schwein nicht von zehn Kugeln getroffen wurde."

Im Nebenraum, hinter dem Venezianischen Spiegel, baute sich eine nervöse Unruhe auf. Bisher hatten die BKA-Ermittler den Verdächtigen nichts von der Einzeltätertheorie erzählt. Sie wollten dies aus ermittlungstaktischen Gründen zurückhalten. „Sollen wir einschreiten?", fragte einer der Vernehmer. „Lassen wir's laufen. Seidler ist jetzt der Erste, der unsere Erkenntnisse erfährt. Irgendwann mussten wir das mal anbringen. Und es schadet vielleicht gar nichts, wenn ein neues Vernehmer-Team das einbringt. Wirkt vielleicht auf den Seidler so, als hätten wir ganz neue Erkenntnisse", erklärte Gebhardt Schweiger.

Trepper fuhr währenddessen auf der anderen Seite des Spiegels fort: „Nun gab es ja noch eine zweite Waffe, die am Tatort eingesetzt wurde." Seidler lächelte breit. „So schlau sind wir!" Er zwinkerte mit dem rechten Auge. „Nicht, dass die erste Buffe streikt und dann geht nix mehr." Trepper nickte. „Sehr schlau von Euch", lobte er in neutralem Ton. „Aber warum wurde mit der zweiten Waffe, einem G3, erst nach der Ermordung von Herrn Strobmeier geschossen?" Seidler machte einen skeptischen Gesichtsausdruck. Trepper erläuterte weiter: „Herr Strobmeier wurde ausschließlich von der Kalaschnikow getroffen, obwohl die G3-Schusslinie ebenso seinen Standort im Raum zentrisch traf."

Seidlers Blick ging nun doch kurz hinab auf die Skizze. Dort kreuzten rote Linien, welche für die Kalaschnikow standen und blaue Linien, die für die Schussbahnen der G3 standen, einen zentralen Kreis. „Er hat halt daneben geschossen", brummte Seidler grimmig. „Nein", entgegnete Trepper bestimmt. „Die Schussbahn ist eindeutig. Die Kugeln aus der G3 hätten Strobmeier treffen müssen – wenn er nicht schon tot am Boden gelegen hätte."

Seidler schüttelte entschieden mit dem Kopf. „Red keinen Unsinn! Das stand doch sogar in der Zeitung, dass der Strobmeier mit zwei Waffen erschossen wurde."
Paula Brückner, Trepper und die drei BKA-Männer im Nebenraum merkten gleichermaßen überrascht auf. Seidler bezog sein Täterwissen auf einen Zeitungsartikel. Warum erwähnte er nicht zuerst die Berichte der angeblichen Täter? „Sie haben in der Zeitung von der Tat gelesen?" Seidler schluckte. Er schüttelte unsicher mit dem Kopf. „Das … Wieso aus der Zeitung? Da stand ja auch nur drin, was halt war. So ist es gewesen. So haben es mir hinterher auch die Genossen erzählt!" – „Dann haben Ihre Genossen gelogen."
Seidlers Gesicht entspannte sich wieder. „Wir lügen nie", bekannte er feierlich.

16

Ein Onkel von Trepper war vor einigen Jahren gestorben. Magenkrebs. Immer wenn Trepper nun den Tatverdächtigen ansah, der ihm gegenüber saß, musste er an das kranke, müde, kraftlose Gesicht seines Onkels denken, wenige Tage bevor er starb.
Das Verhör dauerte zwar erst wenige Minuten, allerdings fühlte sich Trepper wegen diesen Gedanken schlecht dabei, diesen ausgemergelten Menschen zu befragen: Helmut Strobmeiers Gesicht war eingefallen. Seine Haut schimmerte weiß und kränklich. Dunkle Augenringe fügten sich eng im Halbkreis unterhalb seiner Augenlider aneinander.
Simons Blick wanderte zu dem kleinen Mikrofon, das etwas seitlich auf dem Tisch stand und mit dem das Verhör aufgezeichnet wurde. Seit es diese Tonbandaufzeichnungen gab – sie wurden mittlerweile bei praktisch allen wichtigen Verhören angewendet – fühlte sich Trepper immer unwohl, nicht fachliche Aussagen zu treffen. Aber er konnte einfach nicht anders: „Herr Strobmeier, Sie sehen wirklich nicht gut aus. Wollen Sie eine Untersuchung durch einen Amtsarzt?" Helmut Strobmeier, der Bruder des Mordopfers, lächelte gequält. „Das ist nett von Ihnen, Herr Kommissar. Aber mir fehlt nichts. Mir geht es gut." Er hüstelte.
Trepper atmete tief durch. „Gut, wir machen weiter. Aber Sie sagen es bitte sofort, wenn es nicht mehr geht." Strobmeier hob die rechte Hand und winkte damit ab. „Es ist nichts. Ich bin nicht krank oder so. Es ist etwas anderes …" Umgehend senkte sich Strobmeiers Blick. Es wirkte, als

sehe er in ein großes, tiefes Loch. Strobmeier machte einen verlorenen Eindruck. Er sinnierte vor sich hin. Trepper ließ dem Tatverdächtigen einige Sekunden Zeit, seine Gedanken zu sortieren. Dann räusperte er sich. Der Kommissar wollte gerade zu einer Frage ansetzen, doch als er seine Stimme anhob und noch ehe er das erste Wort sagen konnte, platzte es aus Strobmeier heraus: „Ich bin ruiniert! So einfach und eindeutig wie der Sinn dieses Wortes es ausspricht: ruiniert!"

Trepper legte seinen Bleistift ab und lehnte sich zurück. „Ihr Immobiliengeschäft ist pleite. Wir wissen davon", bestätigte Trepper. Er hatte die entsprechenden Zahlen vom Finanzamt erhalten. Dort gab Helmut Strobmeier fast zwei Millionen DM Schulden an. Als Einzelunternehmer haftete er mit seinem gesamten Vermögen. Eigentlich wollte Trepper Strobmeier zu einem späteren Zeitpunkt des Verhörs damit konfrontieren. Vor allem dann, wenn das gefälschte Testament zur Sprache kam.

„Pleite ist noch milde ausgedrückt. Ich habe über zwei Millionen Schulden." Da lügt er schon mal nicht, dachte Trepper interessiert. „Wenn ich fragen darf …", begann Trepper vorsichtig eine Frage nach den Gründen zu formulieren. Strobmeier erahnte Treppers Absicht. „Sie dürfen. Aber verzeihen Sie mir, wenn ich Details ausspare. Ich mache mal die kurze Version: Scheidung, angeblicher Versicherungsbetrug beim Brand einer Gründerzeitvilla im Münchner Norden, die Überbewertung eines Mehrfamilienhauses am Stachus." Er stöhnte laut auf. „Mir ist der ganze Scheiß mittlerweile eh wurscht", betonte Strobmeier grob. Er schloss die Augen und rieb sich langsam mit der rechten Hand über seine Stirn. Man sah ihm noch die Erschöpfung der Vortage an.

Trepper presste die Lippen zusammen und betrachtete Strobmeier. Irgendwie redete er zu offen. Er versuchte sich nicht zu verstellen. Der Tatverdacht gegen ihn wog schwer, die Indizien schienen eindeutig. Ob gleich ein Geständnis folgen würde? Trepper spürte ein Kribbeln in seinen Fingern. War der Durchbruch nah? Wollte sich der Verdächtige etwas von der Seele reden? Es musste vielleicht nur noch geschickt eingefädelt werden. Es bedarf nur der richtigen Ansprache, des richtigen Vorgehens – schon würde Strobmeier möglicherweise gestehen, dachte Trepper.

Strobmeier öffnete wieder seine Augen. Trepper suchte direkten Blickkontakt mit ihm. Der Tatverdächtige wich seinem Blick nicht aus. „Ihr Bruder dagegen war sehr wohlhabend", bemerkte Trepper deutlich. Strobmeier verdrehte die Augen. „Das kann man wohl sagen", entgegnete er mit genervter Stimme. „Von ihm war keine Hilfe zu erwarten?" – „Nein!", antwortete der Verdächtige laut und bestimmt. Simon überlegte, wie er am besten an diesem Punkt fortfahren sollte. Er entschied sich für die einfachste Variante: „Warum?"

17

Als Emilie Strobmeier am 27. August 1916 einen Sohn zur Welt brachte, befand sich ihr Ehemann August Strobmeier als Major an der Westfront. Er diente im Stab der 1. Königlich Bayerischen Division und war dort die rechte Hand des Kommandeurs Generalleutnant Albert von Schoch.

Im Gefechtsabschnitt der Division tobte zu dieser Zeit die sogenannte Schlacht an der Somme: Mit sturer Gewalt versuchten die britischen Generäle – koste es was es wolle – die deutsche Front zu durchbrechen. Unter sehr großen Verlusten wogte die Millionenschlacht hin und her.

In dieser angespannten Situation erreichte August Strobmeier die Nachricht von der Geburt seines zweiten Kindes, nachdem bereits 1912 sein Erstgeborener Korbinian zur Welt gekommen war. Von den brutalen Kämpfen an der Frontlinie war im Hauptquartier der Division natürlich nicht viel zu erkennen. Die Offiziere des Stabs waren in einem schönen französischen Landhaus untergebracht. Man genoss gute Verpflegung, schlief in sauberen Betten und von den direkten Kampfhandlungen bekamen die Stabsoffiziere höchstens bei Truppenbesichtigungen und durch Frontberichte einen kleinen Eindruck.

Dennoch herrschte gedrückte Stimmung in jenen Tagen. Die Anspannung war groß. Der britische Angriff musste abgewehrt werden. Der Stab wurde permanent mit neuen Nachrichten von der Front versorgt, woraufhin die Divisionsführung unzählige Befehle zurück an die Frontverbände sendete. Nervös verfolgten von Schoch und seine Offiziere jede Neuigkeit von der kämpfenden Truppe, der Aufklärung, den Nachschubdiensten und dem übergeordneten Oberkommando der 6. Bayerischen Armee.

Trotz dieser Ausnahmesituation sprach sich das private Glück des Majors Strobmeier schnell herum: Das Blitz-Telegramm aus der Heimat ging nach Übersendung durch etliche Hände und so verbreitete sich die Nachricht schnell im Hauptquartier der Division. Schließlich gelangte die Neuigkeit auch zu Generalleutnant von Schoch und dieser wollte sich keine menschliche Blöße geben. Deshalb lud er gegen 21:30 Uhr zu einem kleinen Sektempfang ein. Das großzügige Landhaus bot für solche Gelegenheiten einen schönen, mit Eichenholz vertäfelten Saal. Man wollte dort das Glück des Kameraden begießen und sich ein wenig der Zerstreuung hingeben.

Tatsächlich fanden sich praktisch alle Stabsoffiziere zur bestimmten Zeit ein. Um diese Uhrzeit wurden auch die Meldungen von der Front zumeist weniger, da Nachtangriffe praktisch nicht mehr stattfanden. Doch ließ der feierlich Bedachte auf sich warten. Es vergingen zehn Minuten, 15, 20, 30, doch August Strobmeier fand sich nicht ein. Es wurde wenig gesprochen, die Offiziere standen etwas verloren herum und warteten. Fragende Blicke wanderten umher. Die Anwesenheit ihres Vorgesetzten dämpfte die Stimmung zusätzlich.

Von Schoch, ein grauhaariger, hagerer Mann mit düsteren Augen, nippte unruhig an seinem halb befülltem Sektglas. Dem General war die Veranstaltung ohnehin zuwider, obwohl er eingeladen hatte. Er nahm sein Monokel aus dem rechten Auge und beugte sich nahe zu dem neben ihm stehenden Ordonnanzoffizier. „Wo bleibt der Kerl?", fragte er scharf mit leiser Stimme. Der junge Leutnant zuckte mit den Schultern. „Ich werde ihn holen, Herr Generalleutnant, " erklärte der junge Offizier mit lauter Stimme. Er knallte die Haken zusammen und drehte sich um.

Von Schoch bemühte sich, ein gequältes Lächeln aufzusetzen. „Kann sich nur noch um Stunden handeln", bemerkte er halbbelustigt. In diesem Moment, der junge Leutnant hatte den Saal noch nicht verlassen, torkelte August Strobmeier durch die eichene Doppeltüre. Der Major war offensichtlich schwer angetrunken. „Oha", murmelte von Schoch überrascht. „Hat schon ohne uns angefangen …"

Der Divisionskommandeur erhob sein Sektglas in Richtung Strobmeiers. „Lieber Major Strobmeier, es ist nun meine angenehme Pflicht …" Doch in eben diesem Moment kippte August Strobmeier um. Der junge Ordonnanzoffizier eilte ihm zur Seite und bemühte sich ihn wieder aufzurichten, doch Strobmeier war praktisch nicht mehr ansprechbar.

Der General ließ daraufhin seinen Blick über die versammelte Gruppe an Stabsoffizieren kreisen. „Ja. Wie man eben so sagt. Das größte Glück auf Erden. Da kann einem schon mal …" Sein Kopf drehte sich in Richtung des Kollabierten. „Da kann einen schon mal die Freude übermannen."

18

Die 1. Königlich Bayerische Division kehrte im Spätherbst 1918 geschlagen nach München zurück. Der bayerische König hatte abgedankt, der deutsche Kaiser sich ins Exil nach Holland verabschiedet. In der Stadt tobte längst ein unerbittlicher Konflikt über das, was nach dem verlorenen Krieg kommen mochte.

Der Empfang für die müden, hungrigen und enttäuschten Soldaten glich jedoch einer freundlichen Wiederkehr: Tausende Bürger der Stadt versammelten sich und empfingen die Heimkehrer mit „Hoch"-Rufen und freundlichem Winken. Obwohl gerade die Menschen in der Heimat froh waren, dass dieser schreckliche Krieg endlich vorbei war, erkannten sie das Leid der Soldaten an. Mit Jubel hatte man sie ins Feld verabschiedet, nun schien es nur gerecht, ihnen eine freundliche Heimkehr zu gewähren. Die Probleme, die längst das Leben daheim erschütterten, konnten noch einen Tag warten. Die politischen Unruhen zwischen links und rechts nahmen kurz halt vor den Heimkehrern. Lang würde es nicht dauern und die heimkehrenden Soldaten selbst würden sich den wütenden Bürgerkriegsparteien anschließen.

Emilie Strobmeier beteiligte sich nicht an dem Empfang auf der Straße. Sie wusste auch nichts von der Heimkehr ihres Mannes an diesem Tag. Wie sie überhaupt nur mehr wenige Nachrichten von ihm erhalten hatte, seit ihr zweiter Sohn Helmut geboren worden war. Während sie seitenlange Briefe schickte, ihm ausführlich von den beiden Söhnen und allen anderen privaten Vorkommnissen detailliert berichtete, hielt sich August Strobmeier bei seinen Antwortbriefen sehr kurz. Oftmals reihte er nur einige spröde Sätze aneinander, die sich so manches Mal im Ton völlig glichen: „Ich bin unverwundet. Der Krieg geht voran. Es steht nicht gut. Wir werden sehen. Grüße August."

Emilie vermutete hinter den wortkargen Briefen des Ehemannes eine zunehmende Verzweiflung über die sich abzeichnende Niederlage. Es gab nur noch einige, wenige Verblendete, die an einen glanzvollen Sieg glaubten. Die Mehrheit allerdings darbte der Niederlage entgegen. Der enorme Hunger in der Stadt und die schlechten Nachrichten von allen Fronten ließen kaum mehr Hoffnung auf ein gutes Ende zu.

Deshalb glaubte sie, ihr stolzer Mann, der mit Haut und Haar Berufssoldat war, wäre über diese bitteren Aussichten hin einsilbig geworden. Dafür hatte sie nur allzu gern Verständnis. Umso mehr bemühte sie sich, ihm aufmunternde Briefe aus der Heimat zu senden. In beinahe jedem Brief legte sie zudem Bilder bei. Eines verwunderte sie allerdings: Bei jedem seiner kurzen Briefe, setzte er unterhalb seiner Unterschrift die Zahl 47. Auf jedem seiner Briefe fand sich diese ominöse Zahl wieder. Mehrfach fragte sie ihn in ihren Briefen, worum es sich bei der Zahl 47 handeln mochte: Eine Kennziffer seiner Einheit? Ein codiertes Ereignis? Ein Buch, in dem Sie auf der Seite 47 nachsehen sollte? Sie wusste keine Antwort darauf. Schließlich beließ sie es dabei und begnügte sich mit den kurzen, weitgehend nichtssagenden Sätzen ihres Mannes.

Am Tag der Heimkehr ihres Ehemannes, diesem trüben, nebeligen 24. November 1918, saß Emilie unbedarft neben Julian Heilmann. Heilmann war der Tenor in der Bayerischen Staatsoper. Der Künstler und die Offiziersfrau saßen beim Tee im Sommergarten ihrer großen Stadtwohnung. Während die einfache Bevölkerung hungerte und nicht genug Brennstoff für den Winter besaß, lebte die Oberschicht weiterhin in guten Verhältnissen. Hungern musste Emilie Strobmeier nicht. Auch der mit mehreren aufwendigen Kuchenstücken besetzte Teller auf dem breit gerahmten Tisch, zeugte von der relativen, zumindest materiellen, Sorglosigkeit der Hausherrin.
Die gläserne Tür, die mit trübem Milchglas besetzt war, öffnete sich langsam. Überrascht sahen Emilie Strobmeier und Julian Heilmann zum plötzlich Eintretenden. Da stand er also.
Emilie wurde bleich. Sie ängstigte sich, er könnte die Situation falsch verstehen. „August!“, rief sie in gespielter Freude aus. „Es ist ja so schön, dass Du endlich wieder Zuhaus bist.“ Er reagierte nicht. Kein Wort kam über seine Lippen. Heilmann erhob sich von seinem Korbsessel. Er verneigte sich. „Die Freude ist auch bei mir recht groß“, sagte er umständlich. August lächelte spitz. Dann drehte er sich auf dem Absatz um und verließ wieder den Sommergarten.

19

„Was bedeutet jetzt eigentlich diese 47?“, fragte Emilie Strobmeier, während sie ihre Unterwäsche wieder anzog. Ihr Mann August lag mit dem Rücken auf dem Bettlaken und rauchte. Er antwortete nicht. Sie zog ihr Nachthemd über und setzte sich auf die Bettkante. Eigentlich dachte Emilie, durch ihren körperlichen Einsatz, August besänftigt zu haben. Doch er erschien ihr weiterhin abwesend, ja ablehnend. Er hatte in diesen Nachmittagsstunden keine zehn Worte mit ihr gewechselt.
Sie legte ihre Hand auf seine behaarte Brust. „Es war sicher schlimm für Dich“, begann sie einfühlsam. „Vier Jahre im Krieg.“ Doch davon konnte eigentlich keine Rede sein. August war kein Frontoffizier. Während seine Untergebenen teilweise mit dem Bajonett kämpften und von Mann zu

Mann ums nackte Überleben rangen, hatte er selbst im gesamten Krieg nicht einen einzigen Schuss auf den Feind abgegeben. Die Traumatisierung der einfachen Frontsoldaten kannte er nur vom Hörensagen. Etwas anderes plagte ihn.

Er richtete sich auf und zerdrückte seine Zigarette in dem Aschenbecher auf seinem Nachtkästchen. Dann legte er sich wieder zurück, wobei er beide Handflächen unter seinen Hinterkopf setzte. „Du willst also wissen, wofür die 47 steht?", fragte er plötzlich. Seine Frau freute sich, endlich eine Reaktion von ihm zu hören. Ihr hübsches Gesicht strahlte ihn an. „Raus mit den Geheimnissen", lächelte sie ihn an.

Sein Blick verfinsterte sich. „Gut. Dann möchte ich Dich nicht länger auf die Folter spannen. Ich dachte eigentlich, Du könntest Dir selbst einen Reim darauf machen." Doch seine Frau verstand nicht, worum es sich handelte. Er starrte angestrengt auf die mit Stuck verzierte Decke. „Als Du mir an Weihnachten 1915 ins Feld geschrieben hast, Du wärst in freudiger Erwartung …" Emilie strahlte bei diesen Worten und streichelte über seine behaarte Brust. „Da haben mich die Kameraden gleich beglückwünscht. Natürlich auch unser Feldarzt Dr. Jendrich." Ihr Blick wurde etwas unsicher. „Jendrich überschlug sogleich im Kopf das Datum meines letzten Urlaubs – ich war ja Ende Oktober 1915 für drei Tage bei Dir. Da machte er also die Rechnung auf …" Sie wurde blass. Plötzlich war ihr alles klar. Die kurzen, kalten Briefe, sein Verhalten heute, auch die Zahl 47 konnte sie nun einordnen. Ihre Hand ruhte nun auf seiner Brust.

„Seine Rechnung lautete dahingehend, dass ich wohl gegen Ende Juni, Anfang Juli 1916 die freudige Botschaft erwarten dürfte." Sie zog ihre Hand zurück. „Ich …", stammelte sie. Ihre Augen wurden glasig. „Nun hat mich Dein reger Briefwechsel ja wunderbar auf dem Laufenden gehalten. Nur deckte sich Dein Zeitplan nicht mit dem gängigen gynäkologischen Wissen. 40 Wochen dauert ja im Gemeinen eine Schwangerschaft. Nicht 47. Es sei denn, ich bin nicht der Vater von dem Bengel."

„Es tut mir leid", sagte sie mit tränenunterdrückter Stimme. „Wer?", erwiderte er kalt. Sie schluchzte. „Das dünne Bürschlein von heut Nachmittag?", fragte er in zornigem Ton. Sie nickte. „Wie lang schon?" Sie zögerte. Dann antwortete sie einsilbig: „Lang." August stand auf. Er kleidete sich an. „Was jetzt?", fragte sie ängstlich. Er zuckte mit den Schultern, während er seine Hosenträger über den Rücken spannte. „Meine Frau ist eine Hure", erklärte er mit böser Stimme. „Scheidung?", stammelte sie unsicher. Er atmete tief durch. „Und dass ich dann als gehörnter Depp dastehe?"

Ein vernichtender Blick traf die junge Frau. „Dann ..." – „Du machst sofort mit dem Bürschlein Schluss. Wenn nicht, dann leg ich das Schwein um." Sie nickte. Er hatte sich vollständig angekleidet. Er trug nun erstmals seit mehr als vier Jahren wieder einen Zivilanzug und nicht Uniform. „Es läuft weiter wie gehabt. Nur deine Rumhurerei wird beendet." Wieder nickte sie stumm. „Aber glaub bloß nicht, dass ich es ab jetzt so genau nehme!" Daraufhin verließ er das Schlafzimmer und knallte die Tür hinter sich zu. Durch den lauten Knall waren die beiden Söhne aufgewacht. Babygeschrei tönte durch die Wohnung. Emilie eilte in das Kinderzimmer. Zwei ängstliche Kinderaugen entspannten sich wieder, als sie Licht und Mutter sahen. Ach wenn du nur wüsstest, dachte Emilie traurig.

20

Es stellt eine gewisse Normalität dar, dass Geschwister auch Rivalen sind. Brüder untereinander vielleicht noch mehr als Schwestern. In diesem Verhalten mag nicht nur Schlechtes liegen: Der Ansporn, jemanden Paroli bieten zu wollen oder ihn gar zu übertreffen, kann gesund sein. Bei den Brüdern Strobmeier sah es anders aus. Schon in Kindheitstagen trennte die beiden eine tiefe Abneigung.
Gefördert, wahrscheinlich sogar ausgelöst, wurde dieses Missfallen durch das unterschiedliche Verhalten der Eltern. Während Korbinian das Lieblingskind des Vaters war, erntete Helmut nur kaltes Missfallen. Andererseits überschüttete die Mutter Helmut mit Aufmerksamkeit und Liebe, während sie Korbinian beinahe stiefmütterlich behandelte.
Die genaueren Hintergründe erfuhren die beiden nie. Allerdings empfanden die Brüder das elterliche Zuhause ohnehin als bedrückenden Ort. Die Eheleute belauerten sich wie Jagdtiere und ließen kein gutes Haar aneinander. Es handelte sich um keine schöne Kindheit. Die zahlreichen Konflikte übertrafen die schöneren Momente um ein Vielfaches. Es wurde dauernd und ausgiebig gestritten – während man nach außen, gegenüber Verwandten, Freunden, Bekannten, sich durchaus bemühte, die Fassade eines glücklichen Familienlebens aufrecht zu halten.
Tatsächlich entwickelten sich die beiden Söhne so auch zu unterschiedlichen Charakteren – wie hätte es auch anders sein können – geprägt durch die Eigenschaften des jeweiligen Elternteils. Korbinian eiferte seinem Vater nach. Er entwickelte sich zu einem etwas spröden, pflichtbewussten, arbeitsamen Menschen. Leistung zählte ihm alles. Er war ein ausgezeich-

neter Schüler und glänzte auch später im Studium. Ebenso wie der Vater nahm er die Treue zur jeweils aktuellen Partnerin nicht so wichtig.

Helmut dagegen glich mehr seiner Mutter. Seine schulischen Leistungen schwankten zwischen mittelmäßig und gerade noch brauchbar. Zweimal musste er eine Klassenstufe wiederholen, einige Male konnte er auf dem letzten Drücker Ungemach abwenden. Dem Vater konnte er es so natürlich nicht Recht machen. Die Mutter sah dagegen das Fortkommen ihres Lieblings entspannter. Mit sehr großem Vergnügen förderte sie zudem seine musischen Begabungen: Helmut spielte passabel Klavier, worin die Mutter ein deutliches Anzeichen der Vererbung seines leiblichen Vaters, des Opernsängers Julian Heilmann sah. Sie träumte bereits von einer großen Musikkarriere Helmuts, was allerdings – mangels Talent – eine völlig unrealistische Zielstellung war.

Die beiden Brüder entwickelten sich auch in ihrem Berufsleben durchwegs unterschiedlich: Korbinian diente sich in der Münchner Finanzwelt Stück für Stück nach oben. Er war intelligent und ehrgeizig. Aber darüber hinaus hatte er auch ein Gespür für Vitamin B und nützliche Korruption. Schnell lernte er die Spielregeln der Chefetagen kennen und setzte Bekanntschaften und Verbindungen zielsicher für sein Fortkommen ein. Er verdiente dabei Unsummen, die er durch geschickte und durchwegs seriöse Geldanlage vermehrte.

Neben seinem Drang zum beruflichen und finanziellen Aufstieg gab es bei ihm aber noch eine zweite, eher verborgene Seite: Korbinian Strobmeier war ein Frauenheld. Nicht, dass er durch übergroßen Charme überzeugte. Ihn machte sein vieles Geld attraktiv. Er nutzte auch diese Stellung gewinnbringend für sich aus und ließ sich auf zahllose kurze und längere Affären ein, immer jeweils neben seiner „offiziellen" Partnerschaft.

Bei Helmut lag es anders. Durchaus wollte auch er Geld und Macht, jedoch verstand er nicht die Mechanismen dahinter. Er stolperte mehr durch das Wirtschaftsleben Münchens, während sein Bruder brillierte. Helmut besaß auch nicht die akribische Arbeitsweise seines Bruders, Geschäfte langfristig, strategisch einzuhegen. Er war vielmehr am schnellen Geld interessiert. Billig einkaufen, teuer verkaufen – so glaubte er schnell voranzukommen. Den Grundstock dafür lieferten zwei Immobilien, die er von den vermögenden Großeltern geerbt hatte. Er belieh die Stadthäuser nach dem Wiederaufbau und der Währungsreform 1948 so hoch er konnte und begann zu spekulieren. Mehr schlecht als recht kam er voran und schließlich, unmittelbar vor dem gewaltsamen Tod seines Bruders lag sein Unternehmen gänzlich in Scherben. Er war ruiniert.

21

„Ich kann es gar nicht so genau sagen", begann Strobmeier. „Es liegt wohl an meinem Charakter. Ich schlage mehr nach meiner Mutter. Sie kommt aus einer Künstlerfamilie. Ihr Vater war der Maler Rottmaier." Rottmaier, grübelte Trepper. Der Name kam ihm schon etwas bekannt vor, allerdings hielt sich Treppers Fachwissen in Kunstfragen auch in Grenzen.

„Sie nahm das Leben eher leichter und nicht so genau wie mein Vater. Er war Berufssoldat und – das können Sie sich ja denken – daher vom Naturell her eher ihr Gegenpart." Simon nickte. „Und ihr Bruder war dann mehr dem Vater ähnlich?" – „Genau", bestätigte Strobmeier. „Und so … Naja, so ging es halt voran. Er hat sein Ding gemacht, ich das meine. Wir haben uns kaum getroffen. Beim 70. Geburtstag meiner Mutter war's noch einmal. Da war sie aber schon schwer krank. Krebs. Sie ist dann einige Wochen später gestorben."

Simon faltete beide Hände ineinander. Seine Augen wanderten zur Ermittlungsakte. Warum dann das gemeinsam bebaute Grundstück, rätselte er. Doch der erwähnte Geburtstag der Mutter, ließ noch eine vorherige Zwischenfrage entstehen: Trepper überschlug grob im Kopf den möglichen Zeitpunkt und fragte dann überrascht: „Sie haben sich auf dem 70. Geburtstag Ihrer Mutter zuletzt mit Ihrem Bruder getroffen?"

Strobmeier lächelte verlegen. Dann schnaufte er laut aus und antwortete: „Ja, leider. Das war 1961." Trepper nickte langsam mit dem Kopf. Seine Augenlider zuckten nach oben. „1961", wiederholte er leise murmelnd und fügte mit etwas lauterer Stimme an: „Vor 16 Jahren." - „So schaut es aus. Wie gesagt: Leider. Aber wir haben einfach nicht mehr zusammengefunden. Davor hatten wir uns auch nur sehr selten gesehen. Es gab einfach kein Verhältnis zueinander."

Trepper entfuhr ein ironisches Lächeln. „Aber … Sie haben auf einem gemeinsamen Grundstück gelebt. Das Haus Ihres Bruders und Ihr eigenes waren ja keine 30 Meter voneinander entfernt", stellte Trepper ungläubig fest. Er zog die Ermittlungsakte an sich und blätterte nach dem Lageplan der Villa Strobmeier.

Helmut senkte den Kopf und nickte leicht. „Ja", seufzte er halblaut. „Das kann man sich eigentlich nicht ausdenken: Da leben die zwei Brüder 16 Jahre in direkter Nachbarschaft, sogar auf demselben Grundstück und gehen sich doch komplett aus dem Weg." Simon hatte unterdessen den Lageplan hervorgeholt. Strobmeier warf einen kurzen Blick darauf. Er erkannte umgehend die ihm vertrauten Umrisse dieses Plans.

„Ich muss das vielleicht genauer erklären: Auf dem Grundstück stand vormals allein die Villa meines Großvaters. Also mütterlicher Seite." – „Rottmaier", wiederholte Trepper den vorher gehörten Namen. „Richtig", bestätigte Strobmeier. „Oskar Rottmaier. Er war damals, im alten Königreich, ein wichtiger Maler von Porträts. Nicht ganz so bekannt wie Franz von Stuck, aber er spielte doch in dessen Liga." Trepper nickte unbedarft.
„So kam mein Großvater zu einer ganzen Menge Geld. Er konnte für Porträts mehrere Tausend Reichsmark verlangen. Damals eine Unsumme. Ja und die Villa in der Stradellastraße baute er von den Einnahmen. Also unter anderem. Er legte sein Geld auch in Wertpapieren und weiteren Immobilien an." Simon notierte sich einige Stichpunkte dazu. Es interessierte ihn nur, ob die Geschichte schlüssig war. Er würde später noch nachprüfen, ob die Angaben zum Maler Rottmaier wirklich zutreffend waren. Er kannte für solche Ermittlungsfragen einen hohen Beamten aus der Bayerischen Schlösserverwaltung, der in allen Kunstfragen belesen war. Dieser hatte der Mordkommission schon mehrfach in solchen Fragen weitergeholfen.
„Nun vererbte mein Großvater alles meiner Mutter. Sie war damit reich. Naja, reich und unglücklich." – „Wieso unglücklich?", wollte Trepper umgehend wissen. „Die Ehe mit meinem Vater war sehr schwierig. Die beiden hatten kein gutes Verhältnis." – „Sie hätte sich doch scheiden lassen können?" Strobmeier zuckte mit den Schultern. Er lächelte und meinte: „Das sagen Sie jetzt zu einem geschiedenen Mann. Aber Sie haben natürlich recht: Heute würde man das sicher tun, wenn man nicht zusammenpasst. Aber es war wohl damals – besonders in diesen Kreisen – anders. Man blieb halt einfach zusammen, auch wenn es nicht gepasst hat. Als Frau war man dazu damals auch stärker an den Mann gebunden wie heute. Dazu kam ja immer die Sache, wer vor Gericht die Schuld für die gescheiterte Ehe auf sich nimmt." Trepper kannte diesen alten Rechtsgrund noch aus seiner Kindheit: Vor Gericht musste ein Ehepartner die „Schuld" übernehmen, wenn es zur Scheidung kam. Zumeist handelte es sich dabei natürlich um Fremdgehen.
Simon winkte mit der flachen Hand über den Tisch. Strobmeier sah es als Aufforderung zum Punkt zu kommen: „Die Villa wurde schließlich – als meine Mutter gestorben ist – ihm vererbt." An dieser Stelle hakte Trepper umgehend ein: „Warum nicht Ihnen? Sie waren doch eher Ihrer Mutter verbunden?" Doch Trepper hatte seine Frage zu früh gestellt. Strobmeier wollte den Hintergrund dazu ohnehin gerade aufhellen: „Die Villa stand direkt nach dem Krieg leer. Ich war zu der Zeit selbst in französischer

Kriegsgefangenschaft. Da zog mein Bruder mit seiner damaligen Frau ein. Auch damit die Stadt keine Flüchtlinge reinsetzt. Und als ich dann 1947 heimgekommen bin, war er in dem Haus schon etabliert. Da ich sowieso wenig Lust spürte, mich mit ihm auseinanderzusetzen, blieb es dabei.“
Strobmeier hielt kurz inne und sortierte seine Gedanken. Dann setzte er fort: „Es änderte sich dann mit dem Tod meiner Mutter. Da wurde es dann offiziell sein Erbe. Aber meine Mutter hatte mich mit bedacht. Sie ließ das Grundstück schon zu Lebzeiten teilen. Das Ganze waren ja ursprünglich fast 3000 Quadratmeter. Und das neue Grundstück wurde als Baugrund ausgewiesen. Ich konnte es aber nicht sofort bebauen. Mir fehlte einfach das Geld. Als meine Mutter dann verstarb, erbte ich den Großteil ihrer Barschaft. Das reichte für den Bau meines jetzigen Hauses.“
Simon verschränkte die Arme vor seiner Brust. „Warum haben Sie sich das denn angetan? Wenn das Verhältnis zu Ihrem Bruder derart abgekühlt war? Sie hätten doch den Baugrund verkaufen können und mit dem ganzen Geld woanders bauen. Oder spekulierten Sie darauf, die Beziehung zu Ihrem Bruder wieder verbessern zu können?“ Helmut Strobmeier zuckte mit den Schultern. „Das war es nicht. Wenn man ehrlich ist: Ich mochte ihn nicht und umgekehrt war’s genauso. Aber ich wollte irgendwie dahin. Vielleicht ging’s mir dabei auch um’s Prinzip: Irgendwas trieb mich einfach dazu. Ich wollte ihm einfach nicht alles überlassen. Ich wollte nicht ‚nachgeben‘, wenn man das so nennen kann.“
Simon formte mit Daumen und Zeigefinger seiner beiden Hände einen Rechten Winkel und legte sie auf den Gebäudeplan. Dann schob er das Dokument in Strobmeiers Richtung. „Es gab zwischen ihren beiden Häusern einen gemeinsamen Garten, eine Rasenfläche ...“ Strobmeier unterbrach: „Der aber durch eine hohe Gartenmauer getrennt war.“ Tatsächlich trennte eine durchgehende, etwa 1,75 Meter hohe Klinkermauer die beiden Grundstücke voneinander. Trepper kannte diesen Umstand natürlich. Auch auf dem Grundstücksplan war die Mauer eingezeichnet. „Wann wurde die Mauer gebaut?“ Strobmeier presste seine Lippen zusammen und schüttelte mit dem Kopf. „Nach 2 oder 3 Jahren. Es ging einfach nicht mehr. Es musste ein Sichtschutz her.“
Bei dieser Ausgangslage verständlich, dachte Trepper. „Und über die Mauer ging natürlich nie irgendjemand drüber, oder?“ Strobmeier lachte angestrengt. Sein rechter Mundwinkel zuckte etwas zwanghaft nach oben. „Für solche Kletterabenteuer bin ich mittlerweile zu alt.“
Simon hatte mit einem Bleistift bereits die Seite in der Akte eingemerkt, auf die er nun umschlug. Er drehte die geöffnete Akte auf die andere Seite

und schob sie etwas in Strobmeiers Richtung. „Da ist aber etwas komisch." Strobmeier schluckte. Die nebulöse Ansage Treppers machte ihn scheinbar nervös. Dann senkte er seinen Blick. Trepper hielt den Bleistift, der gerade noch die entsprechende Seite in der Akte eingemerkt hatte, nun in der Hand. Er deutete damit auf die erste Fotografie, die oben auf der Akte angebracht war. Man sah darauf eine rötliche, etwas verkratzte Oberfläche. „Sehen Sie", begann Trepper, während er kleine, helle Punkte umkreiste. „Das hier ist eine Fotografie von eben jener Gartenmauer, die Ihre beiden Grundstücke trennte. Unsere Spurensicherung hat sich die gesamte Mauer vorgenommen. Die Kollegen haben jeden Millimeter der Mauerkrone mit der Lupe abgesucht." – „So", entgegnete Strobmeier unsicher. „Sehr akribisch", kommentierte er mit gespieltem Lächeln.
„Ja", bestätigte Trepper. „Das ist ein wenig deren Berufsethos, akribisch und gründlich zu arbeiten." Wieder kreiste Trepper über die hellen Einsprengsel. „Sie wurden bereits auf dem ersten Meter fündig: Es gab Aluminium-Einlagerungen auf der Mauerkrone." Strobmeier schluckte erneut. Sein Gesicht spannte sich an. Doch er sagte kein Wort.
Trepper setzte nach. „Gemeinsam mit den Schleifspuren …", Simon führte den Bleistift über einige längliche Ritzer auf der Fotografie, „… ergibt sich ein eindeutiger Beweis: Über diese Mauer wurde eine Aluminiumleiter gezogen. Die Abstände – 45 Zentimeter – sind eindeutig. Dazu die Aluminiumspuren in diesem Abstand, die Schleifspuren und die beiden Ansetzpunkte auf beiden Mauerseiten."
Strobmeier erhob den Kopf. Sein Gesicht war bleich. „Das weiß ich. Das war damals, als die Mauer gebaut wurde. Da ist das gewesen. Die Bauarbeiter mussten da noch mal drüber. Das war genau da. Das weiß ich noch. Das weiß ich ganz genau. Daher kommt das."
Trepper musterte Strobmeiers erschrockenes Gesicht mit großem Interesse. So siehst du also aus, wenn du lügst, dachte der Kommissar. „Das kann nicht sein, Herr Strobmeier. Unsere Experten haben die Fundstelle mit einem Oberflächenmikroskop detailliert ausgewertet: Die Aluminiumablagerungen und auch die Schleifspuren waren absolut frisch. Es gab keinerlei Ablagerungen von Schmutz, Staub oder anderem. Die Spuren waren absolut frisch."

22

Paula Brückner wirkte ungewohnt angespannt an diesem späten Donnerstagnachmittag. Trepper kannte seine junge Kollegin nun doch einige Jahre und er bildete sich ein, ihren inneren Zustand an äußeren Gesten ablesen zu können: Sie machte einen ernsten Eindruck. Ihr Lächeln wirkte aufgesetzt, mehr als eine Art Höflichkeitsgeste, denn einer echten, inneren Regung.

„Ist alles in Ordnung mit Dir?" Wieder folgte ihr gezwungenes Lächeln. „Alles gut", antwortete sie kurz. „Viel zu tun daheim?" Trepper fragte auch, da er selber noch die schwierige Zeit kannte, in der seine eigenen Kinder klein waren. Paula hatte nun ja selbst zwei kleine Kinder zuhause. „Alles gut", wiederholte sie identisch. Es schien ihr unangenehm zu sein. Deshalb wollte Trepper nicht weiter nachfragen. Er grübelte über ein anderes Gesprächsthema, als sich plötzlich die Tür öffnete.

Franz Schellenberg trat ein. Schellenberg war trotz seines jungen Alters von lediglich 30 Jahren, einer der bekannteren Strafverteidiger Münchens. Er hatte bereits in einigen bedeutenden Fällen öffentlichkeitswirksame Freisprüche erreicht. Trepper verfolgte seine Karriere von Beginn an.

Dass Helmut Strobmeier sich aufgrund der drückenden Indizienkette nun doch einen Anwalt genommen hatte, konnte Trepper verstehen. Das stand Strobmeier zu und wohl jeder andere Mensch würde in einer vergleichbaren Situation ähnlich handeln. Allerdings konnte sich Trepper nicht schlüssig erklären, wie Strobmeier, der ja praktisch bankrott war, die horrenden Kosten von Schellenbergs rechtlichem Beistand begleichen wollte. Franz Schellenberg verlangte 100 DM – pro Stunde.

Wahrscheinlich war ihm Schellenberg auch mit dem Preis entgegengekommen, dachte Trepper. Schließlich fand der Mordfall Korbinian Strobmeier längst großes öffentliches Interesse. Alle Zeitungen berichteten darüber. Es war – neben der RAF – das bestimmende Thema in den Münchner Gazetten.

Schellenberg trug einen perfekt sitzenden, pechschwarzen Anzug. Im Ausschnitt seines Jacketts glänzte ein schneeweißes Seidenhemd. Ein ebenso weißes Einstecktuch zierte die Brusttasche des Jacketts. Dazu trug er eine dunkle Seidenkrawatte. Sein Gesicht färbte eine gesunde Bräune. Dagegen wirkte sein neuer Mandant wie ein negatives Spiegelbild. Helmut Strobmeier war in ein verwaschenes, hellgrünes Hemd gekleidet. Am Kragen konnte man einen leicht bräunlichen Rand sehen. Einige Schöpfe seines Haars standen wild durcheinander. Seine Augen waren müde, sein Gesicht eingefallen.

Sein Äußeres wirkte quasi wie ein Schuldeingeständnis. Auch Trepper hatte eigentlich keinen Zweifel mehr an Strobmeiers Schuld. Zu eindeutig schienen die Indizien: das gefälschte Testament, die Leiterspuren über die Mauer, das schlechte Verhältnis zwischen den Brüdern, der große Finanzbedarf von Helmut Strobmeier, das fehlende Alibi. Es passte zusammen.

„Sie haben in der ersten Befragung angegeben, Sie hätten den Abend, an dem Ihr Bruder ermordet wurde, im Bett verbracht", begann Trepper das Verhör. „Mein Mandant hatte einiges an Alkohol getrunken und befand sich deshalb zuhause im Bett, das ist richtig", ergriff umgehend Schellenberg das Wort.

Treppers Augen ruhten weiterhin auf Strobmeier, als er nachfragte: „Wann haben Sie erstmals von der Ermordung Ihres Bruders gehört?" – „Am nächsten Morgen", entfuhr Strobmeier die Antwort, ehe er sich bei seinem Anwalt rückversichert hatte. Trepper erhob bereits seine Stimme, um den Sachverhalt gerade zu rücken, da kam ihm Schellenberg zuvor. „Sie spielen auf das Testament an?", fragte er kurz, um diesem Sachverhalt vorzugreifen.

Simon wandte nun seinen Blick zum Anwalt. „Ja. Dieses gefälschte Testament, welches Ihren Mandanten praktisch zum Alleinerben machen sollte. Dieses offensichtlich gefälschte Testament wurde in der Mordnacht beim Notar Wenzel von Preisberg eingeworfen." – „Korrekt", bestätigte Schellenberg gönnerhaft. „Und weiter?"

Trepper musste lächeln. So ein aalglatter Hund, dachte er halb bewundernd, halb verächtlich. Er sah zu seiner Kollegin nach rechts. Doch Paula schien abwesend. Sie erwiderte Treppers Lächeln mit einem angespannten Zucken ihrer Mundwinkel.

Simon registrierte überrascht ihren Zustand, konzentrierte sich dann aber weiter auf das Verhör: „Sie würden also sagen, dass dieses gefälschte Testament keine Aussagekraft besitzt? Obwohl es in der Mordnacht eingeworfen wurde? Obwohl es Ihren Mandanten alleinig begünstigt? Obwohl Ihr Mandant in schweren finanziellen Problemen steht und er das Geld dringend brauchen würde?"

„Korrekt", antwortete Schellenberg wortgleich. „Dieses Testament ist der ganz plumpe Versuch, meinem Mandanten den Mord in die Schuhe zu schieben. Nichts anderes. Selbstverständlich ist mein Mandant kein kompletter Idiot. Wer könnte denn so verrückt sein, direkt nach dem Mord des Bruders, ein gefälschtes Testament einzuwerfen? Noch dazu ein solch schiefes, plumpes Schriftstück. Ich bitte Sie", mahnte Schellenberg tadelnd.

Trepper wollte Schellenberg nicht so schnell einen zweiten Stich lassen und erklärte vorweg: „Es stimmt, dass damit ein natürlicher Verdacht entsteht und es gibt auf dem Testament keine Fingerabdrücke …" – „Eben", funkte Schellenberg dazwischen. „Aber woher stand denn fest, dass der Notar zur Polizei geht? Was nun, wenn der Notar das Testament annimmt und es nicht an die Polizei weiterleitet? Dann ist der gelenkte Mordverdacht wertlos." Schellenberg winkte ab. „Das wäre nicht legal."

Damit hatte Schellenberg recht. „Ja, das Testament ist nicht rechtskräftig", bestätigte Trepper. „Aber der Notar hätte es ja auch einfach unter den Tisch fallen lassen können." Schellenberg zuckte mit den Schultern. „Aber normalerweise wird ein Notar sich korrekt verhalten und so einen Vorgang der Polizei melden."

Simon sah, dass er sich mit dieser Argumentation in eine Sackgasse begeben hatte. Er versuchte einen anderen Ansatz: „Gut. Aber denken wir noch einmal an die Tat selbst: Zwei Maschinengewehre, Bekennerschreiben der RAF – mit sehr hoher Wahrscheinlichkeit ebenfalls gefälscht. Steckt nicht dahinter die Vertuschung?"

Schellenberg lächelte breit. Der Schlagabtausch mit Trepper amüsierte ihn tatsächlich. „Das kann man so oder so sehen." Der Anwalt fühlte sich in diesem Punkt im Vorteil. Doch auch Trepper besaß noch ein Ass im Ärmel: „Wir werden bei der anstehenden Hausdurchsuchung bei Herrn Strobmeier einige Schriftstücke sicher stellen und damit eine Analyse der Handschrift veranlassen. Schauen wir mal, ob dabei was rauskommt." Schellenberg blieb gelassen. Das Ergebnis könnte man angreifen, dachte er entspannt.

Doch seinen Mandanten beunruhigte die Ansage des Kommissars. „Warum ein Schriftstück aus meiner Wohnung? Ich kann Ihnen gleich was schreiben. Das können Sie hernehmen." Schellenberg spitzte die Lippen und hob beschwichtigend die Hand. Allerdings begann Strobmeier sofort seine Unterschrift auf ein Blatt Papier zu setzen. Er schob das Blatt über den Tisch in Treppers Richtung. „Wir benötigen mehrere handschriftliche Beispiele von Ihnen."

„Aber wenn der Täter seine echte Handschrift verstellt hat?", brach es verzweifelt aus Strobmeier heraus. Trepper nahm die Vorlage dankend an und reagierte umgehend: „Der Täter hat seine Handschrift ohnehin verstellt, um die Handschrift des Mordopfers zu imitieren. Aber man kann das trotzdem gut aufklären: An gewissen Bögen und Linien erkennt man den wahren Schreiber. Da kann er sich nicht verstellen."

Strobmeier riss die Augen weit auf. Er drehte seinen Kopf zu Schellenberg. „Stimmt das?", fragte er unruhig. Schellenberg hob wieder beschwichtigend seine rechte Hand. „Wird nichts so heiß gegessen, wie gekocht", erklärte er lapidar. Allerdings beruhigte seinen Mandanten diese Aussage keineswegs.

Trepper dagegen nutzte die Situation. Er fixierte Strobmeiers Augen mit seinem Blick, dann schob er blitzschnell hinterher: „Sie können sich ja vorstellen, welches Licht das auf Sie wirft, wenn Sie hier hoch und heilig versprechen, das gefälschte Testament war nicht von Ihnen und dann können wir das Gegenteil beweisen. Dann sieht es schlecht für Sie aus. Dann sind Sie kaum mehr zu retten."

Schellenberg erkannte die Gefahr zu spät. Er entgegnete nur ein tadelndes: „Aber Herr Kommissar. Ich bitte Sie." Doch längst entglitt ihm die Kontrolle über seinen Mandanten. Dieser schüttelte heftig den Kopf. „Was wollt Ihr denn von mir? Was wollt Ihr denn überhaupt?" – „Sagen Sie die Wahrheit!", forderte Trepper streng. Seine Augen hafteten auf dem Verdächtigen wie der Jagdblick eines Raubtieres. „Die Wahrheit? Ich habe ihn nicht getötet! Das ist die Wahrheit!" – „Ist das gefälschte Testament von Ihnen?" - „Mein Mandant …", schritt Schellenberg ein. Er wollte die Nichtaussage seines Mandanten zu dieser Frage bekennen. Allerdings kam ihm Helmut Strobmeier zuvor. „Ja! Herrgott noch mal! Das Scheiß-Testament ist von mir", schrie er ungehalten.

„Aber das heißt nix! Ich war es nicht! Ich wollte doch nur das Geld!" Zufrieden lehnte sich Trepper zurück. Er notierte in aller Ruhe die Aussage Strobmeiers. Schellenberg beobachtete mit einer säuerlich-ärgerlichen Miene seinen Widersacher. „Fertig?", fragte der Anwalt dann mit genervter Stimme. Trepper bejahte. „Dann bitte ich um eine Unterbrechung der Vernehmung. Ich muss mich mit meinem Mandanten unterreden."

Es kostete Simon einiges an Mühe, keinen vergnügten Eindruck zu erwecken. Er entsprach der Bitte selbstverständlich. Schellenberg nickte mit einem spöttischen Lächeln und kommentierte: „Sehr freundlich." Dann erhob er sich. Strobmeier, noch immer etwas verwirrt, tat es seinem Anwalt mit einer Verzögerung gleich. Sie verließen den Verhörraum. Ein uniformierter Polizist empfing sie am Ausgang und begleitete sie fort.

Trepper wandte sich zu Brückner. Sie hatte am gesamten Verhör praktisch nicht teilgenommen. Auf ihrem karierten Block sah Trepper einige mit Bleistift ausgemalte Karos. Ansonsten stand nicht ein Wort auf ihrem Zettel. „Was sagst Du?", fragte Simon mit freundlicher Stimme. Sie drehte ihren Kopf in die andere Richtung und zuckte mit den Schultern.

„Paula?", nannte Trepper ihren Namen in Frageform, während er seine rechte Hand auf ihre Schulter legte. „Es ist nichts", schluchzte seine Kollegin. Dann sprang sie auf und eilte aus dem Verhörraum. Trepper sah ihr verständnislos hinterher.

23

„Besteht Lebensgefahr?", wollte Richard Marburger wissen. Der Leiter der Mordkommission München hatte das dünn beschriebene Krankenblatt der medizinischen Abteilung der JVA München gerade überflogen. Er reichte es wieder in Treppers Richtung. Dieser erhob sich etwa 20 Zentimeter von seinem Stuhl, ohne ganz aufzustehen und griff nach dem Schreiben. Dann setzte er sich wieder vollständig.

„Davon kann keine Rede sein", meinte Trepper. „Nach Ansicht des Amtsarztes handelte es sich um einen kleineren Schwächeanfall. Den ‚Verdacht auf Herzinfarkt' musste er nach großer Intervention vom Schellenberg in seinem Bericht aufnehmen. Schellenberg drohte damit sonst zur Presse zu gehen, nach dem Motto: Polizei vertuscht schwere Erkrankung von Untersuchungshäftling", erklärte Simon. Marburger senkte seinen Kopf etwas nach vorn und fuhr sich mit der rechten Hand über seine Glatze. „Ach herrje", jammerte er laut schnaufend. „Der Schellenberg. Na wunderbar. Da hat er sich ja den Richtigen ausgesucht." Simon ordnete mit gesenktem Kopf den Bericht der Krankenabteilung in seine Ledermappe ein, während er zustimmte: „Ja, der Schellenberg hat sich auch gewaltig verändert. Noch vor ein paar Jahren hat der mir von seinem Idealismus vorgeschwärmt. Er wolle das Recht vertreten und so weiter. Davon ist leider nicht mehr viel übrig geblieben", stellte Simon fest. Er hatte seine Ledermappe verschlossen und den Kopf wieder nach vorne gerichtet.

„Das macht das Geld mit den Leuten. Als guter Strafverteidiger kommt man automatisch an zahlungskräftige Kundschaft. Und dann liegt's am Charakter: Hält man seine Prinzipien ein oder wird man schwach." Trepper nickte dem Gedankengang seines Chefs zu. Dieser löste gerade eine Aspirin-Tablette in einem kleinen Wasserglas auf. Trepper und Marburger beobachteten gleichermaßen das aufsprudelnde Wasser.

„Also gönnt ihr ihm Ruhe?" – „Vorerst." – „Und dann?" Trepper tippelte mit seinem rechten Zeigefinger auf die Ledermappe. „Da beißt die Maus keinen Faden ab: Helmut Strobmeier hat irgendetwas mit der Ermordung seines Bruders zu tun: das gefälschte Testament, die beidseitigen Leiterspuren auf der Gartenmauer, das allgemein schlechte Verhältnis der beiden Brüder, seine massive Geldnot."

Die Aspirin-Tablette hatte sich vollständig in dem Glas aufgelöst. Marburger hob das Glas an und nippte erstmals. Sein schmales Gesicht verzog sich, als er den ersten Schluck hinunterwürgte. „Und dieser Seidler?", fragte er mit noch immer, aufgrund des sauren Geschmacks, verzerrtem Gesicht. „Also diese ganze RAF-Geschichte ist sicher eine Aufschneiderei. Aber natürlich bleibt die Sache mit den Waffen. Ein G3 und eine Kalaschnikow – damit sind wir natürlich genau im Bild bei unserer Veranstaltung." Marburger griff nun erneut nach seinem Glas. Er leerte es in einem Zug. Wieder zwang ihn der säuerliche Geschmack zu einer verzogenen Miene. Dann setzte er das geleerte Glas ab. „Andererseits: Das G3 ist das Standardgewehr unserer Bundeswehr. Wie viele wird es davon in West-Deutschland geben? 300 000? 400 000? 500 000? Ebenso die Kalaschnikow. Das ist ja nun auch nicht gerade das unbekannteste Gewehr auf der Welt." Trepper nickte.

„Absolut. Das kann durchaus ein Zufall sein. Oder aber Seidler und seine Truppe stecken mit unter der Decke. Sicher auch im Bereich des Möglichen." – „Motiv?", fragte Marburger interessiert nach. Trepper presste die Lippen zusammen und zog beide Mundwinkel hinab. „Vielleicht haben die Burschen wirklich eine gute Gelegenheit gesehen, einen ‚Kapitalisten' um die Ecke zu bringen." Trepper betonte das Wort „Kapitalisten" mit hochgezogener Stimme. Sein Vorgesetzter runzelte die Stirn. Trotz der skeptischen Miene bestätigte er: „Möglich."

Marburger blickte nun auf die silberne Armbanduhr an seinem linken Handgelenk. Trepper kannte diese Geste bereits: Damit deutete Marburger seinem Gesprächspartner an, dass der nächste Termin bereits für ihn anstand. Trepper erwartete nun eigentlich eine schnelle Verabschiedung. Doch Marburger zögerte. „Und die Ehefrau? Da war doch auch was im Busch." Simon, der innerlich bereits seine Muskeln angespannt hatte, um sich von seinem Stuhl zu erheben, sackte wieder leicht zurück. „Naja. Ein Motiv ist natürlich vorhanden. Sie profitierte auch ungemein vom Ableben ihres Noch-Ehemannes. Schließlich konnte die Scheidung nicht vollzogen werden. Der Zeitpunkt passte also ziemlich gut. Dazu fehlt ihr und ihrem Partner auch ein schlüssiges Alibi. Die beiden stützen sich gegenseitig. Natürlich nur bedingt glaubwürdig. Aber das war es dann schon."

Marburger erhob sich nun von seinem Stuhl. Er drehte seinen Oberkörper leicht nach hinten und zog sein dunkelblaues Jackett von der Stuhllehne, über der das Kleidungsstück gehangen hatte. „Tja, mein lieber Trepper", begann er schmunzelnd. „Da wären wir wieder beim lieben Geld. Das lockert gerne die Moral."

Auch Simon stand auf. „Wir überprüfen das noch genauer." Marburger knöpfte sein Jackett zu. „Machen Sie das bitte." Er richtete sein Jackett gerade, indem er mit beiden Händen am unteren Saum anzog. „Dafür werden einfach die meisten Morde begangen: nicht wegen der hohen Moral oder der großen politischen Überzeugung. Zumeist ist es ja doch einfacher." Er richtete seinen Blick nach oben und sah Trepper in die Augen: „Wegen dem Geld."

24

Trepper war kurz eingenickt. Er befand sich in einer wechselnden Phase zwischen Halbschlaf und tumber Wachheit. Schließlich streckte er seinen Rücken durch und rieb sich fest über die Augen. Dann fixierte er die ovale Uhr auf dem Armaturenbrett des Dienst-BMW. Schon 8:50 Uhr. Trepper zog den Ärmel seines Hemdes zurück und verglich die Uhrzeit mit der angezeigten auf seiner Armbanduhr. Treppers Uhr zeigte bereits 8:52 Uhr an.

Er überlegte kurz, die Zeit auf seiner Uhr zu korrigieren, unterließ es dann aber. Warum sollte auch die Uhrzeit von dem Armaturenbrett unbedingt korrekt sein? Er dachte nach, wann er zuletzt die Uhrzeit auf seiner Armbanduhr korrigiert hatte. Es musste ungefähr eine Woche her sein, oder auch zwei, dachte er. Er hatte die Tagesschau angesehen und die präzise Anzeige auf dem Fernseher um Punkt 20 Uhr mit seiner Uhrzeit verglichen. Andererseits: Zwischendurch war seine Uhr auch bei einer Reparatur.

Plötzlich öffnete sich die Tür des kleinen Wohnhauses in der Atterseestraße. Paula Brückner trat mit hochrotem Kopf heraus. Ihr Mann folgte, er trug ein kleines Kind auf seinem Arm. Es entwickelte sich ein Streitgespräch. Zumindest identifizierte Trepper die Unterhaltung als solches aufgrund der Mimik und Gestik der beiden. Er konnte von seinem Standort aus nichts von der hitzigen Diskussion hören, aber die Situation erschien ihm eindeutig.

Schließlich stapfte Paula zornig fort. Sie strebte dem Standplatz vor der Bushaltestation zu, dem verabredeten Treffpunkt. Von hier hatte Trepper schon öfters seine Kollegin abgeholt, wenn ein Verhörtermin in der JVA Stadelheim bevorstand. Es dauerte etwa eine halbe Minute, bis Paula die Strecke zurückgelegt hatte. Kurz bevor sie die Beifahrertür erreichte, drehte Trepper den Zündschlüssel um und startete den Motor.

Sie stieg ein und brummte mit zorniger Stimme: „Morgen". Trepper erwiderte die Begrüßung neutral und legte den Rückwärtsgang ein. Außer dem standardmäßigen Morgengruß blieben beide vorerst stumm. Paula schien ihre Gedanken zu sortieren und Trepper wusste nicht recht, wie er ein Gespräch beginnen sollte.

„Ich war zu spät", sagte Paula nach einigen Minuten. Ihre Stimme wirkte unsicher. Trepper wandte sich kurz zu ihr und richtete dann seinen Blick wieder auf die Fahrbahn. „Macht nix. Unser Gesprächspartner hat wenig andere Termine." Er lächelte. Sie erwiderte sein Lächeln. „Außerdem hast Du mir noch ein kleines Nickerchen ermöglicht." Er spürte ihren Seitenblick und erklärte: „Das hab ich mittlerweile öfters: Wenn mal 5 Minuten Ruhe herrschen, fallen mir schnell die Augen zu."

„Es ist nicht immer leicht", sagte Paula plötzlich, nicht an Treppers vorheriger Aussage anschließend. Simon nickte, ohne seinen Blick vom fließenden Verkehr auf der Landsberger Straße abzuziehen. „Nein, das ist es wirklich nicht." – „Ich dachte, es geht alles leichter. Weil es doch alle anderen auch schaffen." Trepper musste an einer roten Ampel halten. Er nutzte den Moment, nahm seine rechte Hand von der Gangschaltung und legte sie auf Paulas Unterarm. Er schüttelte leicht mit dem Kopf. „Allen anderen geht es genauso. Manch einer kann es vielleicht besser verstecken, aber wir alle haben die gleichen Probleme, auf die eine oder die andere Art."

Die Ampel schaltete erneut auf Grün und Trepper konzentrierte sich wieder auf den Verkehr. „Ich dachte einfach, ich schaffe es sogar besser. Ich wollte es ja auch besser machen. Du kennst doch auch die blöden Sprüche: Frau bei der Kripo – die gehört besser im kurzen Rock ins Vorzimmer oder noch besser gleich an den Herd." Natürlich wusste Trepper, worauf sie anspielte: Als erste weibliche Kommissarin bei der Mordkommission wurde Paula besonders kritisch beäugt.

Als sie schließlich zweifelsfrei ihre Kompetenz unter Beweis stellte und gute Arbeit leistete, schlugen die Schmähungen um: Nun gestand man ihr zu, so gut wie ein Mann arbeiten zu können, aber es würde ja sicherlich dadurch ihre Weiblichkeit ausgeblendet. Es kursierten nun andere

Schmähungen, vom Mannweib, der frustrierten Emanze oder gleichgeschlechtlichen Vorlieben. Als Paula aber heiratete und sogar zwei Kinder bekam, wurden auch diese Vorurteile offensichtlich entkräftet. Nun drehte sich die Ablehnung in eine andere Richtung: Das ist bestimmt eine Rabenmutter, lautete ein gängiges Wort, das hinter ihrem Rücken getuschelt wurde.

Und tatsächlich merkte Paula schnell, dass es wirklich eine schwierige Aufgabe war, Beruf und Familie unter einen Hut zu bringen. „Das würde natürlich einigen ‚Kollegen‘ gut gefallen, wenn mir alles Zuviel wird.“ – „Darauf können diese ‚Kollegen‘ aber lange warten: Dir wird das nicht Zuviel. Du schaffst das“, entgegnete Trepper spontan. Sie sah ihn mit glasigen Augen an. „Vielleicht müssen sie darauf gar nicht mehr lange warten.“

Simon schüttelte entschieden mit dem Kopf. „Doch. Du schaffst das. Wenn es jemand schafft, dann Du.“ Paula wischte sich etliche Tränen der Rührung aus den Augen. Sie benötigte einige Momente, um sich zu sammeln. Dann wechselte sie das Thema: „Und was versprichst Du Dir von diesem Stromberg?“ Paula hatte den Namen des Zeugen noch nie zuvor gehört.

„Ich weiß es nicht. Vilzmaier von der OK hat mich angerufen. Er meinte, dieser Stromberg könnte uns bei den Ermittlungen im Mordfall Korbinian Strobmeier weiterhelfen.“ Paula wischte sich noch einmal über die Augen, ihre Stimme wirkte wieder gefestigt, als sie sagte: „Vilzmaier ist in der Löwengrube für was gleich wieder zuständig?“ Sie kannte den Namen des Kriminalbeamten, aber war sich nicht mehr über dessen Zuständigkeit sicher. „Illegaler Waffenhandel“, antwortete Trepper.

25

Jens Stromberg war ein mittelgroßer Mann mit dichten, hellbraunen Haaren. Er saß bereits im Vernehmungsraum II der JVA Stadelheim, als Trepper und Paula Brückner eintraten. Stromberg tippte dabei mit dem rechten Zeigefinger auf sein linkes Handgelenk. „Morgen. Normal seid ihr von der Kripo pünktlicher“, sagte er lächelnd zu den beiden Kommissaren.

„Guten Morgen. Wir sind ja auch von der Mordkommission“, erwiderte Trepper. „Stimmt ja“, korrigierte sich Stromberg. „Eure Kundschaft hat Zeit. Die eilt nichts mehr.“ Strombergs Aussprache war sehr hochdeutsch, mit einer leichten, hanseatischen Sprachfärbung. Trepper und Paula nahmen gegenüber dem Untersuchungshäftling Platz.

„Sie meinen die Opfer. Bei den Tätern schaut es anders aus. Da eilt es durchaus bei den Ermittlungen. Andererseits: Nach Abschluss der Ermittlungen haben die Täter dann meist Zeit. Sehr viel Zeit." Mit diesen Worten nahm Trepper Strombergs Einlassung wieder auf. Stromberg lächelte schmunzelnd. „Sie haben ja recht." Er öffnete die Arme und streckte sie zur Seite aus. „Ich habe mittlerweile auch ziemlich viel davon. Also Freizeit, wenn man so sagen will."

Trepper holte sein schwarzes Notizbuch hervor, auch Paula legte sich Schreibzeug bereit. Ansonsten hatte Trepper keine Unterlagen dabei. Erst vor wenigen Stunden hatte ihn sein Kollege Anton Vilzmaier auf den Untersuchungshäftling Jens Stromberg verwiesen. Dieser könne Aussagen zur Waffenbeschaffung im Mordfall Korbinian Strobmeier machen, meinte Vilzmaier. Es bezöge sich dabei auf die Lieferung einer Kalaschnikow und eines Sturmgewehres G3 an einen gewissen Armin Hempel. Trepper hatte den Namen noch nie gehört. Schon gar nicht im Zusammenhang mit den aktuellen Ermittlungen. Allerdings war natürlich alleine die Angabe, eine Kalaschnikow und ein G3 wären kurz vor der Ermordung Korbinian Strobmeiers nach München geliefert worden, eine interessante Aussage.

„Nun, Herr Stromberg, mein Kollege von der Dienststelle Organisierte Kriminalität …" – „Der Vilzmaier Toni", unterbrach Stromberg. Er sprach dabei den Namen mit gestelltem bayerischen Dialekt nach. Trepper ließ sich durch die Unterbrechung nicht aus der Ruhe bringen und setzte neu an: „Mein Kollege, Kriminalkommissar Vilzmaier, sagte, Sie können etwas über die Waffenlieferung einer Kalaschnikow AK47 und eines Sturmgewehres G3 nach München berichten?"

„Das ist korrekt", bestätigte Stromberg. Trepper und Paula Brückner merkten auf. „An wen?" Der Befragte lehnte sich zurück und nickte mit seinem Kopf nach rechts und links. Es sah aus, als wolle er so seinen Nacken auflockern. „Das war mein alter Geschäftspartner Armin Hempel." – „Alter Geschäftspartner. Sie haben also öfters Waffen an diese Person vermittelt?" Stromberg zuckte mit den Schultern. „Kann man sagen. Bestimmt 30, 40 Stück in den letzten Jahren."

Die Antwort enttäuschte Trepper ein wenig: Wenn er in dieser Häufigkeit Waffen an den besagten Armin Hempel geliefert hatte, konnte dieser wahrscheinlich nur wenig mit dem Mord zu tun haben. Vielleicht handelte es sich ja auch nur um einen Zwischenhändler, der die Waffen dann an die tatsächlichen Mörder weiterverkauft hatte. „Dieser Armin Hempel - wie

viel hat er Ihnen für die Waffen bezahlt?" – „5000 Mark", antwortete Stromberg unumwunden. „Und denken Sie, Herr Hempel hat die Waffen dann mit Profit weiterverkauft? Oder etwa selbst genutzt?" Stromberg grinste. „Weiterverkauft. Da können Sie einen drauf lassen: Der Hempel hat das Zeug weiterverkauft. Mit Faktor zwei. Mindestens."
„Das wissen Sie genau?" Stromberg nickte. „Ich kenne seine Abnehmer. Der Hempel hat das Zeug an ..." Stromberg seufzte. „Na darum sitz ich ja hier: Er hat das Zeug an die RAF verkauft." Trepper legte seinen Bleistift ab und hob langsam seinen Kopf. Sein Blick haftete auf Stromberg. Auch Paula Brückner fixierte den Untersuchungshäftling Jens Stromberg interessiert. „Die RAF?" Stromberg zuckte mit den Augenbrauen und senkte seine Augen. „Da liegt ja mein Schlamassel. Schauen Sie: Ich habe die letzten 15 Jahre die halbe Bundesrepublik und das befreundete westliche Ausland mit Waffen beliefert. Politik war mir dabei immer egal. Ich hab an alle geliefert: Nazis, Linke, Terroristen, Separatisten, Kriminelle. Hauptsache der Rubel rollt." – „Und was hat damit die RAF zu tun?" Stromberg legte seinen Kopf etwas quer und kratzte sich am Hals. „Mensch Junge, liest Du keine Zeitung? Seit die Sache mit dem Schleyer am Laufen ist, dreht euer BKA am Rad. Die leuchten jede Mülltonne aus. Da haben die Burschen mich auch hochgenommen", es lag einiges an Bitternis in seiner Stimme. „Und deshalb packen Sie jetzt aus?" Stromberg nickte einmal sehr langsam mit dem Kopf nach unten und wieder zurück. „Da kannst Du einen drauf lassen. Ich sag nur: Kronzeugenregelung. Ich leg jetzt alles auf den Tisch. Mir ist keiner mehr heilig."
Dass Stromberg vom „Sie" ins „Du" gewechselt war, ignorierte Trepper. Er nahm auch keinen Anstoß an Strombergs teilweise unflätiger Sprache. Er wollte den Zeugen am Plaudern halten. „Haben Sie keine Angst, dass Sie sich damit mächtige Feinde machen?" Trepper stellte diese Frage, obwohl er die Antwort bereits kannte. Er wusste über die Hintergründe der Kronzeugenregelung Bescheid. Sie wurde ohnehin nur in sehr wenigen Fällen gewährt, wenn der Zeuge eine Menge belastender Fakten zu bieten hatte und dadurch natürlich selbst in Gefahr geriet.
Die Frage diente nur dazu, Strombergs Redefluss aufrecht zu halten. „Na logisch mach ich mir da Feinde. Da kannst Du einen drauf lassen. Aber ..." Er zog seinen linken Mundwinkel nach oben. „Für die ganze Scheiße, die ihr mir anhängen könnt – da hocke ich mal gut und gerne 20 Jahre. Da hab ich keinen Bock drauf. Da hat mir Euer Vilzmaier Toni erklärt, wenn ich voll auspacke und schön alle hinhänge, dann geht das mit Bewährung aus. Ich kenne ja Gott und die Welt und hab viel zu erzählen. Und dann krieg

ich eine neue Identität, Geld und werde irgendwo in der Provinz angesiedelt. Da such ich mir dann ein schönes Bauernmädel auf dem Land, mach fünf Kinder mit der und halt ansonsten die Füße still."

„Gehört dieser Herr Hempel dann selbst zur RAF?" Stromberg schüttelte mit dem Kopf. „Ne. Glaub ich nicht. Der hat das Zeug weiterverkauft. Wie gesagt: Mit Faktor zwei. Aber ansonsten hat der mit denen nix zu tun gehabt. Also so hat er es mir zumindest erzählt." – „Woher wissen Sie das so genau, also mit dem ‚Faktor zwei'?", fragte Paula nach. „Na, ich hab einmal direkt an die Burschen geliefert." Er zuckte etwas zusammen und setzte dann geheimnisvoll fort: „Ich hab mal an den Baader direkt verkauft. Also ohne Zwischenmakler." Den Nachnamen des deutschlandweit bekannten RAF-Terroristen Andreas Baader sprach er dabei leise aus. „Normal komm ich denen nicht so nah. Aber das war so Anfang 72. Das musste schnell gehen. Da bin ich direkt eingesprungen. Die wollten ein paar Kalaschnikow. Da bin ich also hingefahren. Tiefgarage in Düsseldorf. Da hab ich dann natürlich Aufschlag verlangt: 7000 Mark das Stück. Da hat der Baader nur gesagt, so viel teurer wär das gar nicht. Die Preise wären sie vom Hempel eh gewohnt." Stromberg runzelte die Stirn. „Wobei es vielleicht auch gar nicht der Hempel war. Baader nannte ihren Waffenlieferanten immer nur Seiler oder so. Ich hab dann gesagt, ich würde an den Hempel verkaufen, aber der Baader meinte, der hieße anders. Das wär ein Uwe Seiler, oder so."

Paula und Trepper sahen sich entgeistert an. „Uwe Seidler", murmelte Trepper halblaut. „Ja genau", bestätigte Stromberg, ohne adressiert worden zu sein. „Das war der Name, den der Baader gesagt hat: Uwe Seidler."

26

Vier Tage noch, dachte Tauber traurig. Es handelte sich um Franz Taubers letzte Tage in der Münchner Kriminalpolizei. Der Leiter der Spurensicherung hatte das Pensionsalter längst erreicht. Dennoch sträubte er sich gegen die endgültige Beendigung seiner beruflichen Tätigkeit. Zweimal konnte er einen Aufschub erreichen. Er müsse seinem Nachfolger noch einige wichtige Handlungsweisungen vermitteln. Sonst ginge Fachwissen verloren. So bat er erfolgreich um einen Aufschub. Doch auch diese „Gnadenfrist" verstrich nun langsam aber sicher.

Tauber blickte mit einer Mischung aus Unbehagen, vermeintlicher Nutzlosigkeit und Langeweile auf den nun folgenden Lebensabschnitt. Er wusste

– außerhalb der Münchner Löwengrube - nichts mit sich anzufangen. Von seinem Sohn hatte er sich längst entfremdet, seine Frau lebte vollständig neben ihm her. Freunde oder gar ein zeitfüllendes wie sinnstiftendes Hobby kannte er nicht. Sein einziger Halt stellte sein Beruf, seine Profession dar: Er genoss jeden Tag im Amt. Das undurchsichtige Spiel, aus einer verrauchten Zigarettenkippe, einem verwischten Fingerabdruck oder auch nur einem einzelnen Haar, einen Mörder überführen zu können, faszinierte ihn ungemein.

Eine geregelte Arbeitszeit benötigte er deshalb nicht. Tauber begann manche Arbeitstage schon um vier oder fünf Uhr morgens und wenn er einen Sinn darin sah, konnte er noch um Mitternacht im Polizeipräsidium gesehen werden.

Sein übergroßer Arbeitseifer brachte ihm den Respekt vieler Kollegen ein. Gemocht wurde er jedoch nicht. Dafür war Tauber ein zu schwieriger Charakter. Seine pedantische Art, seine Besserwisserei, sein Hang, jedem eine Unzulänglichkeit nachweisen zu wollen, isolierte ihn menschlich zusehends. Allerdings machte ihm das auch nichts aus. Mit den Jahren schätzte er es sogar, nicht mehr über irgendwelchen privaten Schmus reden zu müssen. Er schätzte es viel mehr, sich mit einem Kollegen lange und intensiv über die Arbeit auszutauschen.

Doch nun ging es zu Ende. Vier Tage blieben ihm noch. Vier jämmerliche Tage. Er versuchte, es auszukosten. Einmal stand er tatsächlich schon um 3:40 Uhr in seinem Büro. Jedoch war dies keine Lösung. Franz Tauber war nicht mehr der Jüngste. Ein so früher Start in den Tag kostete ihn zu viel Kraft. So entschied er sich später in die Arbeit zu gehen – 6:45 Uhr erschien ihm ausreichend – und dafür umso länger zu bleiben.

„Im Parterre sind wir fertig", riss ihn eine junge Männerstimme aus seinen traurigen Gedanken. Tauber drehte sich um. Er musterte müde und kraftlos Thomas Sperrle, seinen jungen Kollegen, der erst seit sechs Monaten in der Spurensicherung arbeitete. „Und?", lautete Taubers einsilbige Frage. Er hatte eben diese Frage wort- und tongleich schon mehrmals an diesem Tag seinem jungen Kollegen gestellt. „Nix besonderes", entgegnete Sperrle.

„Geht eins runter. Beginnt mit dem Kohlenkeller", wies Tauber an. Dass er die durchsuchten Räume selbst noch einmal gründlich mustern würde, verstand sich von selbst. Es handelte sich dabei auch nicht um ein besonderes Misstrauen gegen die jungen Kollegen. Tauber verhielt sich genauso bei gestandenen Beamten der Spurensicherung.

„Alles klar, Chef", nahm Sperrle die Anweisung seines Vorgesetzten auf und verließ die Küche, in der Tauber gesessen hatte. Melancholisch schlenderte Tauber in das Wohnzimmer des durchsuchten Hauses. Er dachte zurück. 1937. Der Doppelmord in einem Giesinger Arbeiterhaus. Der Vermieter des Hauses hatte eine Affäre mit der Frau des Mieters. Alle Nachbarn wussten es. Jetzt lag er erschlagen auf der Couch im Wohnzimmer. Alle verdächtigten natürlich den betrogenen Ehemann. Die beiden Stadtpolizisten hatten ihn bereits abgeführt. Doch in vier Stunden Detailarbeit hatte Tauber eine andere Lösung präsentiert: Es befand sich ein langes, blondes Frauenhaar am Hosenbund des Leichnams. Wie hätte das Haar ohne intensiven Kontakt dort hinkommen sollen?

Tauber hatte es entdeckt. Die Frau des Mieters hatte den Liebhaber zum intimen Schäferstündchen empfangen, während ihr Mann auf Schicht beim MAN arbeitete. Als er zurückkam, war der Vermieter längst tot. Die Untersuchung durch die Pathologie unterstützte den zeitlichen Ablauf: Der Ehemann konnte überhaupt nicht der Mörder sein. Schließlich konfrontierte man die Frau mit den Beweisen, vor allem dem von Tauber entdeckten Haar. Sie brach schnell zusammen: Sie hatte den Nachmittag nicht bei ihrer Mutter verbracht – obwohl diese ihr ein falsches Alibi ausgestellt hätte. Die Frau hatte mit ihrem Liebhaber geschlafen. Allerdings war die Beziehung keineswegs harmonisch. Sie tat es für Geld und erpresste ihn schließlich. Es kam zum Streit. Die Frau ermordete ihren Liebhaber.

Eine tiefe innere Befriedigung durchströmte Tauber, als er an den Fall zurückdachte. Gerne rief er sich die beeindruckten Gesichter der Kollegen noch einmal vor seinem geistigen Auge hervor. Damals war die Spurensicherung noch sehr hemdsärmelig unterwegs: Es wurde schnell über den Tatort gehuscht, ein paar Möbel mit Mehl bestrichen und einige Fotos geschossen. Aber Tauber änderte diese Vorgehensweise grundlegend. Systematisch und detailversessen sezierte er jeden Tatort akribisch. Die Erfolge stellten sich schnell ein.

Tauber ließ sich auf die Couch in dem Wohnzimmer fallen und dachte zurück an seinen ersten großen Triumph. Den Kopf hatte er weit in den Nacken gelegt. Er ruhte auf der Oberseite der vernähten Couchpolster. So jung müsste man noch einmal sein. Einmal noch das alles erleben dürfen.

„Chef, wir haben da was gefunden!" Tauber schreckte auf. Es war ihm unangenehm, dass ihn der junge Kollege in dieser entspannten Pose gesehen hatte. Schnell richtete er sich auf und erhob sich von der Couch. „Gefunden? Im Keller?"

Tauber sah skeptisch zu dem jungen Spurensicherer. Was sollten die beiden schon gefunden haben? Tauber selbst hatte die vier Kellerräume inspiziert. Er durchsuchte dabei jeden Winkel genau. Nichts Besonderes verbarg sich dort unten, war sich Franz Tauber sicher.

„Ja. Kommen Sie!", forderte Sperrle. Tauber trabte missmutig in den Mittelgang. Dort befand sich hinter einer schlichten Holztür der Abgang zum unterkellerten Teil des Hauses. Das gesamte Gebäude war unterkellert. Es befand sich ein Kohlenkeller auf der Südseite, ein Raum war vollgestellt mit Krempel, die beiden anderen Räume waren praktisch leer.

Sperrle ging die Treppe vor Tauber hinab. Im Kellergeschoss angekommen stoppte der junge Mann, streckte seinen rechten Arm nach vorne und gab die Richtung „im Kohlenbunker" an. Tauber ging voran. Er hatte selbst den etwa ein Meter hohen und zwei Meter breiten Kohlenberg abgetragen und auf die andere Seite verlagert. Nichts hatte sich darunter oder in den rückliegenden Wänden verborgen.

Tauber betrat den Kohlenkeller und warf dem anderen Spurensicherer einen finsteren Blick zu. „Nun, meine Herren", begann er in strengem Ton. „Welches Weltwunder habt ihr denn entdeckt?" Sperrle schritt zur äußeren Kellerwand, genau an die Stelle, an der oben ein breiter Kanal angebracht war, durch den die Kohle von oben in den Keller geschüttet werden konnte. Der Kanal war mit einem großen Doppelfenster geschlossen. Tauber sah kopfschüttelnd zu seinem jungen Untergebenen. „Die Funktionalitäten eines Kohlenkellers sind Euch wohl nicht bekannt." Er dachte, der Fund beziehe sich auf das große Doppelfenster. „Das ist kein Einstieg für Räuber, sondern eine Luke für die Kohle", erklärte er genervt.

Sperrle kniete sich jedoch in den aufgewirbelten Kohlenstaub. Er deutete mit dem Zeigefinger auf ein matt glänzendes Objekt. Sofort erkannte Tauber an der angezeigten Stelle das verdächtige Element. „Ein Scharnier", kommentierte Sperrle. Tauber riss seine Augen weit auf. Der junge Kollege hatte recht. Es handelte sich wirklich um ein Scharnier. „Und a guter Meter vorn is noch eins", sagte der zweite Spurensicherer.

„Wir wissen aber noch nicht, wie man öffnet", erklärte Sperrle. Tauber wurde schlecht. Er hatte diese Stelle übersehen. Sicher: Die Scharniere waren dunkel gestrichen und ganz am Boden angebracht, aber dennoch hätte es ihm auffallen müssen. „Muss ja nix heißen", meinte Sperrle. „Vielleicht ein Geheimfach", kommentierte der andere, junge Spurensicherer. „Vielleicht ein Geheimfach?", fragte Tauber erbost. „Natürlich ein Geheimfach! Warum sollte ansonsten die Mauerstruktur erhalten sein?" Tatsächlich war der Kohlenkeller nicht verputzt. Die Klinkerwand war zudem oberhalb der Scharniere ohne erkennbaren Ausbruch. Tauber eilte in drei großen Schritten an die Wand. Er sank nun ebenfalls auf seine Knie und begann die Wand mit seiner rechten Faust abzuklopfen. „Ein Hohlraum!", stellte er aufgrund des Klangs fest. Er und auch Sperrle drückten auf verschiedene Stellen der Wand. Tauber streichelte vom rechten Scharnier ausgehend langsam nach oben. Doch nichts deutete auf einen Mechanismus oder einen Schalter hin.

„Am Schluss hat der Depp einfach zwei Scharniere im Boden und der Wand angeschraubt, um jemand reinzulegen", meinte der zweite Spurensicherer spaßeshalber. Tauber drehte sich kurz um und musterte den jungen Untergebenen mit zorniger Miene. Umgehend verging dem jungen Beamten sein Lächeln. Dann wandte sich Tauber erneut der Wand zu. „Jeder Stein!", befahl er plötzlich. Sperrle war sich nicht völlig sicher, was sein Chef damit genau meinte. Aber schon sah er Taubers Vorgehensweise. Er drückte auf einen Klinkerstein. Wenn durch die Bewegung keine Reaktion eintrat, markierte er den Klinker mit einem Kreuz. Das Kreuz trug er mit einem Stück Kohle auf.

Sperrle tat es ihm gleich. Auch der zweite Spurensicherer griff nach einem Stück Kohle und begann die oberen Klinker in der Wand abzutasten.

Es dauerte einige Momente, dann konnte Tauber einen der Klinkersteine eindrücken. Umgehend wurde dadurch ein Mechanismus ausgelöst. Deutlich konnte man ein Klickgeräusch vernehmen. Schon verlagerte sich gegen die drei Spurensicherer ein drückendes Gewicht von der Mauer. Langsam legten sie die geheime Tür um.

Die Geheimtür war mit halbierten Klinkersteinen besetzt, welche sich exakt in das feste Mauerwerk einfügten. Als sie zurücktraten und die Tür auf dem Boden ablegten, sahen sie in einen eineinhalb Meter breiten und etwa einen halben Meter tiefen Ablageort. Tauber wischte sich einigen Schweiß von der Stirn und trat dann nahe an die freigelegte Stelle. Es befanden sich in dem Versteck zwei in Zeitungspapier eingewickelte Waffen: ein Sturmgewehr G3 und eine Kalaschnikow AK 47.

27

Auf Treppers Seite des Tisches waren in Form von Akten, Beweisfotos und Protokollen, eine derartige Last an Beweisen aufgehäuft, dass die alleinige Betrachtung der einzelnen Glieder praktisch als Schuldeingeständnis wirken mussten: der Fund der beiden Tatwaffen, in einem Geheimversteck in

Helmut Strobmeiers Haus. Dieses Haus befand sich auf dem selben Geländestück wie die Villa von dem Mordopfer Korbinian Strobmeier. Beide Brüder hatten ein schlechtes Verhältnis zueinander. Helmut Strobmeier war hoch verschuldet – sein Bruder Korbinian Strobmeier dagegen schwer reich. Es gab die frischen Leiterspuren, bewiesen durch kleine Aluminiumpartikel auf der die beiden Grundstücke trennenden Gartenmauer. Exakt diese Leiter wurde später im Gartenhaus von Helmut Strobmeier gefunden.

Trepper öffnete die Arme und ließ sie langsam wieder herabsinken, bis seine Hände mit einem schlagenden Ton auf der Tischkante aufschlugen. „Und Sie wollen uns wirklich nichts sagen?", fragte er in vorwurfsvollem Ton. Helmut Strobmeier schüttelte aber entschieden mit dem Kopf. „Ich war es nicht!", bekannte er laut. Trepper blies beide Backen auf. Er sah zu seiner Kollegin Paula Brückner. Diese übernahm daraufhin die Wortführung: „Herr Strobmeier, bei allem Respekt: Sie wollen uns erzählen, dass Sie nichts davon wussten, dass die Waffen in Ihrem Haus waren? Dass die Leiter, mit welcher über die Gartenmauer gestiegen wurde in Ihrem Gartenschober war? All das soll sich direkt in Ihrem Haus, in Ihrem Garten abgespielt haben, ohne Ihr Wissen? Wer soll Ihnen das glauben?"

„Das ist mir egal, wer mir das glaubt oder wer mir das nicht glaubt! Ich habe meinen Bruder nicht ermordet! Ich mochte ihn nicht. Ist ja richtig. Ich hatte Geldsorgen. Ach was sag ich: Ich bin pleite. Auch das Testament ist von mir. Stimmt ja alles. Aber trotzdem: Ich war es nicht!" Die letzten vier Worte sprach er sehr langsam und laut aus.

Sein Anwalt Franz Schellenberg saß ungerührt daneben. Er griff nicht ein und lauschte den emotionalen Ausführungen seines Mandanten. Auch ihm hatte Helmut Strobmeier versichert, unschuldig zu sein. Schellenberg war keineswegs naiv: Er glaubte seinem Mandanten nicht mehr. Auch ihm erschien die Beweislast zu erdrückend. Andererseits hatte sein Mandant sehr emotional ausgeführt, den Bruder nicht ermordet zu haben und allgemein nichts damit zu tun zu haben. Schellenberg nahm dabei Strobmeier ins Gebet und erläuterte ihm: „Auch wenn Sie etwas damit zu tun haben: Das spielt für mich keine Rolle. Ich bin und bleibe Ihr Anwalt. Egal ob schuldig oder nicht. Aber wenn ich Bescheid weiß, kann ich unsere Strategie anpassen."

Jedoch blieb Strobmeier bei seiner Aussage. Sowohl im Vertraulichen seinem Anwalt, wie auch offiziell den beiden Ermittlern gegenüber. Den Strafverteidiger Schellenberg ernüchterte diese Entwicklung zusehends. Er sah sich bereits auf der Verliererstraße. Die Indizienkette hatte einen beträchtlichen Umfang erreicht. Sein Mandant bockte und konnte dabei keine schlüssigen Erklärungen liefern, weshalb dieser oder jener Umstand ihn belastete. Das schlug sich auf Schellenbergs Kampfgeist nieder. Er verlor nicht gerne.

Missmutig tippelte er mit seinem schwarzen Lamy-Kugelschreiber auf dem geöffneten Notizbuch, in welchem er die wichtigsten Erkenntnisse aus Verhören und eigene Gedankengänge notierte. Sein Blatt war leer. Nur einige der Karos hatte er unterbewusst ausgemalt und dadurch ein schiefes Muster erstellt. Trepper hatte Schellenbergs verträumte Malversuche beobachtet. Er dachte an das erste Verhör mit Helmut Strobmeier, bei dem seine Kollegin Paula Brückner sich ähnlich verhalten hatte.

„Ich möchte da absolut ehrlich zu Ihnen sein: Sie müssen mit uns reden, Herr Strobmeier! Sie müssen liefern. So wie die Lage jetzt steht, wird der Staatsanwalt Anklage gegen Sie erheben. Und bei der angezeigten Beweislast gibt es nicht viel Zweifel am Ausgang dieses Prozesses. Egal ob Sie mit uns reden oder nicht.“

Schellenberg nickte in Gedanken Treppers Ausführungen ab. So sah es auch aus seiner Sicht aus. Es lag an Strobmeier, zumindest einige der schwerwiegenden Indizien in ihrer Aussagekraft zu widerlegen oder wenigstens in deren Eindeutigkeit etwas abzuschwächen.

Strobmeier drehte sich zu seinem Anwalt und suchte etwas verloren nach Beistand. Schellenberg erspähte zwar den Blick im Augenwinkel, reagierte jedoch nicht. Auch Trepper bemerkte die Szene. Er nutzte die Gelegenheit und fragte in ruhigen Ton: „Was hat es mit der Leiter auf sich? Mit dem Waffenversteck? Mit dem gefälschten Testament? Können Sie uns darauf eine schlüssige Antwort geben? Eine Antwort, die Sie entlastet?“

Helmut Strobmeier schluckte. Deutlich sah man seinen Kehlkopf auf- und wieder hinabwandern. Er räusperte sich. „Hören Sie zu“, begann er leise. „Zu Ihrer ersten Frage: Ja, diese Alu-Leiter gehört mir. Die hab ich schon seit …“ Er überlegte kurz und ergänzte: „Das Ding gehört mir seit sicher vier, fünf Jahren. Die hab ich mir mal von einem Vertreter aufschwatzen lassen. Wirklich gebraucht hab ich das Ding eh nicht. Einmal hab ich ein paar Äste an meinem Apfelbaum gestutzt.“

Trepper kratzte sich am Hals. Er blickte auf das kleine Mikrofon in der Mitte des Tisches. Diese allgemeine Aussage brachte natürlich keinen großen Erkenntnisgewinn. „Haben Sie die Leiter einmal benutzt, um auf die Gartenmauer zu steigen?“ Strobmeier schüttelte mit gesenktem Haupt den Kopf. „Wer wusste davon, dass in Ihrem Gartenhäuschen eine Leiter abgestellt ist?“

Strobmeier zog die Augenbrauen zusammen und zuckte mit den Schultern. „Weiß nicht. Keiner. Oder … Nein, weiß nicht." – „Verstehen Sie, warum diese Information für uns wichtig ist? Die Täter benötigten eine Leiter, um über die Mauer zu steigen. Wenn der Täter, die Täter wussten, dass es auf dem Grundstück eine leicht erreichbare Leiter gab, dann wäre dies ein wichtiger Hinweis." Strobmeier zuckte unbedarft mit den Schultern.

„Gut", brummte Trepper. „Lassen wir das einmal. Wie sieht es mit dem Versteck aus?" Strobmeier atmete schwer. Er strich sich mit der flachen Hand durch seine dünnen Haare. „Ja … Das habe ich einbauen lassen. Man weiß ja nicht, was einmal passiert. Denken Sie doch mal an die Schlesier oder Ostpreußen. Plötzlich kommt ein Krieg und alles ändert sich. Oder eine Revolution, oder so was. Da dachte ich mir, es schadet nichts, ein wirklich gutes Versteck zu besitzen, um dort Wertgegenstände zu deponieren: Bargeld, Gold, Schmuck – was man halt so brauchen kann, wenn die Zeiten verrücktspielen."

„Waffen waren dort nie hinterlegt?" Strobmeier zögerte etwas zu lange, um die Frage einfach zu verneinen. „Naja – ich hatte eine Offizierspistole von meinem Vater darin. Aber ich hab die Pistole nie gepflegt, geputzt. Irgendwann war da Rost drauf. Ich hab sie dann weggeworfen. Einfach in die Mülltonne."

Trepper tippelte mit der Faust auf sein Kinn. Strobmeiers Darstellung wirkt schon glaubwürdig. Andererseits handelte es sich natürlich auch um relativ allgemeine Aussagen, ohne echten Mehrwert. „Wusste jemand außer Ihnen von dem Versteck?" – „Ich glaube nicht", antwortete Strobmeier geknickt. Er konnte sich vorstellen, dass diese Antwort ihn keinesfalls entlastete. „So was kann man auch aus einem Bauplan rauslesen", warf Schellenberg spontan ein. Es handelte sich um seine erste, halbherzige Intervention seit einer halben Stunde.

„Tja, da muss man aber auch erst mal an die Baupläne rankommen", erwiderte Trepper. Schellenberg zuckte nur kurz mit den Augenbrauen. Noch immer hielt sich seine Motivation in Grenzen, massiv auf die laufende Vernehmung Einfluss zu nehmen. Dennoch wollte sich Trepper generös zeigen und griff diesen Gedanken auf. Er wandte seinen Blick von Schellenberg zu Strobmeier und fragte: „Haben Sie mal jemanden den Bauplan Ihres Hauses gezeigt?"

Strobmeier biss sich auf seine Unterlippe und schüttelte leicht mit dem Kopf. Dann richtete er sich plötzlich aus seiner gebückten Haltung auf. „Die Pläne wurden gestohlen!" Die Antwort löste im Vernehmungsraum

großes Interesse aus. „Gestohlen?", fragte Trepper nach. „Ja", bestätigte
Strobmeier. „Bei mir wurde vor ungefähr einem Vierteljahr eingebrochen.
Da wurde etwas Geld gestohlen und auch der Bauplan meines Hauses."
Schellenberg verschränkte seine Arme vor der Brust und lehnte sich zu-
rück. Es sah aus, als hätte ihm diese neue Erkenntnis neuen Elan gegeben.
„Das ist doch mal was", murmelte er leise kopfnickend.

28

Trepper zog den Autoschlüssel seines Dienst-BMWs hervor und setzte an
der Versiegelungsmarke der Kriminalpolizei an. „Hast Du Tauber Bescheid
gegeben?", wollte Paula Brückner wissen. Simon stoppte kurz. Die Spitze
des Schlüssels lag ziemlich genau auf dem unteren Rahmen des aufgeklebten, rechteckigen Streifens Papier, in dessen Mitte das Siegel der Bayerischen Kriminalpolizei aufgedruckt war.
„Nein. Ich hoffe nicht, dass jetzt eine Streife vorbeikommt", antwortete er
lächelnd. „Aber die Spurensicherung hat alles freigegeben." Er zerschnitt
daraufhin das Siegel genau an der Kontaktstelle zwischen Türrahmen und
Türblatt. „Außerdem: Der Tauber ist seit Donnerstag nicht mehr im Amt.
Er hat's hinter sich. Seit Freitag Rentner."
„Stimmt", bestätigte Paula. „Das hatte ich ganz vergessen. Und? Glaubst
Du, der Tauber übersteht das?" Trepper sperrte das Schloss auf und öff-
nete die Tür. „Da hab ich meine leisen Zweifel. Der Tauber hat schon sehr
an dem ganzen Laden gehangen." Trepper machte einen kleinen Diener
und deutete mit der rechten Hand in das geöffnete Haus von Korbinian
Strobmeier. Sie lächelte. „So höflich?" – „Ladys first", bestätigte Trepper.
„Wie wird das eigentlich bei Dir sein? Wenn Du Deinen letzten Tag hast?",
fragte Paula. „Sicher nicht so wie beim Tauber. Es gibt auch ein Leben
draußen. Wenn ich endlich meinen letzten Tag habe – irgendwann im
Herbst 1989 – dann spaziere ich fröhlich pfeifend raus aus der Löwengrube."
Paula Brückner fand diese Vorstellung wenig glaubhaft. Auch Trepper
lebte für seinen Beruf. Es würde ihm sicher schwerfallen. Aber sie wollte
ihren geschätzten, väterlichen Kollegen nicht mit derlei Gedankenspielen
belasten. „Du musst mich auf jeden Fall besuchen", meinte sie freundlich.
„Wenn Du drauf bestehst", antwortete er lächelnd.
Sie gingen in den Keller. Trepper hatte den Bericht der Spurensicherung
auf der Rückbank des schwarzen 3er BMWs liegen lassen. Die beiden

Kommissare hatten die Akten vorab noch einmal gemeinsam besprochen. Sollte es wirklich noch Details geben, könnte man ja die Akte aus dem Fahrzeug holen.

Trepper sah den Keller tatsächlich zum ersten Mal, auch Paula war bisher nur oben im Parterre der Wohnung gewesen. Simon ging an die Rückwand und drückte auf den von der Spurensicherung markierten Klinkerstein. Ein mechanischer Ton war zu vernehmen und das geheime Versteck ließ sich öffnen. Trepper warf nur einen kurzen Blick in das geleerte Geheimfach und verschloss es dann wieder.

„Alleine schon die Kohle davor wäre ein Problem", meinte Paula. „Ja. Seh ich genauso. Wenn hier wirklich die Täter unbemerkt einsteigen und dann erst mal den ganzen Kohlenberg wegschaufeln müssen - das hätte Strobmeier einfach hören müssen." Paula und Simon bezogen sich auf die Fundsituation, die in dem Bericht der Spurensicherung vermerkt war. Dort befand sich eine große Menge Kohlen vor dem Versteck.

„Außerdem: Wie soll das gehen, dass die Täter hier heruntersteigen, also in das Gebäude einbrechen, ohne dass der Hausherr etwas davon mitbekommt." – „Er sagte ja, er hätte geschlafen", zitierte Paula seine Aussage. „Das passt natürlich gut", entgegnete Trepper augenzwinkernd. „Mitten unter der Woche ein kleines Schläfchen am Abend, ausgerechnet dann, wenn in sein Haus eingebrochen wird, hier unten zwei Kubik Kohlen bewegt werden, hier die Waffen entnommen werden – von denen der schlafende Hausbesitzer natürlich nichts weiß – und dann steigen die Täter, oder der Täter, wenn es wirklich nur einer war, wieder raus beim Fenster, holen sich gemütlich die Leiter aus dem Gartenhäuschen, legen auf der Mauer an, steigen rüber, ermorden den Bruder, steigen zurück, verstauen Leiter und Waffen wieder und gehen vom Grundstück."

„Und sie schaufeln die Kohle wieder vor das Versteck", ergänzte Paula. „Ja", stöhnte Trepper ungläubig. „Und auch das hat unser Helmut Strobmeier natürlich nicht mitbekommen." – „Er war ja damit beschäftigt, ein gefälschtes Testament aufzusetzen, nachdem er die Schüsse aus dem Nachbarhaus gehört hatte." Beide lächelten aufgrund der unglaubwürdigen Geschichte, die ihnen der Tatverdächtige erzählt hatte.

„Nein, ich hab schon wirklich viel gehört in meinem Leben, aber eine solche Räuberpistole kann er sich schenken." Paula trat an das große Doppelfenster. Es konnte ausgehängt werden, wenn eine Kohlenlieferung eintraf. „Wahrscheinlich sind die hier auch gar nicht durchgekommen. Der Strobmeier hat die Täter sicher oben reingelassen." Die beiden Mordermittler gingen nicht davon aus, dass Strobmeier selbst den Mord ausgeführt hatte und stattdessen dafür einen oder mehrere Komplizen gehabt haben muss. Er war einfach körperlich nicht rüstig genug, um eine solche Tat allein durchzuführen. Vor allem das Übersteigen der Gartenmauer – insgesamt zweimal – hätte ihn sicherlich überfordert.

„Denke ich auch", bestätigte Trepper den Gedankengang seiner Kollegin. „Es ist ja auch irgendwie ein perfektes Verbrechen: Das Grundstück ist von der Straße aus nicht einsehbar. Der oder die Täter müssen nur in Helmut Strobmeiers Haus gelangen. Den Rest können sie in Ruhe erledigen, ohne die Gefahr, erkannt zu werden."

Trepper steckte sich eine Zigarette an. Er bot auch Paula sein Marlboro-Päckchen an, diese verneinte aber das Angebot. „Mich irritiert eigentlich nur dieses gefälschte Testament. Das macht mich irgendwie stutzig. So dumm kann doch eigentlich niemand sein." – „Du meinst, das spricht wieder eher für eine spontane Sache?" Trepper zuckte mit den Schultern. „Irgendwie schon. Wenn ich so eine Sache plane, Waffen besorge, den richtigen Zeitpunkt abwarte und so weiter." Er schüttelte den Kopf. Und dann schließe ich dieses ‚perfekte Verbrechen' so dilettantisch ab, schreibe schnell zwischen Tür und Angel ein wildes Testament und schmeiß das beim Notar ein. Das ist ja schon eher eine Kurzschlusstat."

Dieser Einwand war nicht völlig von der Hand zu weisen. Dass sich Helmut Strobmeier mit dem gefälschten Testament enorm verdächtig macht, musste ihm klar sein. Zumindest, wenn er genügend Zeit hatte, darüber nachzudenken. Doch Trepper schüttelte heftig mit dem Kopf. „Nein. Er muss etwas damit zu tun haben. Das ist einfach zu deutlich. Kann schon sein, dass er vielleicht auch nur Mittäter war, nur sein Haus zur Verfügung stellte. Aber ganz unschuldig ist er nicht. Auch wenn er nicht selbst abgedrückt hat."

29

Die neue Wendung im Mordfall Korbinian Strobmeier überraschte die Kommissare der Löwengrube völlig: Die Spurensicherung der Kriminalpolizei hatte nach dem Einbruch in Helmut Strobmeiers Haus, im April 1977, alle Möbel und Zimmer, in denen sich der Einbrecher bewegt hatte, nach Fingerabdrücken abgesucht. Damals ging es natürlich nur um die Dokumentation des Einbruchs. Es gelang, eine Serie von Fingerabdrücken festzustellen, die mutmaßlich dem Täter zugeordnet werden konnte. Der

Mord an Korbinian Strobmeier spielte zu diesem Zeitpunkt natürlich keine Rolle.

Jetzt allerdings, nachdem Helmut Strobmeier von dem Einbruch gesprochen hatte, ließ Trepper routinemäßig alle Fingerabdrücke aus der laufenden Mordermittlung mit den gesicherten Fingerabdrücken aus dem Einbruch überprüfen.

Trepper erwartete sich davon nichts Großes. Es gehörte eben zur akribischen Ermittlungsarbeit, auch dieser Spur nachzugehen. Tatsächlich führte dieser Nebenstrang aber zu einer spektakulären Erkenntnis: Die gesicherten Fingerabdrücke aus dem Einbruch waren identisch mit den Fingerabdrücken von Jürgen Gensheim, dem Lebenspartner von Sylvia Strobmeier.

Trepper suchte umgehend Gensheim auf. Er fuhr in die angegebene Wohnadresse Gensheims. Diese befand sich in einem Studentenwohnheim, nahe der Schweren-Reiter-Straße. Trepper konnte sich auf dem Klingelschild nur schwer orientieren: Das flache Aluminium-Blech umfasste 45 Klingelknöpfe, deren Beschriftung teilweise aus unleserlichen, aufgeklebten Zetteln bestand. Trepper suchte bereits einige Minuten nach dem richtigen Namen, als er hinter sich eine Männerstimme hörte: „Und Meister? Bast ois?"

Trepper drehte sich um. Ein junger Mann mit breitem Oberlippenbart stand hinter ihm. „Ich würde gerne zu Herrn Gensheim …", begann Trepper. Der junge Mann lachte auf. „Auweh. Habt's ihn wieder am Wickel, ha?", entgegnete der Mann. Er sprach relativ schweren Dialekt. Wahrscheinlich jemand aus dem Umland, dachte Trepper. In München nahm die Zahl der Menschen, die einen bayerischen Dialekt sprachen, beständig ab. Oftmals handelte es sich um Arbeitspendler oder auch Studenten aus dem Umland, die die bayerische Sprachform wieder in die Millionenstadt hineintrugen. Der durchschnittliche Münchner sprach dagegen mittlerweile weitgehend Hochdeutsch, ergänzt und durchsetzt mit einigen klassischen bayerischen Redewendungen und Grußformeln wie „Servus" und „Grüß Gott".

„Gerichtsvollzieher?", fragte der Mann. Trepper griff in die Innentasche seines Sakkos und zog seine ovale Polizeimarke hervor. „So ähnlich. Mordkommission." – „Ja, leck mich am Arsch", bemerkte der Mann sichtlich überrascht. „Wieso Gerichtsvollzieher?", fragte Trepper. Der Mann zuckte mit den Schultern. „Des hat ma jetzt scho zweimal. Da Jürgen is pleite." Bei diesen Worten rieb der junge Mann bei seiner rechten Hand die aneinandergelegten Daumen und Zeigefinger. „Der hat nix mehr. Außer Schulden."

Trepper hob den rechten Zeigefinger gegen die Eingangstür. „Wissen Sie, in welcher Wohnung sich Gensheim befindet?" Der Mann lachte. „Freilich. Mia kennen uns scho untereinander. Gibt ja genug Festl bei uns." Er sperrte die Tür auf und hielt sie für Trepper offen. Der Kommissar trat ein. „Aber da müssen's aufpassen. Klopfen's lieber laut." Der Mann lächelte breit. „Warum?" – „Da Jürgen hat Damenbesuch. Des hat er zumindest heut in der Früh gsagt. Mia sollen ihn ned stören." Der Mann zwinkerte Trepper mit dem rechten Auge zu. Trepper kam dieser Umstand eher gelegen. Dann musste er Sylvia Strobmeier nicht gesondert aufsuchen.

Trepper stieg die beiden Etagen nach oben und fand die Wohnung Gensheims an der korrekt beschriebenen Stelle. Er klingelte. Schnell hörte er einige verschwommene Rufe aus der Wohnung. Allerdings geschah nichts weiter. Trepper klingelte daraufhin erneut. Er hielt die Klingel etwas länger gedrückt. Nun konnte er einige stampfende Schritte aus der Wohnung Gensheims vernehmen.

„Scheiße! Echt Ihr Deppen!", hörte er einige Flüche nun genauer. Gensheim öffnete die Tür und setzte an, während er die Tür nach innen zog: „Ich hab Euch Deppen doch gesagt …" Erst jetzt erblickte er Trepper. „Sie?", fragte er völlig überrascht. Gensheim trug nur eine Baumwollunterhose und war ansonsten unbekleidet.

„Ja, Herr Gensheim. Es tut mir leid Sie zu stören, aber es haben sich einige weitere Fragen ergeben, deren Beantwortung keinen Aufschub dulden." Gensheim war völlig überfahren. „Ja. Äh … Können wir das nicht später klären?" Trepper schüttelte mit dem Kopf. „Die neuen Erkenntnisse würden uns berechtigen, Sie polizeilich vorführen zu lassen. Sie stehen in unmittelbarem Tatverdacht." Mit dieser Aussage lehnte sich Trepper ein wenig aus dem Fenster. Dass Gensheim den Einbruch bei Helmut Strobmeier begangen hatte, ließ eine – wie auch immer geartete – Verbindung zum Mordfall Korbinian Strobmeier als beinahe sicher erscheinen. Ein fester, belastbarer Beweis war es jedoch nicht.

Gensheim stand die Überraschung ins Gesicht geschrieben. Doch plötzlich änderten sich seine Züge. Er blickte überlegen auf Trepper: „So geht das nicht. Da möchte ich mich zuerst mit meinen Anwalt beratschlagen." Man sah Gensheim den Stolz über seine Forderung an. Trepper nickte. „Das ist Ihr gutes Recht. Dann rufen Sie jetzt bitte Ihren Anwalt an. Er soll sich umgehend in die Löwengrube begeben." – „Umgehend?", fragte Gensheim irritiert.

„Ja", bestätigte Trepper. „Ich nehme Sie mit. Ihre Befragung muss unverzüglich stattfinden. Sie ist für den weiteren Verlauf unserer Ermittlungsarbeit unverzichtbar." Nun wirkte Gensheim im Bruchteil einer Sekunde bei Weitem nicht mehr so selbst überzeugt. Er hatte gehofft, mit dem Verweis auf rechtlichen Beistand erst einmal Zeit zu gewinnen.

Gensheim gehörte zu den Menschen, die Unangenehmes gerne hinauszögerten. Auch wenn das Problem damit nicht aus der Welt war, beruhigte es ihn, wenn etwas Belastendes einen Monat, eine Woche oder auch nur einen Tag aufgeschoben werden konnte.

Auf einmal näherte sich eine junge Frau in Gensheims Rücken. Sie war in einer Decke eingewickelt. An ihren Schultern sah man ihre helle Haut aufblitzen. „Kommst Du bald? Ich muss in einer Stunde wieder weg. Ich hab heut noch VWL um zwei."

Gensheim bemühte sich, seinen Körper in Treppers Blickachse zu stellen. Zwar konnte er das Blickfeld des Kommissars einschränken. Allerdings eine offensichtliche Erkenntnis konnte er so nicht unterbinden: Bei der jungen Frau handelte es sich nicht um Sylvia Strobmeier.

30

Trepper umfasste die lauwarme Tasse Instant-Kaffee und zog sie an sich. Er hatte eigentlich nicht vor, von dem übel riechenden Getränk zu kosten. Gensheim hatte sich aber sehr darum bemüht, ein guter Gastgeber zu sein und viermal nachgefragt, ob Trepper nicht etwas trinken möchte. Sicher ein Zeichen von Nervosität, dachte Trepper. Und so stimmte er schließlich zu, Gensheim möge ihm einen Kaffee zubereiten.

„Tut mir leid, dass ich Ihre Verabredung gesprengt habe", entschuldigte sich Trepper. Gensheim winkte ab. Er hatte seine Affäre schnell aus der Wohnung komplimentiert, um mit dem Kommissar allein reden zu können. Er wollte die Befragung dann doch lieber in seiner eigenen Wohnung überstehen. Auf einen „Ausflug" in das Münchner Polizeipräsidium verspürte er weniger Lust. Deshalb verzichtete er auch – vorerst – auf anwaltlichen Beistand.

„Schon in Ordnung, Herr Kommissar. Das Mädel ist ja auch … Also ist ja nix Festes mit der. Bloß so eine kleine Geschichte. Nix Weltbewegendes."

Trepper senkte seinen Blick auf die dampfende Tasse Kaffee. Der süßlich, etwas faulige Geruch stieß ihm übel auf. Er stellte die Tasse auf den kleinen Nierentisch ab, der zwischen ihm und Gensheim stand.

„Ist Ihre Liaison mit Frau Strobmeier zu Ende?" Gensheim schluckte. Er presste seine Lippen zusammen und schüttelte langsam mit dem Kopf. „Bitte sagen Sie ihr nichts", flüsterte er leise, ohne auf die Frage Treppers zu antworten. „Das werde ich nicht. Das ist natürlich Ihre Privatangelegenheit." Gensheim räusperte sich. „Die Sylvie ist schon ne tolle Frau: Sieht super aus, hat Geld, ist auch gut im Bett …" Gensheim unterbrach sich selbst. Die letzte Äußerung war ihm unbedacht herausgerutscht. Auch wenn es seiner Empfindung entsprach, fand er diese Anmerkung unpassend in einer Befragung durch einen Kriminalpolizisten.

„Es ist halt auch schwierig mit ihr. Sie behandelt mich wie ein kleines Kind. Will immer alles bestimmen. Zur Zeit kauft sie mir sogar Sachen zum Anziehen und sagt mir, was ich zu welchem Anlass tragen soll: Wenn wir zum Essen gehen, oder ins Kino und so weiter." Trepper nickte. Dann gab es also durchaus dunkle Schatten über dem eigentlich so harmonisch wirkenden Paar.

Trepper wollte vorankommen. Die Informationen über die Beziehung Gensheims zu Sylvia Strobmeier waren bereits wertvoll. Aber es gab noch ein Thema, das Trepper ansprechen wollte, bevor er sein eigentliches Anliegen vortrug: „Warum sind Sie in Geldnöten? Ihre Partnerin ist doch reich oder zumindest wohlhabend." Gensheim atmete tief durch. Er nahm einen Schluck von seinem Kaffee. Etwas verschüchtert senkte er seinen Blick auf die Tasse vor seiner Brust, ehe er antwortete: „Sie ist reich. Ich bin es nicht." – „Aber Sie werden doch keine hohen Ausgaben haben, oder? Das Studentenheim hier wird ja nicht das große Geld kosten. Und sonst?" Gensheim lächelte verlegen. „Ich möchte mein Leben schon genießen. In der Disco nicht auf's Kleingeld schauen, zum Ski fahren nach Garmisch oder gerne auch mal nach Italien ans Meer."

Trepper wollte nicht sein Notizbuch hervorholen. Es erschien ihm unpassend, wenn er während dieser Befragung in persönlicher Atmosphäre zu notieren beginnen würde. Damit kam er auch in dieser Situation Gensheim entgegen, der ja auf einen Anwalt verzichtet hatte. Trepper kommentierte also das Geschilderte nur in seinen Gedanken: Lebt über seine Verhältnisse.

„Ist Frau Strobmeier dann nicht dabei, wenn es nach Garmisch geht oder ans Meer? Dann könnte sie doch zahlen", meinte Trepper pragmatisch. Gensheim sah noch einmal kurz hinab, hob dann aber seinen Kopf und bekannte: „Sie ist aber nicht immer dabei. Sie denkt, ich wäre auf Praktika oder auf Studienreisen mit Kommilitonen." Für Trepper eröffnete sich ein völlig neuer Gedankengang: Jürgen Gensheim litt scheinbar auch ein wenig unter dieser Beziehung. Sylvia Strobmeier dominierte ihren jüngeren Liebhaber und bestimmte wohl auch ein Stück weit über sein Leben. Gensheim suchte sich dagegen Nischen und Auswege, um parallel Freiheiten zu erlangen. Natürlich kannte Trepper so ein Beziehungsverhalten aus seiner langjährigen Ermittlungsarbeit. Allerdings war es in solchen Fällen zumeist umgekehrt: Der Mann dominierte in der Regel die Frau.

„Warum beenden Sie nicht einfach die Beziehung zu Frau Strobmeier? Sie bindet doch nichts an die Frau. Keine Kinder, Sie sind jung, Sie haben das Leben noch vor sich." Gensheim kratzte sich an seinem Nacken. Dann fuhr er sich mit der flachen Hand langsam über seinen Hals. „Sie werden mich jetzt für einen schlechten Menschen halten ..." Er lächelte schüchtern. „Die Sylvie ist so ja schon eine tolle Frau. Sie haben das Mädel doch auch gesehen: Die ist heiß. Bildschön. Und wir können schon auch gut miteinander reden und Spaß haben. Und ich sag das auch ganz ehrlich: Wenn die Sylvie das ganze Geld von ihrem Alten kriegt ..." Es geht ihm also auch ums Geld, dachte Trepper. Gensheim wollte wohl die Beziehung weiter aufrecht halten, um über seine Partnerin – direkt oder indirekt – an das Geld von Korbinian Strobmeier zu gelangen. „Die Sylvie könnte, wenn alles klappt, eine Millionärin werden." Gensheim riss seine Augen weit auf. Seine Gesichtszüge entspannten sich. Er wirkte von einem auf den anderen Moment wie ausgewechselt, als er sagte: „Eine Million D-Mark. Stellen Sie sich das mal vor. Wie viel Geld das ist. Da komm ich doch niemals ran. Ganz egal, was ich studiere und wie hart ich arbeite: Eine Million Mark schaff ich nie. Aber wenn ich die Sylvie heirate ... Und so schlecht verstehen wir uns ja auch nicht."

31

Trepper ordnete Gensheims Aussage in die Gesamtarithmetik des Falls ein: Wenn Gensheim so auf das Geld seiner Partnerin schielte, dann musste er natürlich auch ein großes Interesse daran haben, dass Korbinian Strobmeier noch vor der vollzogenen Scheidung stirbt. Nur dann stünde Sylvia Strobmeier – unabhängig vom Testament – zumindest der Pflichtteil von einem Drittel zu. Wenn die Scheidung vollzogen worden wäre, hätte sie keine Ansprüche mehr besessen.

„Sie haben jetzt sicher keine große Meinung von mir", stammelte Gensheim verlegen. Trepper blieb in seiner Gestik völlig neutral. Er beobachtete mit Interesse, wie es in Gensheim wirklich aussah. Bei der ersten Befragung hatte sich dieser noch leicht überheblich und altklug gegeben. Jetzt wirkte er deutlich ruhiger, fast schon demaskiert. „Machen Sie sich darüber bitte keine Gedanken, Herr Gensheim. Ich habe in meinen Jahren als Ermittler eigentlich schon alles erlebt. Eines lässt sich feststellen: Jeder Mensch strebt nach Glück. Dieses Streben nach Glück kann halt ganz unterschiedlich ausfallen."

Nach dieser allgemeinen, eher philosophischen Erklärung, schien Trepper der richtige Zeitpunkt gekommen, Gensheim mit der eigentlich neuen Entwicklung des Falls zu konfrontieren: „Haben Sie im April dieses Jahres einen Einbruch bei Helmut Strobmeier begangen?"

Gensheim wurde wieder ernst. Seine Gesichtszüge verspannten sich. „Ja", gab er kurz und unumwunden zu. „Sie wissen sicherlich, dass Helmut Strobmeiers Grundstück direkt an das seines Bruders anschließt." Nach kurzem Zögern nickte Gensheim langsam mit dem Kopf einmal ab und wieder auf.

Trepper hob beide Arme an und schüttelte den Kopf. „Sie können sich wahrscheinlich vorstellen, welche Fragen sich dadurch aufwerfen?" Gensheim kniff sich mit Daumen und Zeigefinger auf seine geschlossenen Augenlider. Dann öffnete er die Augen wieder und erläuterte: „Ich hatte Geldprobleme. Mir stand das Wasser bis zum Hals. Ich kann Ihnen das sofort beweisen." Er stand bereits aus seinem tiefen Korbsessel auf und strebte gegen eine verkratzte Kommode auf der anderen Seite des kleinen Zimmers.

„Was wollen Sie mir zeigen?", fragte Trepper überrascht. „Ich habe meine Rechnungen in einem Ordner abgeheftet und daneben meine Kontoauszüge in so einem Raiffeisen-Ordner ..." Trepper schüttelte mit dem Kopf. „Bleiben Sie hier. Ich glaube Ihnen schon, dass es mit dem Geld knapp war." Trepper deutete mit der offenen Hand auf den Korbsessel. „Schildern Sie mir lieber noch einmal die genauen Umstände des Einbruchs."

Gensheim stoppte und ließ sich wieder in den Korbsessel fallen. Der abgegriffene Sessel knarzte bedrohlich, als sich Gensheim schwungvoll niederließ.

Der junge Mann schnaufte durch. „Ich brauchte einfach Geld. Ich war ja oft mit der Sylvie in der Villa von ihrem Mann. Sie erzählte mir das dann auch, dass da der Bruder nebendran wäre und dass es da kein gutes Verhältnis zwischen den beiden gab. Und ich hab sie dann gefragt, ob der auch Geld hätte und die Sylvie meinte, das wäre genauso ein reicher Sack wie ihr Mann."

Trepper verschränkte die Arme vor der Brust. Er konnte sich nun schon vorstellen, wohin Gensheims Erklärungen führen würden. Er ließ Gensheim dennoch seinen Bericht zu Ende bringen: „Da war die Sache für mich klar. Bei Sylvies Mann wollte ich nichts mitgehen lassen. Das hätte vielleicht auch sie in Bedrängnis gebracht. Aber der Bruder war ja egal. Die hatten eh kein Verhältnis zueinander. Wenn da eingebrochen wird, erfährt es die andere Seite ja nicht. Oder nicht direkt zumindest. Und da hab ich die Sache eben durchgezogen." Gensheim griff noch einmal nach seiner Kaffeetasse, aber als er spürte, dass die Tasse bereits erkaltet war, ließ er von ihr ab. Kalt war der billige Instant-Kaffee von Aldi noch weniger genießbar.

„Ich hab die Sache ein bisschen ausgespäht. Habe gewartet, bis er weg ist und bin dann einfach rein. War überhaupt nicht schwierig. Ich bin einmal ums Haus und konnte dann ein Fenster im Keller aufdrücken. Dann war ich drin."

„Handelte es sich dabei um das große Doppelfenster oberhalb des Kohlenkellers?" Gensheim nickte. „Das Ding schließt oben nicht richtig. Man kann das reindrücken und kommt dann mit Hand bis runter zum Fensterschloss. Dann einfach aufdrehen und Polen ist offen."

Trepper runzelte die Stirn: „Und das haben Sie einfach so rausbekommen? Einmal ums Haus schleichen und schon finden Sie die passende Schwachstelle?" Gensheim zuckte mit den Schultern. „So war's. Ich bin ja auch kein Profi-Einbrecher. Ich bin wirklich einmal ums Haus und habe halt an allen Fenstern und Türen gerüttelt." – „Was hätten Sie gemacht, wenn es keine Schwachstelle gegeben hätte?" – „Dann hätte ich einfach ein Fenster auf der Rückseite eingeschlagen."

Trepper blieb skeptisch, stellte aber vorerst keine weitere Zwischenfrage. Gensheim fuhr fort: „Ich bin dann in den Keller gestiegen. Dann rauf ins Erdgeschoss. Ja und dann eben weiter." Trepper erinnerte sich an den Bericht der Spurensicherung. Nirgendwo war dort von auffälligen Spuren aus dem Kohlenkeller die Rede. „Sie sind im April dort eingebrochen. Der Kohlenkeller muss befüllt gewesen sein", gab Trepper zu bedenken. „Klar. Der war voll", stimmte Gensheim zu. „Aber warum haben Sie dann keine Spuren hinterlassen? Sie müssen ja direkt über dem Kohlenberg eingestiegen sein."

Gensheim erschrak. Seine Augen standen weit offen. „Äh … Das weiß ich nicht. Ich war sehr vorsichtig. Ich bin langsam runtergeklettert. So war es." Trepper räusperte sich. „Das halte ich für ausgeschlossen. Egal wie langsam und vorsichtig Sie vorgehen: Wenn Sie auf die Kohlen steigen, sind

Ihre Schuhe mit Kohlenstaub benetzt. Damit hinterlassen Sie Spuren. So oder so. Und wahrscheinlich reden wir von deutlichen Spuren."
Gensheim wiegelte trotzig ab: „Ich hab keine Spuren hinterlassen." Er lügt, war sich Trepper sicher. „Kommen wir zu Ihrer Beute. Was haben Sie in Helmut Strobmeiers Haus erbeutet?" Trepper ließ vorerst den gestohlenen Bauplan außen vor. „Ein paar Hundert Mark. Hat sich kaum rentiert." Trepper erinnerte sich an ein weiteres Detail des Berichts der Spurensicherung: „Sie sind ja ziemlich schnell zu Ihrem Ziel gekommen. Die Spurensicherung hat ausgewertet, dass Sie nur das Arbeitszimmer des Hauses durchsucht haben. Kein anderes Zimmer." Gensheim zog beide Mundwinkel nach unten und zuckte mit den Schultern. „Ich hatte auch Zeitdruck. Ich wollte schnell wieder raus."
„Aber es ist ja schon komisch, dass Sie direkt das Arbeitszimmer gefunden haben. Hatten Sie einen Tipp?" Gensheim schüttelte energisch den Kopf. „Nein. Ich habe schon so ein bisschen die Türen aufgedrückt. Aber ich hab natürlich das Arbeitszimmer gesucht. Da ist doch immer was zu finden. Was soll ich schon in der Küche stehlen? Oder im Badezimmer?"
Trepper lehnte sich etwas zurück und musterte den jungen Studenten mit leicht schräg gestelltem Kopf. Gensheim wich dem Blick aus und kratzte sich nervös an seiner rechten Backe. „Ihre Geschichte stimmt so nicht", kommentierte Trepper mit ruhiger Stimme. Wie von ihm erwartet, löste er mit dieser Bemerkung weitere nervöse Reaktionen bei Gensheim aus. Er schluckte und wischte sich nun mit der flachen Hand über seine linke Backe. „Nein … Es war schon so. Ich bin durch das Haus schnell durch und hab das Arbeitszimmer gesucht." – „Woher wussten Sie überhaupt, dass es ein Arbeitszimmer gab?" Gensheim atmete etwas unruhig. „Was soll das?", fragte er fast zornig zurück. „So jemand hat doch ein Büro, ein Arbeitszimmer im Haus. Das konnte ich mir denken." – „Aber Sie haben keine Spuren im Haus hinterlassen. Nirgendwo sind Ihre Fingerabdrücke. Nicht auf der Türklinke der Küche, des Badezimmers, des Wohnzimmers, des Schlafzimmers. Ganz zu schweigen von Spuren des Kohlenstaubes, den Sie verteilt haben müssten. Oder ein dazu passender Schuhabdruck mit Kohlenstaub. Ihre Fingerabdrücke wurden nur im Arbeitszimmer gefunden. Nirgendwo sonst."
Gensheim krampfte beide Hände in seine Oberschenkel. „Was soll das? Ich gebe doch zu eingebrochen zu haben? Was wollen Sie denn?" Trepper wurde nun erstmals laut: „Ihre Geschichte stimmt nicht! Warum lügen Sie?" – „Lügen …", stammelte Gensheim sichtlich betroffen. „Ich lüge nicht. Ich war's ja. Ich hab ja eingebrochen. Ich brauchte Geld."

„Und warum haben Sie dann den Bauplan gestohlen?“ Gensheim merkte nun auf. „Welchen Bauplan? Ich habe keinen Bauplan gestohlen.“ Trepper schüttelte mit dem Kopf. „So steht es im Bericht. So wurde es von Herrn Strobmeier angegeben. Der Bauplan seines Hauses wurde bei diesem Einbruch gestohlen und ist seither verschwunden.“
Gensheim hatte sich wieder ein wenig gefangen. Er starrte erschöpft zu Boden und murmelte: „Ich hab keinen Plan gestohlen.“ Dann richtete er sich auf und sah zu Trepper: „Wer sagt Ihnen denn, dass der Strobmeier die Wahrheit gesagt hat? Vielleicht wurde der Bauplan ja gar nicht gestohlen.“

32

Das ovale Logo der ARD prangte auf dem schmalen Telefunken-Fernseher. Anschließend wurde eine Weltkarte eingeblendet, die vertraute Fanfare begann zu spielen und am unteren Bildrand erschien der Schriftzug „Tagesschau“.
Schon das erste Bild aus dem Tagesschau-Studio behandelte sichtbar das Thema, welches seit Stunden ganz Deutschland in Bann hielt: Man sah hinter dem Moderator das Bild eines Lufthansa-Flugzeugs und darunter die Bildbeschreibung „Flugzeug entführt“. „Guten Abend meine Damen und Herren“, begann der Nachrichtensprecher. Trepper, Paula Brückner, Stefan Michlbier, Richard Marburger und neun weitere Kommissare aus dem Polizeipräsidium starrten gebannt auf den Bildschirm. „Eine Linienmaschine der Deutschen Lufthansa ist seit dem Nachmittag in der Gewalt von Entführern.“
„Das ist doch nicht zu glauben“, flüsterte Marburger ungläubig. Die Meldung vom späten Nachmittag, die zuerst langsam und schließlich immer schneller durch das Polizeipräsidium gewandert war, hatte sich nun endgültig bewahrheitet.
„Zur Stunde gibt es noch keine Klarheit über das Motiv, nicht einmal über die Zahl der Luftpiraten.“ – „Luftpiraten“, wiederholte Michlbier verächtlich. „Das war doch wieder die RAF. Diese Verbrecher!“ Sein Zorn war echt. Allerdings erklärte der Sprecher aus dem Fernseher zeitgleich: „Wie wir so eben erfahren haben, handelt es sich um vier Männer aus dem arabischen Raum.“ – „Ruhe“, befahl Marburger. Seine Aufforderung war auf Michlbiers Kommentar gemünzt. Es schien nun geboten, vorerst dem Nachrichtensprecher zu folgen.

„Die Maschine vom Typ 737 Cityjet war auf dem Flug von Palma de Mallorca nach Frankfurt. Die Luftpiraten zwangen den Piloten den Kurs zu ändern und in Rom zu landen." Es wurde bei diesen Worten eine Landkarte Europas eingeblendet. Auf der Landkarte stellte eine gestrichelte Linie die geplante Fluglinie Palma-Frankfurt und den erzwungenen Flugweg nach Rom dar. „An Bord sind 86 Passagiere, überwiegend Urlauber, und die fünfköpfige Besatzung. Auf dem Flughafen in Rom forderten die Entführer die Freilassung aller politischen Gefangenen in der Bundesrepublik."

„Also doch RAF", brummte Michlbier leise. „Die Maschine ist soeben auf dem Flughafen Larnaka auf Zypern gelandet. Bei der Nachrichtenagentur Reuters in Beirut ging am Abend die Erklärung einer bisher unbekannten Organisation ein, in der es hieß, die Aktion solle den Forderungen der Entführer des Arbeitgeberpräsidenten Schleyer Nachdruck verleihen."

Diesmal sparte sich Michlbier einen Kommentar. Er nickte nur deutlich mit säuerlichem Gesicht.

„Das ist eine Bombe, die eingeschlagen hat", meinte Marburger. Die Kriminalpolizisten sahen noch das Ende der Nachrichtensendung an. Es wurden sogar Bilder aus Rom gezeigt, auf denen das entführte Flugzeug gefilmt worden war. Marburger schaltete daraufhin den Fernseher aus. Es handelte sich um das einzige TV-Gerät im Polizeipräsidium. Deshalb hatten sich viele Mitarbeiter, die noch im Haus waren, hier eingefunden.

„Wie geht das weiter?", fragte ein älterer Kollege aus dem Innendienst. Ein Gefühl der Ohnmacht stellte sich ein. Die RAF zog wie von Geisterhand durch das Land, zündete Bomben, ermordete Menschen bei Attentaten und nun, als neuen Höhepunkt, die Entführung der Landshut. Der Terror erschütterte das Sicherheitsgefühl des ganzen Landes. Tatsächlich sahen sich die Menschen der westdeutschen Bundesrepublik in einer Art Krieg. Ein Krieg von wenigen Terroristen gegen 60 Millionen Einwohner.

„Da wird auch einiges auf uns zukommen", meinte Marburger. „Ich meine dienstlich", schob er nach einer kurzen Pause hinterher. „Wieso? Was können wir da ausrichten?", wollte Michlbier wissen. Marburger drehte sich zu ihm um. „Schleyer. Ich habe bereits ein Telegramm aus dem Innenministerium erhalten. Alle aktuellen Ermittlungsarbeiten werden zurückgestellt. Wir müssen Schleyer finden."

Schleyer, dachte Trepper betroffen. Er rief sich die schwarz-weißen Bilder ins Gedächtnis, welche die Entführer aufgenommen hatten. Schleyer saß vor einer Wand mit dem RAF-Symbol und hielt ein Schild mit dem Verweis „Seit 20 Tagen" auf Brusthöhe nach oben.

„Wir drehen jetzt jeden Stein um. Wir müssen verdächtige Wohnungen durchsuchen, Verkehrskontrollen durchführen, verdächtige Personen vernehmen und beschatten. Wir müssen Schleyer rausholen", erklärte Marburger mit pathetischer Stimme. Es klang beinahe so, als wäre er Teil des Krisenstabes im Bundeskanzleramt und würde gemeinsam neben Bundeskanzler Schmidt und Innenminister Werner Maihofer den Kampf gegen die RAF von oben führen. „Wir müssen diese Brut, die unser Land bekämpft, endlich ausschalten."
Trepper drehte sich zu seiner Kollegin Paula Brückner. „Dann eben Schleyer", sagte er zu ihr. „Der Mörder von Korbinian Strobmeier muss noch warten."

33

Ein süßlich-fauliger Geruch füllte den gesamten Gang des Mietshauses in der Putzbrunner Straße. „Marihuana", meinte Michlbier mit leiser Stimme. Trepper, der erstmals in seinen Jahren bei der Polizei eine kugelsichere Weste trug, zog seine Dienstwaffe aus dem Halfter. Auch Michlbier und Paula Brückner taten es ihm gleich. Treppers Kollegen hatten ebenso eine kugelsichere Weste umgeschnallt.
Die drei Kommissare gingen den letzten Schritt auf die Wohnung Nummer 14 zu. Auf dem Klingelschild stand kein Name. „Schleyer?", fragte Michlbier mit ironischem Lächeln. Trepper sah es als genauso abwegig an, dass sich hier das Versteck der Schleyer-Entführer befinden würde.
Zwar entsprach die Wohnung in diesem großen Mietshaus den Suchkriterien des Bundeskriminalamtes – eigene, durch Aufzug erreichbare Tiefgarage, Autobahnanschluss in der Nähe, ruhige Wohnlage, abseits von Tourismusorten und Einkaufsstraßen, Vermietereintrag verdächtig – doch schien bereits der Marihuana-Geruch den Verdacht zu entkräften. Es war kaum vorstellbar, dass derart professionelle Entführer so offenkundig auf sich aufmerksam machen würden.
Trepper hämmerte dreimal seine geballte Faust gegen die Wohnungstür. „Aufmachen! Kriminalpolizei!", schrie er laut. Aufgeregte Stimmen heulten hinter der Tür auf. „Aufmachen!", wiederholte Trepper. „Haut ab, Bullenschweine!", wurde seiner Aufforderung entgegengestellt.
Trepper und Paula Brückner stellten sich daraufhin seitlich an den Türrahmen. Sie senkten ihre Dienstwaffen hinab. Michlbier bereitete sich derweil in der Mitte der Tür vor. Er trat einen Schritt zurück und zog sein

rechtes Bein nach oben. Genau in dem Moment, in dem er auf das Türschloss zutreten wollte, wurde geöffnet.

Ein hagerer Mann in gebückter Haltung stand im Eingang. „Was wollt's
hier?", fragte er mit müder Stimme. Sein Gesicht sah ausgezehrt aus. Eine
sehr starke Akne verunstaltete sein Kinn und die Wangen. Er trug ein zerschlissenes Hemd und eine schmutzige Jeans. „Mordkommission", meldete sich Trepper in alter Gewohnheit. Er steckte seine Pistole zurück in den
Halfter.

„Mordkommission? Spinnt's Ihr?" Auch Michlbier sicherte seine Waffe
und steckte sie ein. „Keine Sorge. Wir sind hier mit einem anderen Auftrag
unterwegs." Er zwinkerte Trepper zu. Der blies beide Backen auf und nickte mitleidig. „Wir haben einen Durchsuchungsbefehl für Ihre Wohnung."
Der Mann trat einen Schritt zurück. „Des is ned meine Wohnung."

„Sind Sie nicht Herr Schöffler?" Der Befragte zuckte mit den Schultern.
„Weiß ned, wer des sein soll. I bin's ned." Trepper presste die Lippen zusammen und nickte. „Lassen Sie uns bitte eintreten." Der Mann trat nun
völlig zur Seite.

Sie traten in einen heruntergekommen Raum. Am Boden kreuchten Insekten umher. Schmutz und Unrat lagen überall wild verstreut. In diesem
Chaos befanden sich drei weitere Bewohner, zwei Männer und eine Frau.
Die Personen mochten zwischen 20 und vielleicht Mitte 30 Jahre alt sein.
Eine Schätzung fiel schwer, da die Gesichter sehr eingefallen und bleich
waren. Einer der Männer lag auf einem verschmutzten Polster und rauchte eine Hasch-Zigarette. Er lachte schrill auf. „Scheiße, was wollt denn
Ihr?", fragte er prustend. Dann brach er in hysterisches Gelächter aus. Als
letzte steckte nun auch Paula Brückner ihre Dienstwaffe ein. Das laute
und vom Ton her sehr unangenehme Lachen steigerte sich in der Lautstärke. Er deutet mit dem Zeigefinger auf die drei Beamten und schrie
lachend: „Die drei Chinesen mit'm Kontrabass."

Eine junge Frau neben ihm blickte mit leeren Augen auf die Decke. Sie lag
auf dem nackten Boden und atmete schwer. Trepper wandte sich an den
Mann, der ihnen geöffnet hatte. „Alles in Ordnung mit der Frau? Sollen
wir vielleicht einen Krankenwagen rufen." Der Mann winkte mit einer
ungelenken Bewegung ab. „Ach geh. Des passt bei der. Der geht's guad.
Die is auf Turkey."

Der dritte Bewohner auf dem verschmutzten Boden wirkte ähnlich apathisch. Allerdings folgte er mit seinen Augen den drei Beamten. Was für
arme Leute, schoss es Trepper durch den Kopf. „Sollen wir überhaupt?",
fragte Michlbier in seinem Rücken halblaut. Trepper drehte sich zu ihm,

dann sah er zu Paula hinüber. „Ihr wisst ja, wie unser Auftrag lautet. Aber ich denke, wir brauchen es auch nicht zu übertreiben. Ein kurzer Blick wird sicher genügen."

Trepper drehte sich wieder zu dem Mann, der als einziger der Bewohner stand. „Es handelt sich um eine Sondermaßnahme im Zusammenhang mit der aktuellen Krisenlage. Deshalb haben wir kurzfristig diese Durchsuchungsgenehmigung erhalten. Ihre Wohnung …", er korrigierte sich: „Diese Wohnung gilt als verdächtig." Er überreichte dem Mann den Durchsuchungsbeschluss. Diese wurden aktuell im Akkord ausgegeben. Es stellte einen verzweifelten Versuch dar, das Versteck der Entführer von Hanns-Martin Schleyer ausfindig zu machen.

Eigentlich hätte Trepper den Durchsuchungsbescheid dem tatsächlichen Mieter aushändigen müssen. Er kannte ja nicht einmal den Namen des ungepflegten Mannes, der vor ihm stand. Aber der Kommissar hielt es für ein Ding der Unmöglichkeit, in dieser Situation ein geordnetes Verfahren durchzuführen.

Der Mann ließ den Durchsuchungsbefehl zu Boden segeln. „Was für a Krisenlage?" Konnte es sein, dass die Bewohner hier, ihrem Zustand geschuldet, gar nicht wussten, was gerade die gesamte Bundesrepublik Deutschland umtrieb?

Während Trepper bei dem Mann stand, öffnete Michlbier eine Tür und durchleuchtete eine dunkle Abstellkammer. Paula kümmerte sich derweil um die andere Tür in der Wohnung. Doch ging sie nicht einen Schritt hinein. Schnell hämmerte sie die Tür wieder zu, nachdem sie diese kurz geöffnet hatte. Ein gluckender Würgereflex ließ befürchten, sie würde sich sofort übergeben.

Trepper ließ den Mann neben sich stehen und ging selbst an die zweite Tür. Dann zog er an der Klinke. In dem Raum befand sich das kleine Bad, in dem auch eine mit Kot überfüllte Toilette lag. Neben der Toilette befand sich ein halbverwester Katzenkadaver.

Es erging Trepper wie seiner Kollegin. Schnell schloss er die Tür. Auch ihm stieß der schreckliche Geruch auf. Mit knapper Mühe und Not konnte er seinen Magen nach einigen Sekunden wieder beruhigen.

Unterdessen hatte Michlbier den kleinen Abstellraum untersucht. „Nix", meldete er in lockerem Ton. „Kein Arbeitgeberpräsident gefunden." Der Mann, der den Kriminalkommissaren geöffnet hatte, runzelte die Stirn. Mit langsamer Wortfolge fragte er: „Arbeitgeberpräsident? Was habt's'n Ihr eingschmissen?" Daraufhin begann der sitzende Mann am Boden wieder lauthals und schrill aufzulachen.

„Guten Abend meine Damen und Herren, zur Entwicklung in den beiden Entführungsfällen ein Überblick: Die von den Terroristen gesetzten Fristen sind abgelaufen, ohne dass Bonn deren Forderungen erfüllt hat. Zu den Entführern Hanns-Martin Schleyers gibt es keinen neuen Kontakt. Die Geiselnehmer von Dubai erzwangen unterdessen den Weiterflug nach Aden. In Bonn war die neue Lage Gegenstand pausenloser Beratungen der Krisenstäbe und des Kabinetts."

Der Sprecher der Tagesschau legte das obere, gelbe Blatt des Stapels auf die rechte Seite, und hob das darunterliegende Blatt leicht am oberen Rand an. „Das Bundesverfassungsgericht hat den Antrag abgelehnt, mit dem die Regierung gezwungen werden sollte, auf die Forderungen der Terroristen einzugehen."

„Wie lang soll das denn so weitergehen?", fragte Michlbier genervt. Er schnaufte dabei laut aus. Trepper, der neben ihm saß, zuckte mit den Schultern. „Schmidt wird nicht nachgeben", fasste Trepper die Position des Bundeskanzlers Helmut Schmidt zusammen. „Und die Terroristen sicher auch nicht. Dafür ist man ja wohl Terrorist, nicht nachzugeben und fanatisch sein Ziel zu verfolgen."

Michlbier nahm einen Schluck von seiner Bierflasche. Trepper und er hatten sich an der Tankstelle auf der Landsberger Allee jeweils eine Flasche gekauft. Paula hatten die beiden bereits am frühen Nachmittag nach Hause geschickt. Mit zwei kleinen Kindern konnte sie die Zeit gut gebrauchen und sicher sinnvoller nutzen. Gerade am Wochenende.

Es war Samstagabend und die beiden Kollegen hatten sich verabredet nach der letzten Wohnungsuntersuchung des Tages ein Feierabendbier zu trinken. Sie saßen als einzige im großen Konferenzraum des Polizeipräsidiums, in dem der Telefunken-Fernseher stand. Trepper nippte ebenfalls von seinem Augustiner-Bier.

„Nach wie vor sind 87 Passagiere in der Gewalt der Luftpiraten", dröhnte es aus dem Lautsprecher des Fernsehers. Auf dem Bildschirm sah man nun nicht mehr den bärtigen Nachrichtensprecher, sondern eine Landkarte der Arabischen Halbinsel. Die Orte Dubai und Aden waren mit einer schwarzen Bogenlinie verbunden. In der Mitte der Linie schimmerte die Kontur eines Flugzeugs. „Die Maschine setzte in Aden auf, ohne Landeerlaubnis erhalten zu haben. Am späten Nachmittag flog auch Staatsminister Wischinewski, der in Dubai die Verhandlungen mit den Terroristen verfolgt hatte, mit seinem Sonderflugzeug in Richtung Aden."

„Was willst Du schon mit denen verhandeln?“, meinte Michlbier. Er schüttelte den Kopf und lehnte sich aus seiner nach vorne gebückten Haltung wieder zurück. „Bei so was hilft nur die Axt im Wald.“ Trepper gähnte. Die letzten Tage hatten an seiner Kraft gezehrt. 16 Wohnungen durchsuchte die Mordkommission in den letzten drei Tagen. Diese enorme Anstrengung war sein Körper nicht mehr gewöhnt.

„Die Nachrichtenverbindungen zwischen Aden und der Bundesrepublik sind äußerst dürftig. Weder Filme noch Fotos können direkt übermittelt werden. Die Lufthansa ist in Aden nicht vertreten“, erläuterte der Tagesschau-Nachrichtensprecher. „Na Prost Mahlzeit“, kommentierte Michlbier. „Jetzt hängen die ausgerechnet bei den Kameltreibern rum.“ – „Ist halt ein armes Land“, entgegnete Trepper. „Es gibt keinen Funkkontakt. Lediglich Telex und Telefonleitungen. Diese Verbindungen klappten bisher nicht“, fuhr der Nachrichtensprecher fort. Michlbier fühlte sich bei diesen Worten in seiner Meinung bestätigt, wenngleich er das derbe Wort „Kameltreiber“ etwas bedauerte.

„Dann dürfen wir noch mal 16 Wohnungen sinnlos durchsuchen“, brummte Michlbier. „Sieht fast so aus. Hoffentlich erspart uns Marburger morgen die ganze Prozedur. Das bringt doch auch nichts. Die Schleyer-Entführer können überall sein. Am Schluss hocken die in Österreich oder Dänemark und wir suchen hier jede schäbige Bude ab.“

Genau in diesem Moment betrat Richard Marburger den Besprechungsraum. Trepper und Michlbier zuckten zusammen. „Ich habe hier den Fernseher gehört“, entschuldigte Marburger sein abruptes Eintreten. Mit Blick auf die entspannte Position und die geöffneten Biere in Händen der Kommissare, meinte Marburger: „Feierabend-Bier?“

Trepper nickte. Er stellte seine Bierflasche auf dem Boden ab. „Wir sind gerade in der Schwanthalerstraße fertig geworden“, erklärte Trepper. Dort hatten die Kommissare für heute ein letztes Objekt durchsucht. „Nichts“, ergänzte Michlbier, ohne weitere Beifügung. Marburger presste die Lippen zusammen und nickte. „Ja, ich weiß: Es ist schon eine Suche nach der Nadel im Heuhaufen.“ Der Leiter der Mordkommission konnte sich denken, dass seine Kommissare nicht gerade erfreut über diese Art der Ermittlungsarbeiten waren. „Aber wir müssen den Druck hochhalten. In der ganzen Bundesrepublik gehen diese Durchsuchungen voran. Wir geben da nicht nach.“

Michlbier hob kurz seinen rechten Zeigefinger an und deutete damit auf den Fernseherbildschirm. Dort sah man einige Sequenzen der entführten Lufthansa-Maschine. „Ist die Landshut nicht wichtiger? Fast hundert Geiseln." Marburger zuckte mit den Schultern. Dann lehnte er sich mit seiner Schulter an den Türrahmen. „Beides ist wichtig. Wenn wir Schleyer befreien können, wäre das ein enormer Schlag gegen diese Bande."

„Und wenn Bonn nachgibt?", fragte Michlbier. Die RAF hatte gefordert, ihre vier inhaftierten Mitglieder Andreas Baader, Gudrun Enslin, Jan-Carl Raspe und Irmgard Möller freizulassen. Dann würde die Terrororganisation ihrerseits Schleyer in Freiheit setzen.

Marburger zog seine Augenbrauen zusammen und schüttelte den Kopf. „Bonn wird nicht nachgeben. Der Krisenstab um Kanzler Schmidt ist eindeutig: Wir geben der Forderung von Terroristen nicht nach. Sonst sind wir dauerhaft erpressbar. Dann können die künftig so einen Zirkus immer wieder veranstalten."

Marburger senkte seinen Blick. Er rang scheinbar etwas mit sich. Dann hob der Leiter der Mordkommission wieder den Kopf und verkündete mit feierlicher Stimme: „Ich kenne ja doch einige wichtige Leute im Innenministerium ... Keine Sorge: Es wird zu einer schnellen Entscheidung kommen. Zumindest bei der Landshut."

35

Der Wecker schrillte. Trepper ertastete die gewohnte Stelle auf seinem Nachtkästchen und drückte auf den runden Metallknopf. Umgehend verstummte das klirrende Geräusch. Mit geschlossenen Augen sortierte er seine ersten Gedanken. Der Wecker schlägt um 5:30 Uhr an. Heute ist Dienstag, der 18. Oktober. Um 9:30 Uhr wollte er sich mit Paula Brückner treffen und den aktuellen Stand im Mordfall Korbinian Strobmeier besprechen.

Marburger hatte die Mordkommission wieder aus den Ermittlungsarbeiten gegen die RAF herausgezogen. Es erschien auch ihm mittlerweile unverhältnismäßig, mit solch großem Einsatz blind in der Gegend herumzustochern. Die regulären Streifenpolizisten der Münchner Stadtpolizei sollten noch etliche Objekte durchleuchten. Mehr war nicht mehr in diese Richtung geplant.

Trepper atmete tief durch. Dann drehte er seine Beine über den Bettrand und setzte sie auf den Bettvorleger. Er rieb sich die Augen und gähnte. Da spürte er eine warme Hand auf seinem Rücken. „Ich mach Dir gleich Kaffee", sagte seine Frau Elisabeth. Trepper drehte seine Hand nach hinten und strich über ihren Arm.

„Du kannst Dich ruhig noch ein wenig hinlegen." Dieses Szenario wiederholte sich in regelmäßiger Häufigkeit: Trepper verlangte nicht, dass Elisabeth so früh morgens aufstehen musste. Er benötigte eigentlich kein großes Frühstück. Ihm reichte eine Tasse Kaffee am Morgen und diese konnte er sich problemlos selbst zubereiten. Er wollte deshalb, dass sie weiterschläft. Die Kinder waren längst aus dem Haus und Trepper wollte ihr einen ruhigen Start in den Tag ermöglichen.

Elisabeth überhörte aber das Angebot ihres Mannes wiederholt. Sie stand auch gern mit ihm auf. Trepper musste oft länger im Büro bleiben. Viele Verhöre oder auch Ermittlungstätigkeiten in der Stadt fanden am späten Nachmittag oder direkt am Abend statt. Manchmal kam er erst spät abends heim. So stand sie gern mit ihm auf, um noch einige Gedanken am Morgen mit ihrem Mann zu wechseln.

Trepper zog sich seine Hausschuhe an und schlurfte ins Bad. Währenddessen ging seine Frau in die Küche. Nach einigen Minuten betrat auch Trepper den Raum. Er setzte sich an den kleinen Küchentisch. „Dann habt ihr es jetzt hinter euch?", fragte Elisabeth zum Gesprächseinstieg. Sie kannte bereits die Antwort, Trepper hatte ihr am gestrigen Montag schon berichtet, dass die Kriminalkommissare der Mordkommission nicht mehr an der allgemeinen Fahndung gegen die RAF teilnahmen.

„Gott sei Dank", bejahte Trepper. „Der ganze Zirkus wär mir auch langsam zu viel geworden." Er lächelte sie an. „Ein alter Mann ist eben kein D-Zug." Elisabeth trat an ihn heran und positionierte einen kleinen weißen Teller vor ihm auf dem Tisch. Daneben legte sie Messer und Gabel. „Was heißt da alter Mann? Für mich bist du so jung wie eh und je." Trepper legte seinen Arm um ihre Hüfte. „Naja, das Haar grau und weniger, der Bauch größer, die Falten tiefer", kommentierte er sein Äußeres. Sie strich mit der offenen Hand über seine Stirn. „Für mich bleibst du immer derselbe."

Er drückte sie fest an sich, lockerte dann seine Armbewegung. Elisabeth löste sich und ging zur Kaffeemaschine. „Dann geht es mit euren Mordfällen weiter?" Auch die Antwort auf diese Frage war Elisabeth von vornherein klar. „Ja. Ich möchte mich heut noch mal mit Paula abstimmen, wie wir weiter vorgehen." Elisabeth entnahm die Kanne aus der Kaffeemaschine. „Geht es Paula wieder besser?" Trepper zuckte mit den Schultern. „Ich hoffe es. Ich rede sie nicht so gern drauf an. Ist sicher schwer für das Mädel."

Elisabeth schenkte Trepper und sich eine Tasse Kaffee ein. „Die tut mir echt leid. Wenn ich dran denke, was damals bei uns los war, als die Kinder klein waren. Das hat mir ziemlich gereicht. Wenn ich mir vorstelle, dass die Paula ‚nebenbei‘ mal noch Vollzeit in der Mordkommission arbeitet. Ich hätt das nicht gekonnt.“

Trepper nippte an seinem Kaffee. „Das ist halt jetzt wieder eine andere Zeit. Die jungen Frauen heute möchten das Gleiche haben. Also im Beruf. Und die Arbeit im Haushalt und der Familie soll sich dann halt neu aufteilen.“ Elisabeth nahm ebenfalls einen Schluck Kaffee und lehnte sich dann zurück. „Dann müsst ihr Männer halt ran an den Haushalt“, sagte sie milde lächelnd. Trepper grinste. „Jaja, das wär was. Ich könnt ja gar nix. Vielleicht bügeln. Das schaut leicht aus.“ Sie hob den Zeigefinger und schwenkte ihn von links nach rechts. „Nur nicht untertreiben. Du könntest das auch alles. So eine Zauberkunst ist das nicht.“

Er nickte und grinste verlegen. „Das kann schon sein.“ Er zuckte mit den Schultern. „Aber so war es schon bei meinen Eltern. So war es doch auch bei uns: Du kümmerst Dich um Haushalt und Kinder und ich bringe das Geld nach Hause. Oder hättest Du es anders gewollt?“ Sie schüttelte unbedarft den Kopf. „Ich weiß nicht. Ich habe mir darüber eigentlich nie groß Gedanken gemacht. So wie es war, war es gut. Eine schöne Zeit. Aber, das liegt schon auch an dir.“

Trepper machte große Augen. „An mir?“ Sie nickte. „Du hast es ja gut gemacht mit der Familie und dich um einiges gekümmert. Gerade auch um die Kinder. Aber wenn man als Frau an einen Mann kommt, der dich schlecht behandelt? Dann bist Du ja auch vom Geld her ganz abhängig. Fast wie gefangen.“

„Hm“, grübelte Trepper. „Und du glaubst, das ist es? Deshalb wollen die jungen Frauen heute alle arbeiten? Oder zumindest viele?“ – „Auch“, bestätigte Elisabeth. Sie richtete einen kleinen Teller mit Aufschnitt und Käse her. „Aber auch um rauszukommen. Wenn du den ganzen Tag mit den Kindern daheim bist. Das kann ganz schön hart sein. Das ist nicht nur Spaß.“ – „Das ist es aber bei uns im Polizeipräsidium auch nicht. Das kannst du mir glauben. Da geht es oft hart zu. Und spannend ist es bei uns auch nicht immer. Wenn Du mal 200 Briefe durchlesen musst oder den tausendsten Bericht von der Spurensicherung.“

Elisabeth tischte das kleine Frühstück auf. Trepper würde ansonsten gar nichts essen. Ihr zu Liebe nahm er eine Semmel auf seinen Teller und schnitt sie auf. „Darum geht es ja auch nicht. Natürlich heißt es nicht, zu arbeiten wäre dann ein einziger großer Spaß. Aber man sieht wieder was anderes, trifft andere Leute. Das alles gehört ja auch dazu.“

Trepper strich ein wenig Butter auf seine aufgeschnittene Semmel. „Stimmt schon. Ich hab da auch nichts dagegen. Aber glaubst Du nicht manchmal, dass es früher besser war?" Noch ehe Elisabeth antworten konnte, konkretisierte Trepper seine Frage: „Früher wusste doch noch jeder, wo er hingehört. Jeder hatte seinen Platz und seine Aufgabe. Heute hörst Du doch von den jungen Leuten nur noch, dass sie auf der Suche nach irgendwas sind, alles hinterfragen. Die Hippies oder diese ganzen Studenten oder eben die Emanzen. Nichts soll mehr so sein wie früher, alles soll anders werden. Sich ständig hinterfragen, immer irgendeinem neuen Ziel hinterherjagen. Macht das denn wirklich glücklich?" Trepper benutzte das Wort „Emanzen" ganz ohne Boshaftigkeit. Für ihn handelte es sich dabei einfach um eine treffende Beschreibung für diese Personengruppe. Er verwendete diesen Begriff unbedarft, als Kind seiner Zeit.

Elisabeth lächelte ihn an. Sie mochte es sehr, so mit ihm zu reden, zu philosophieren. „Ich weiß es nicht. Es ändert sich eben vieles. Das gehört doch dazu. Wir leben nicht mehr wie vor 100 Jahren. Und in noch mal 100 Jahren wird es wieder anders sein. Das gehört einfach dazu", wiederholte sie.

Er nickte. „Du hast sicher recht. Mir kommt es nur manchmal vor, die Leute jagen immer höheren Zielen hinterher, alles muss Spaß machen, alles interessant sein, von allem mehr und mehr. Da war es früher doch schon fast einfacher zu leben. Auch wenn nicht alles perfekt war." – „Aber auch nicht alles schöner. Wenn Du denkst, wie gut man heute leben kann. In allen Bereichen: Essen, wohnen, reisen. Heut ist doch alles so viel leichter. Und warum sollen dann Frauen nicht das Gleiche machen können und dürfen wie Männer?"

Auch sie bestrich nun eine Scheibe Brot. „Aber eines ist sicher auch richtig: Diejenigen, die glauben, alles abzuschaffen, was früher gegolten hat, macht automatisch alles besser … Die werden später mal sehen, dass früher eben auch nicht alles schlecht war und sich nach so manchen zurücksehen, was sie heute verteufeln."

36

„Du hast nichts gehört?", fragte Michlbier mit einer Mischung aus Unglauben und sichtlich tiefer Freude. Seine Mundwinkel formten unablässig ein zufriedenes Grinsen. Auch die anderen Kollegen aus der Löwengrube sahen glücklich aus. Es bildeten sich Gesprächskreise, in denen aufgeregt diskutiert wurde. Die Kriminalbeamten rauchten viel und erklärten sich gestenreich die Vorkommnisse der vergangenen Nacht. Im Hintergrund lief der Fernseher. Auf der anderen Seite des Raums warf ein Radio zusätzliche Lautstärke in die Atmosphäre. Der Lärmpegel im Saal dröhnte daher auf einer sehr hohen Lautstärke.

„Die haben heut in der Nacht die Landshut gestürmt. In Mogadischu." Trepper konnte die neue Nachricht zuerst gar nicht verarbeiten. Er wusste nicht einmal, dass die entführte Lufthansa-Maschine mit dem Namen „Landshut" mittlerweile nach Mogadischu geflogen war. Zwar interessierten ihn natürlich die Nachrichten über die schwellende Terrorwelle, aber gestern war es ihm dann einfach nur noch überdrüssig. Er wollte nichts mehr davon hören und beging einen ruhigen Abend mit seiner Frau. Später schlief er vor dem Fernseher ein und ging dann, nachdem er auf der Couch wieder aufgewacht war, früh zu Bett.

„Die GSG 9 hat den Burschen eingeheizt. Alle umgelegt. Und bei uns hat's keinen erwischt. Alle Geiseln befreit. Alle von der GSG 9 am Leben!" Stefan Michlbier jubilierte. Auch Trepper erfreute die Nachricht. Der Erfolg der deutschen Polizeispezialeinheit „GSG 9" bedeutete einen neuen, für die meisten Deutschen positiven Höhepunkt, in dieser monatelang gärenden Terrorismus-Welle.

Trepper und Michlbier reichten sich die Hand. Es handelte sich um eine spontane Geste der beiden langjährigen Kollegen. „Gut, dass es so ausgegangen ist", kommentierte Trepper erleichtert. „Nur so!", unterstützte Michlbier Treppers Kommentar. „Denen muss man einheizen! Alles andere bringt doch nichts. Verhandeln und so ..." Er winkte verächtlich ab. „Die verstehen nur eine Sprache!"

Michlbiers Worte machten Trepper nun doch ein wenig nachdenklich. Er freute sich selbst über die Geiselbefreiung. Dennoch stellte sich bei ihm auch ein Gefühl der Betroffenheit ein, den Tod anderer Menschen derart enthusiastisch zu feiern. Trepper hatte als Soldat im Weltkrieg gekämpft. Er kannte derartige emotionale Wallungen, in denen man den Tod eines „Feindes" freudig zur Kenntnis nimmt. Oft genug hatte er nach Kämpfen mit Erleichterung die getöteten Gegner gesehen und sich gedacht: Besser es trifft euch als uns. Doch schon während des Krieges wandelte sich seine Einstellung dazu. Das Morden widerte ihn ab einem gewissen Punkt nur noch an. Egal, mit wem man es zu tun hatte: Auch der Gegner war in erster Linie ein Mensch. Das Kind von Eltern, das Enkelkind von Großeltern, der Bruder oder die Schwester, ein Ehepartner – man selbst wünschte sich den Tod dieses Menschen, aber anderen bedeutet er alles.

Diese schweren Gedanken dämpften etwas seine Stimmung. Michlbier dagegen klopfte ihm hart auf die Schulter. „Mensch Simon. Heut müssten wir eigentlich gleich raus und uns besaufen." Trepper bemühte sich freundlich zu lächeln. „Naja", schränkte er dann ein. „Das ist ja jetzt kein Feiertag oder so. Die Arbeit geht weiter."

In diesem Moment schrie plötzlich Josef Kamml, der Chefpathologe aus der gerichtsmedizinischen Abteilung, laut in den Besprechungsraum: „Seid's mal ruhig! Da kommt was Wichtiges! Sondermeldung!", brüllte er lauthals. Kamml stand neben einem großen, dunkelbraunen Radiogerät der Firma Nordmende. Umgehend, im Verlauf von ein bis zwei Sekunden, dämpfte sich der Lärmpegel merklich und kam schließlich vollständig zum Erliegen. In gleichem Maß, in dem sich die aufgeregten Gespräche eindämmten, drehte Kamml den runden Lautstärkeregler des Radioapparates auf.

„So liegt uns jetzt in diesem Moment auch die offizielle Bestätigung aus der Verwaltung der Justizvollzugsanstalt Stuttgart-Stammheim vor", dröhnte die Stimme des Radio-Nachrichtensprechers, aus den beiden in Holz eingefassten Lautsprechern. „In der Nacht vom 17. auf den 18. Oktober begingen mehrere, der in der JVA Stuttgart-Stammheim inhaftierten RAF-Terroristen, Selbstmordversuche." Ein Raunen ging durch die Reihe der Kriminalbeamten im großen Besprechungssaal des Polizeipräsidiums München.

Dann zählte der Radiosprecher auf: „Andreas Baader, Gudrun Ensslin und Jan-Carl Raspe fanden dabei den Tod, Irmgard Möller überlebte schwer verletzt."

Es herrschte ein kurzer Moment Stille, dann brandete lauter Jubel auf. Einige der Beamten umarmten sich überglücklich. Ein älterer Kollege aus der Spurensicherung bekreuzigte sich und suchte Blickkontakt zu einem hölzernen Kruzifix, welches sich in einer Ecke des Raums befand. Michlbier warf beide geballten Fäuste in die Höhe und jubelte. Seine Geste glich einem Fußballfan, der ein enorm wichtiges Tor seiner Mannschaft enthusiastisch feierte.

Er wandte sich an Trepper: „Jetzt ist aber wirklich Feiertag!", griff er begeistert Treppers vorherige Formulierung wieder auf. Nun verschlug es Trepper aber endgültig die Stimmung. Er konnte dem Selbstmord von inhaftierten Verbrechern keine Freude entgegenbringen. Natürlich lehnte auch er zutiefst die Taten der RAF ab und machte sich Sorgen um die Terror-Krise im Land. Aber Baader und seine Kumpanen waren doch längst im Gefängnis. Sie würden viele Jahre hinter Gittern bleiben. Von ihnen ging keine Gefahr mehr aus. Musste man denn nicht auch diesen Menschen die Chance geben, sich zum Besseren zu ändern? Jedem Mörder gestand man diese Möglichkeit zu.

Er drehte sich um. Michlbier griff nach seiner Schulter. „Alles in Ordnung?", fragte er irritiert. Trepper drehte sich um. „Alles gut. Aber mir ist nicht nach Feiern zumute." Michlbier runzelte die Stirn. „Wie meinst Du das?" Allerdings wollte Trepper seine Gedanken nicht vollständig teilen. „Wir müssen noch einen Mörder fangen", antwortete er einsilbig und verließ den Raum.

37

Staatsanwalt Dr. Horngruber diente erst seit einem halben Jahr am Landgericht München II. Horngruber bat beim Justizminister, nach einigen fachlichen wie menschlichen Streitigkeiten mit seinem Vorgesetzten am Landgericht Würzburg, um seine Versetzung an einen anderen Posten. Da München zu dieser Zeit personelle Probleme hatte, wurde seinem Wunsch entsprochen: Der bayerische Justizminister Karl Hillermeier leitete seine Versetzung an das Landgericht München II in die Wege.

Trepper traf an diesem späten Nachmittag zum ersten Mal mit Horngruber zusammen. „Haben Sie sich schon eingelebt?", fragte Trepper nach einigen Begrüßungsfloskeln höflich. „München ist schön", antwortete Horngruber kurz angebunden. „Von daher ... Ich hätte es auch schlimmer erwischen können."

Dr. Horngruber öffnete daraufhin den Deckel seiner dunkelbraunen Ledertasche und streckte die Hand in den geöffneten Innenraum. „Ich habe den Fall Strobmeier übernommen, wie Sie sicher schon gehört haben", erklärte der Staatsanwalt.

Tatsächlich hatte Trepper von der Neuigkeit erst an diesem Vormittag gehört. Eigentlich sollte Staatsanwalt Dr. Krumbiegel den Fall bearbeiten. Bei diesem wurde allerdings eine schwere Krankheit diagnostiziert. Genauere Einzelheiten kannte Trepper nicht. Es kursierten im Polizeipräsidium Gerüchte über eine vermeintliche Krebserkrankung oder auch einen nervlichen Zusammenbruch.

„Man hat es mir mitgeteilt. Sie wollen sich jetzt sicher erst einmal einen Überblick verschaffen", meinte Trepper. Horngruber zog nun seine Hand aus der Aktentasche zurück, ohne ein Dokument hervorgeholt zu haben. Er klappte sogar den Deckel der Aktentasche zurück und verschloss ihn.

„Ich habe die Ermittlungsakte bereits zur Gänze studiert", erklärte der Staatsanwalt in kühlem Ton.

Hat er das als Angriff gewertet, überlegte Trepper. Vielleicht meinte er, ich spreche ihm das korrekte Aktenstudium ab? „Ich bin bestens im Bilde", erklärte Horngruber streng. Er nahm seine randlose Lesebrille ab und legte sie auf den Tisch, neben die Aktentasche.

„Ich will auch gar nicht lange um den heißen Brei herumreden: Für mich ist eine Anklage gegen Helmut Strobmeier unumgänglich", stellte der Staatsanwalt fest. Trepper nickte langsam mit dem Kopf. Er betrachtete Horngrubers fleischloses Gesicht. Der neue Staatsanwalt war kein Anfänger, trotz seiner erst kurzzeitigen Anstellung an der Isar. Trepper schätzte den schlanken Mann auf etwa 50 Jahre.

„Kein Zweifel: Helmut Strobmeier ist da irgendwie mit drinnen. Das zerrüttete Verhältnis zu seinem Bruder, sein akuter Geldbedarf, das gefälschte Testament, die Waffen in seinem Kohlenkeller, die Leiterspuren auf der Mauer", zählte Trepper auf. Horngruber nickte einmal. Dabei sah man deutlich die Falten an seinem Hals, die die eng bespannte Haut bei der Bewegung warf.

„Aber er kann es nicht alleine gemacht haben", schränkte Trepper ein. „Sie meinen wegen seinem körperlichen Zustand?", entgegnete Horngruber. „Genau. Helmut Strobmeier ist 59 Jahre alt und keineswegs in einer körperlich guten Verfassung. Ich habe einige Verhöre mit ihm durchgeführt. Zudem hatte er bereits einen Schwächeanfall und wurde auf die Krankenabteilung in Stadelheim verlegt."

„Stimmt", antwortete Horngruber unverzüglich. „Ich gehe auch davon aus, dass er einen oder mehrere Komplizen hatte. Nur …" Er sah kopfschüttelnd auf seine Aktentasche. „Da kommen Sie aktuell ja auch nicht wirklich voran. Alle halten dicht. Helmut Strobmeier beteuert seine Unschuld und verweigert ansonsten jegliche weitere Aussage." Er hob seinen Kopf und sah Trepper direkt in die Augen. „Bringt es denn noch wirklich etwas, die Verdächtigen weiter abzuklopfen? Alle haben mittlerweile anwaltlichen Beistand und verweigern größtenteils die Aussage. Neue Beweise sind nicht in Sicht."

Horngruber zuckte mit seinen Schultern. Dabei spannte sein dunkelblauer Anzug spitz am oberen Schulterblatt. „Ich denke, wir sollten nun Anzeige gegen Helmut Strobmeier stellen und ein gerichtliches Verfahren einleiten. Das wird ihn aufscheuchen. Die Beweise gegen ihn reichen dafür aus. Und dann muss man ihm halt eine Brücke bauen, am besten davor, wenn nötig auch erst während des Prozesses: Sag aus. Nenn uns die Namen der

Beteiligten. Dann geht das Strafmaß für dich um …" Der Staatsanwalt schwankte etwas mit dem Kopf. „Dann können wir deine Strafe um vielleicht 40, 50 Prozent reduzieren und die anderen kassieren wir voll ab."
Trepper gefiel die anschauliche Sprache des neuen Staatsanwaltes. Er nickte. „Ich verstehe Ihren Ansatz und finde ihn auch nicht verkehrt. Aber wir waren aktuell auch ziemlich ausgebremst mit unseren Ermittlungen."
– „Sie meinen wegen diesen ganzen RAF-Geschichten?", nahm Horngruber Treppers Erklärung als Frage vorweg. „Ja. Wir mussten etliche Male bremsen und andere Ermittlungsarbeiten verrichten." Trepper dachte an die vielen Hausdurchsuchungen in den letzten Tagen.
„Jetzt sieht es anders aus: Wir können uns wieder voll auf den Fall konzentrieren. Wir haben jetzt auch von unseren Kapazitäten her die Möglichkeit, unsere Verdächtigen stärker unter Druck zu setzen."
Horngruber zuckte mit seinen Augenbrauen nach oben und spitzte seinen Mund. „Sie wollen also die ganze Mannschaft noch mal ins Gebet nehmen?" Trepper nickte. „So eiskalt und clever ist Strobmeier und sein Umfeld nicht. Wenn wir den Druck erhöhen – auf Strobmeier, die Ehefrau, den Liebhaber – dann wird einer von denen umfallen. Da bin ich mir sicher."
Horngruber stand auf. Er steckte seine Lesebrille in die Brusttasche seines Jacketts und griff nach seiner Ledertasche. „Gut. Ich gebe Ihnen noch eine Woche. Klopfen Sie noch mal auf den Busch. Vielleicht kommt der Hase raus. Wenn nicht …" Er reichte Trepper die Hand. „Dann machen wir es auf meine Art und Weise."

38

Eigentlich rauchte Trepper nicht mehr viel. Zwei, vielleicht auch drei Zigaretten am Tag. Mehr nicht. Er zerdrückte nun aber bereits die fünfte verrauchte Zigarette im Aschenbecher.
Paula Brückner hatte währenddessen noch keine einzige Zigarette geraucht. Sie gewöhnte es sich bereits während ihrer ersten Schwangerschaft größtenteils ab. Nun griff sie aber auch nach Treppers roter Marlboro-Packung. „Darf ich?" Trepper nickte. „Natürlich." Er runzelte die Stirn. „Rauchst Du überhaupt noch?" Sie zuckte mit den Schultern. „Ich muss ja fast. Damit Du nicht alle wegputzt." Er zog sein kleines Benzinfeuerzeug hervor und gab seiner Kollegin Feuer.

Trepper steckte sich ebenfalls eine weitere Zigarette an. Er blies den ersten Zug lange aus und schüttelte dann mit dem Kopf. „So nah am Ziel und doch kommen wir nicht ran", kommentierte er den Stand der Dinge im Mordfall Korbinian Strobmeier. Paula legte ihre Zigarette in die halbrunde Ausbuchtung des Aschenbechers. Sie nickte. „Schon verzwickt. Ich verstehe auch nicht, warum unser Helmut Strobmeier derart zumacht."

Trepper wischte sich langsam über die geschlossenen Augen und seufzte: „Schellenberg." Er schüttelte leicht mit dem Kopf. „Der blockt alles ab. Er hat ja auch keinen Grund nachzugeben: Alles spricht im Moment gegen seinen Mandanten. Die Indizienkette ist lang. Andererseits gibt es keinen Zweifel daran, dass der alte Mann so einen Mord nicht begehen kann. Also rein technisch. Von daher schaut sich Schellenberg unsere Ermittlungsarbeit an und wartet, was wir vorweisen können. Eine gute Abmachung kann er später noch vor Gericht rausschlagen."

Paula stand auf. Sie ging zum rechten der beiden Kastenfenster und öffnete es. Der Rauch in dem kleinen Vernehmungszimmer stand dicht. Umgehend strömte etwas frische Luft in das vernebelte Zimmer. Sie drehte sich um, lehnte ihren Rücken gegen die Wand neben dem Fenster und verschränkte die Arme vor der Brust. „Ich glaube ja, die stecken alle mit drin: Helmut Strobmeier sowieso, aber auch die Ehefrau, von der sich das Mordopfer längst trennen wollte, genauso wie ihr zwielichtiger Geliebter."

Trepper lächelte süffisant. „Ich hab mir das Gleiche gedacht. Die feine Gesellschaft steckt unter einer Decke. Anders kann es fast nicht sein. Der Bruder brauchte das Geld, um seinen Bankrott abzuwenden, die Frau den schnellen Tod des Gatten, um nicht noch geschieden zu werden und der Liebhaber ist brav mitgetrottet und hat alles gespielt, was von ihm verlangt wurde."

Paula legte ihren Kopf etwas weiter in den Nacken und drehte ihn leicht nach links und wieder nach rechts. „Spätestens die Sache mit dem Einbruch. Das stinkt doch zum Himmel." Simon blies beide Backen auf. Er stand nun ebenfalls auf und ging zu dem geöffneten Fenster. „Ja", stimmte er seiner Kollegin zu. „Dieser Einbruch ... Das ist auch so eine schiefe Sache." Er lehnte sich auf die andere Seite der Fensterausbuchtung.

„Irgendwie hängt da der Schlüssel drin: Es wird dieser Einbruch vorgetäuscht, um damit ein Alibi zu schaffen. Später wird der Strobmeier ermordet, sie drehen alles in Richtung RAF und dann kommt noch dieser Einbruch zur Sprache. So quasi: Da haben die Terroristen alles vorbereitet.

Da haben sie sich die Wege angeschaut und das Versteck im Keller gefunden."

Trepper schwankte etwas mit dem Kopf. „Ich denke so ähnlich, aber irgendwie … Das ist schon etwas wild, oder? Dass die soweit vorausplanen. Ein fingierter Einbruch, um später einen Terroranschlag darzustellen." Er lächelte spitz. „Hältst Du die Truppe für so gerissen?" Sie lächelte zurück und antwortete: „Nein. Sonst wären sie ja damit durchgekommen."

Trepper nickte und drehte sich um. Er sah aus dem geöffneten Flügel und erkannte noch das äußere Eck der Münchner Frauenkirche. Der Blick auf den Rest des Wahrzeichens war ihm durch die Lage des Fensters verstellt. „Hm", grübelte er. „Es macht wohl wirklich nur so Sinn: Helmut Strobmeier ist pleite. Er denkt darüber nach, wie er an Geld kommen kann. Er wird an den ein oder anderen Ausweg gedacht haben und dann auf das Vermögen seines Bruders gekommen sein." – „Bitten kann er darum nicht", fügte Paula an. Trepper nickte zustimmend und wiederholte: „Bitten kann er nicht. Dafür ist er zu stolz, dafür ist das Verhältnis mit seinem Bruder zu zerrüttet."

„Oder die Initiative ging von der Ehefrau aus", gab Paula Brückner zu bedenken. Trepper hob den Zeigefinger und zwinkerte ihr zu, als er korrigierte: „Noch-Ehefrau. Sylvia Strobmeier wusste ja, dass die Scheidung unmittelbar bevorstand. Sie hatte also auch Handlungsdruck." Paula nickte. „Ja, wenn man es so betrachtet, hatte sie ja sogar noch mehr Handlungsdruck als Helmut Strobmeier. Bei ihm wird es ja wahrscheinlich um Wochen oder Monate gegangen sein. So einen Bankrott …" Sie zuckte mit den Schultern. „So was lässt sich doch sicher in die Länge ziehen."

„Stimmt. So gesehen müsste die Initiative von der Ehefrau ausgehen. Die drängt darauf: Der Mord muss schnell geschehen, sonst wird die Scheidung vollzogen. Dann hat sie praktisch keinen echten Anspruch mehr auf irgendwelche Zahlungen. Nur als ‚Witwe‘ erhält sie Zugang zu Strobmeiers Vermögen." Trepper markierte das Wort „Witwe", indem er mit beiden Zeigefingern Anführungszeichen in der Luft anzeigte.

„Aber eigentlich ist der zeitliche Hintergrund fast egal. Immerhin wurde der Einbruch im April begangen. Das ganze Ding wurde also schon weit im Voraus geplant." Trepper nickte mit Blickrichtung Innenstadt. „Jaja, das ist schon richtig. Im April der Einbruch. Dann müssen die das natürlich schon vorab geplant haben. Bestimmt ein, zwei, drei Monate davor. Da müssen sie schon in diese Richtung Kontakt gehabt haben. Und das Pärchen? Also Sylvia Strobmeier und dieser Jürgen Gensheim. Waren die überhaupt so lange zusammen?"

Paula presste die Lippen zusammen und blickte zur Decke. „Das könnte schon hingehen. Ich müsste es noch mal in den Akten nachschlagen, aber ich glaube, die beiden waren schon seit Winter 76 ein heimliches Liebespaar."
Trepper ging zurück zum Tisch. Er stupste die beiden, nun mehr verrauchten, Zigaretten in den Aschenbecher. „Ich würde auch jede Wette darauf eingehen, dass unsere Theorie soweit passt. Aber wir haben in der Tiefe keine Beweise. Es gibt keine nachweisbaren Kontakte zwischen Helmut Strobmeier und dem Pärchen. Da liegt der Hund begraben: Wenn wir da was finden würden. Wenn wir das nachweisen könnten, dass die sich getroffen haben – konspirativ oder nicht – dann wären wir weiter."
„Ich denke, dann würde es auch schneller gehen. Dann würde das Kartenhaus schnell einfallen", bestätigte Paula Treppers Annahme. „Aber wie nur? Wie bringen wir die zwei Seiten zusammen?" Paula zuckte mit den Schultern. „Keine Ahnung. Wir haben ja Nachbarn befragt, Freunde, Bekannte. Da war ja offiziell nichts. Offiziell gab es keinen Kontakt zwischen Helmut Strobmeier und seiner Schwägerin Sylvia Strobmeier."
„Weil die beiden das natürlich geheim gehalten haben", fasste Trepper zusammen. „Aber ganz allein konnten sie die Tat nicht umsetzen. Zumindest einen Mitwisser brauchten die beiden oder wenn man den Gensheim dazu nimmt die drei."
Paula formte mit ausgestrecktem Zeigefinger und abgespreizten Daumen die Geste für eine Pistole. „Genau", bestätigte Trepper. „Aber da kommen wir nicht so leicht ran." Paula zuckte mit den Schultern. „Warum eigentlich nicht? Die Landshut wurde befreit, die Terroristen in Stammheim haben sich …" Sie endete den Satz nicht. Trepper ergänzte: „Und Schleyer ist tot." – „Ja, es gibt eigentlich keinen Grund mehr, in diesem permanenten Ausnahmezustand weiterzumachen." Trepper dachte an den Beginn ihrer Ermittlungen: „Du hast recht, Paula: Der rote Schatten hat sich verzogen."

39

Ingo Drilling schlurfte müde über den grell ausgeleuchteten Gang der Justizvollzugsanstalt Stuttgart-Stammheim. Alles in allem war sein Äußeres sehr ungepflegt. Sein leicht fettiges Haar schimmerte in der hellen Beleuchtung. Am Ärmel und der Halskrause seiner hellblauen Häftlingskluft zeichnete sich ein dunkler, schmutziger Rand ab. In seinem schmalen Gesicht wucherte ein ungepflegter Bartwuchs von mehreren Tagen.

Drilling hatte Trepper und Brückner nie zuvor gesehen. Ihr Anblick weckte auch keinerlei Reaktion bei dem Untersuchungshäftling. Er kannte mittlerweile das Aussehen von Kriminalbeamten. Zumindest glaubte er das. Er machte sich eine Denksportaufgabe daraus, Polizisten nach ihrem Aussehen einzuteilen. Bundeskriminalamt, Bundesgrenzschutz, Landespolizei, Kriminalpolizei, Innenministerium – Drilling hielt sich für befähigt, alleine am Aussehen, an der Kleidung, an Mimik und Gestik die Organisationszugehörigkeit des jeweiligen Beamten zu erkennen.

In der Realität scheiterte er zwar allzu oft an seiner Theorie, aber im Gefängnis hatte man genügend Zeit für derlei Spielereien. Mit einem jammernden Seufzer ließ er sich auf den verschraubten Stahlstuhl fallen. „Was wollt Ihr Vögel?", lautete sein unfreundlicher Gesprächsbeginn, ohne die beiden Münchner Kommissare vorab zu begrüßen.

„Wir Vögel sind wegen Uwe Seidler bei Ihnen", erwiderte Trepper keinesfalls gekränkt. Er hatte Verständnis für die Stimmung des Häftlings. Nicht nur dessen Äußeres stellte einen guten Spiegel seines Inneren dar. Trepper kannte auch die Ermittlungsakte oberflächlich: Gegen Ingo Drilling wurde in 26 Strafsachen ermittelt. Vom Steinwurf gegen Polizisten über leichte Widerstandshandlungen und Körperverletzungen bis zur Mitgliedschaft in einer Terrororganisation und den Handel mit Kriegswaffen reichte seine Strafakte. Dass ein Mensch in einer solchen Situation nicht immer gut gelaunt und freundlich sein kann, war offensichtlich.

„Seidler?", fragte Drilling kopfschüttelnd. „Wie kommt Ihr denn auf den Pfeiffenheinrich?" – „Er war Mitglied Ihrer Gruppe", erwiderte Paula Brückner. Drilling blickte emotionslos auf die junge Kriminalkommissarin. Dann, plötzlich, begann er zu grinsen. Sein Grinsen steigerte sich in ein lautes Lachen und schließlich brüllte er vor Vergnügen. „Seidler", brummte er schwer atmend zwischen seinen Lachern. Er wischte sich einige Tränen aus den Augen. „Seidler", wiederholte er mit zuckendem Lachen.

Er beruhigte sich langsam. „Hören Sie mal: Sie können mir ja den ganzen Scheiß andrehen: Ich war dabei in Frankfurt. Wir haben Mollis gekocht. Wir haben die Bullen gekloppt. Wir haben hingelangt", blieb er im Vagen über seine Taten im Untergrund. „Aber eines könnte Ihr Euch schenken: Dass ich in Seidlers ‚Gruppe' war, geschweige denn, Seidler wäre selbst in irgendeiner Form Mitglied einer ‚Gruppe' oder sonst irgendwas gewesen."

Trepper überraschte diese Aussage nicht. So in etwa hatte es ihm der BKA-Mann Gebhardt Schweiger bereits berichtet.

Viele Wochen hielten die Mitglieder der verhafteten Münchner Zelle still. Niemand äußerte sich gegenüber der Polizei. Die Anwälte rieten zu diesem Verhalten und alle hielten sich daran. Es handelte sich dabei auch um einen stillschweigenden Ehrenkodex, nicht die eigenen Kameraden zu verraten. Nur Seidler streute wilde Theorien, in denen er aber seine eigene Rolle hinunterspielte, sich aber dennoch ganz als Kämpfer für die Sache gab.

Nach der Befreiung der Landshut, der Todesnacht von Stammheim und der Ermordung von Hanns-Martin Schleyer bröckelte die Schweigefront jedoch Stück um Stück. Die Ernüchterung über den Verlauf des sogenannten „Deutschen Herbst", ernüchterte die Idealisten hinter Gittern. Darauf hatten die Ermittler nur gewartet. Tag für Tag setzten sie nach. Schließlich klärten sich Straftaten und Verbindungen auf. Schnell wurde klar, dass diese Münchner Zelle zwar dem linksextremen Spektrum zugerechnet werden musste, diese allerdings in keiner echten Verbindung zur realen RAF stand.

Auch deshalb verwunderte die beginnende Aussagenflut niemanden. Die Standhaftigkeit und zum Teil fanatische Identifikation mit dem Widerstand gegen das „Establishment" suchte man bei dieser Gruppe vergebens. Die festgenommenen „Münchner" waren bessere Trittbrettfahrer mit vagen Kontakten in das erweiterte Umfeld der RAF. Ihre Taten erfolgten ohne Wissen und Abstimmung des eigentlichen Kerns der RAF.

„Aber Uwe Seidler war doch bei Euch dabei", erwiderte Trepper. Der Häftling winkte ab. „Einen Scheiß war der. Seidler ist aus Frankfurt gekommen. Wir haben bei dem Burschen eine Walther-Pistole gekauft. Und da hat er sich dann aufgespielt: Er kennt den Baader persönlich. Er wäre eine dicke Nummer in Frankfurt gewesen und so weiter." Der Mann schüttelte mit gesenktem Blick den Kopf und lächelte ironisch. „Aber keiner von uns glaubte den Scheiß. Der war ein Sprücheklopfer. Bei unseren Aktionen wollte der eh nie mitmachen. Der hat sich an uns drangehängt um im Geschäft zu bleiben." – „Geschäft?", fragte Trepper unmittelbar nach. „Logisch. Der Seidler ist ein ganz schmieriger Waffenhändler. Sonst nix. Der tut bloß so, von wegen Kampf gegen die Kapitalisten. Dem ist das scheißegal. Der labert nur. Nicht einmal hat der hingelangt."

Trepper verblüffte die Aussage Drillings. Er kannte Seidlers Akte. Uwe Seidler trieb sich durchaus, bereits seit 1968, in linken, zum Großteil radikalen Kreisen umher. Etliche Straftaten konnten ihm in diesem Zusammenhang nachgewiesen werden. „Weshalb glauben Sie das? Ich habe gesicherte Erkenntnisse, dass Uwe Seidler an mehreren, politisch motivierten Straftaten beteiligt war."

Drilling bohrte provokativ in der Nase. Er ließ sich Zeit damit. Dann lehnte er sich zurück und blickte gelangweilt zu den beiden Münchner Kommissaren. „Erkenntnisse habt Ihr? Da seid Ihr aber eher seinen Märchengeschichten aufgesessen. Er hat uns ja auch den ganzen Scheiß erzählt. Aber hier, in München, bei uns, hat der null Komma null gemacht. Nix. Gar nix. Nicht einen Stein hat der angerührt. Eher schwach für so einen großen Klassenkämpfer, oder?"

„Sie sagen, er war ein Waffenhändler?", fragte Paula Brückner. „Jap", stimmte Drilling zu. Er kratzte sich am Kinn. „Nix anderes. Der ist den ganzen Tag rumgesprungen, wen wir kennen, wer Knarren braucht und so weiter. Und der hat auch geliefert. Fragen Sie mich nicht, wo er das ganze Zeug herbekommen hat, aber er hat alles gehabt: Kalaschnikows, Revolver, Handgranaten, Sprengstoff … Aus dem Ostblock, aber auch Ami-Waffen und das Zeug von unserer ganz und gar fantastischen Bundeswehr." Drilling betonte die Passage über die Bundeswehr mit beißend spöttischer Stimme.

Trepper faltete beide Hände zusammen, als würde er beten. Er lehnte seine Ellenbogen auf die metallene Tischfläche und presste die gefalteten Hände vor seinen geschlossenen Mund. Seine Augen ruhten ohne Hektik auf dem Befragten. Der Kriminalkommissar musste die neuen Erkenntnisse erst einmal sortieren. Allerdings ging ihm ein Gedanke durch den Kopf: Warum sollte Seidler, wenn er schon die Waffen lieferte, nicht trotzdem ein überzeugter „Klassenkämpfer" sein? Es konnte doch sein, dass er darin seine Rolle sah. Schließlich wurden doch Waffen benötigt für den sogenannten „Kampf gegen das System".

Er wollte gerade eine in diese Richtung gehende Frage formulieren, als er Paulas Stimme hörte: „Kann es denn nicht sein, dass Uwe Seidler sich einfach als Waffenlieferant der Szene ansah? Vielleicht hat er sich deshalb bei Aktionen rausgehalten. Vielleicht wollte er sich so schützen und nicht wegen einer Lapalie, zum Beispiel dem Steinwurf auf einen Polizisten, in den Fokus der Strafverfolgung geraten."

Trepper lächelte zufrieden in Richtung seiner Kollegin. Paula konnte die Geste nicht zuordnen und blickte unsicher zu ihrem Kollegen. Doch Trepper fühlte einen gewissen Stolz in sich – schließlich hatte er Paula in der Mordkommission ausgebildet.

Drilling bemerkte die vertrauten Blicke. „Braucht Ihr ein Zimmer?", fragte er derb lachend. „Könnte Euch meine Zelle anbieten." Trepper winkte ab. Souverän antwortete er: „Kein Bedarf. Aber was sagen Sie zu der Theorie meiner Kollegin?"

Ingo Drilling sah zuerst zu Brückner, dann zu Trepper zurück. „Was soll ich sagen? Das ist eine Scheiß-Theorie." Er schmunzelte und freute sich über seine derbe Herabsetzung. „Warum?", wollte Brückner wissen. „Ganz einfach: Wenn der Uwe so ein linientreuer Klassenkämpfer gewesen wäre, warum hat der dann 6000 Mark für eine Knarre verlangt?"

Trepper zuckte mit den Schultern. „Vielleicht musste er selbst so viel bezahlen?" Drilling schüttelte lächelnd mit dem Kopf. „Nix da. Ich hab mal eine Waffe direkt in Frankfurt geholt. Wir wollten uns aufrüsten für den Tag X. Davor hatten wir eine Bank am Sendlinger Tor überfallen." Er zog seine Augenbrauen nach oben. „Der Uwe war da für ein paar Wochen weg. Wir wollten aber das Geld schnell ‚anlegen‘. Da haben wir mal bei einem Genossen nachgefragt, der etwas weitere Kontakte hat. Der hat uns dann die Sache in Frankfurt vermittelt." Er zuckte mit den Schultern. „Und in Frankfurt ist die Sache dann etwas anders gelaufen. Der Typ dort hat 2000 Mark weniger verlangt wie unser sauberer Uwe. 4000 für eine AK 47. Und dann hab ich ihn gefragt, ob das der normale Preis sei. Und der Bursche hat mir gesagt, da würde er schon gute zweitausend verdienen. Das bräuchte er auch, wegen der Beschaffung, Risiko und so."

„Verstehe", bestätigte Trepper. „Jetzt haben wir noch einen Punkt: Ihre Gruppe wurde ja abgehört. Da war die Rede von einer Kalaschnikow AK 47 und einem G3-Sturmgewehr bei euch." Drilling seufzte. „Jaja. Wir hatten eigentlich unsere Waffen im Depot. Und wir haben auch nie groß drüber geredet. Ist ja schließlich nicht so unproblematisch." Bei diesen Worten öffnete er seine Arme und schwenkte seinen Blick über die kahlen Betonwände des Verhörraums. „Wie man sieht, kann so was grob enden."

Wieder seufzte er laut. „Nur unser toller Uwe hat rumposaunt. Wir müssten die zwei Waffen bei uns für ein paar Tage verstecken. Er liefert sie in ein paar Tagen aus. Da würde ein Kommando von der RAF ein großes Ding drehen und einen Bonzen umlegen." Drilling sah zerknirscht zu Trepper auf die andere Tischseite hinüber. „Den Rest kennen Sie ja." Wieder wedelte er mit seinen Armen um sich herum.

„Aber die Waffen wurden nicht gefunden. Die Kollegen von der GSG 9 haben am 13. September euer Versteck gestürmt. Da waren die Waffen schon weg." Drilling nickte betrübt. „Ja. Seidler der Idiot halt. Der hat die Waffen nur vier, fünf Stunden bei uns gehabt. Dann hat sein Kontakt angerufen und er sie noch am selben Tag weggeschafft. Wenn der Trottel die Knarren gleich hingebracht hätte und uns nicht in den Dreck mit hineingezogen hätte …"

Trepper nickte zufrieden. Die Geste war nicht an Drilling gerichtet. Es handelte sich mehr um ein Zeichen seiner inneren Zufriedenheit. Mit der Aussage sind wir gut vorangekommen, resümierte er in Gedanken.
„Wenigstens hat sich die Sache rentiert", hörte er plötzlich Drilling aussprechen. „Wieso?", fragte Trepper irritiert. Drilling lächelte böse. Seine trockenen Lippen formten eine breite Front. „Weil wenigstens das eine funktioniert hat: Die Genossen haben die Waffen ja noch gekriegt und irgendeinen Bonzen umgelegt. Einen Strobmeier oder so."

40

Es dauerte nur eine gute Stunde, bis Trepper und Brückner den nächsten Vernehmungstermin erhielten. Tatsächlich hatte sich die Lage nach dem scheinbaren Ende des „Deutschen Herbst" aufgelockert. Vor allem die Täter außerhalb des RAF-Kerns, das weitläufige Milieu linksradikaler Gruppen und Grüppchen verschwand nun etwas aus dem Fokus.
„Der Untersuchungshäftling Uwe Seidler", erklärte ein blauuniformierter Anstaltsbeamter und führte gegen 15:30 Uhr Seidler vor. Trepper erwartete einen ähnlich ruppigen und unfreundlichen Ton Seidlers, wie vorhin bei dem Untersuchungshäftling Drilling. Schließlich hatten Trepper und Brückner einerseits und Seidler auf der anderen Seite schon einmal das „Vergnügen" eines polizeilichen Verhörs gehabt.
Doch zu Treppers Verblüffung schien Seidler gänzlich verändert. Keine Spur mehr von seiner etwas arroganten, herablassenden Art. Er wirkte richtiggehend geknickt. Wie auch Drilling zuvor verzichtete Seidler auf anwaltliche Begleitung. Handelte es sich dabei aber bei Drilling noch um eine Art Trotz und Überdrüssigkeit der rechtlichen Spielereien, so mutete es bei Seidler eher einer Art Ernüchterung an. Seidler sah schlecht aus. Aber nicht wegen einer äußeren Verwahrlosung wie bei Ingo Drilling. Seidler war sauber rasiert, seine Kurzhaarfrisur ordentlich gelegt. Äußerlich trat er gänzlich anders auf, als vor ein paar Wochen.
Seine blasse Hautfarbe, seine schwache Körperspannung, sein müder, trauriger Blick verrieten allerdings, dass ihm die Haftzeit zusetze. „Grüß Gott, Herr Seidler", begrüßten zuerst Trepper und direkt daran anschließend Paula Brückner den hereingeführten Untersuchungshäftling Uwe Seidler. Dieser nickte langsam beiden zu, ohne wörtlich den Gruß zu erwidern. Er setzte sich, ebenso die beiden Kommissare.

„Wir freuen uns, ein zweites Mal mit Ihnen reden zu können", begann Trepper betont freundlich. „Sie sind ein sehr wichtiger Zeuge für uns", untermauerte Brückner die freundliche Ansprache. Seidler lächelte etwas verlegen. Noch immer erstaunt nahm Trepper die unerwartete Haltung Seidlers wahr.

Er hatte sich auf eine feindselige Atmosphäre eingestellt, in der Seidler sie scharf und herablassend behandelte. Davon war jedoch nichts zu spüren. „Schön, wieder einmal ein ‚Grüß Gott' zu hören", ergriff Seidler erstmals das Wort. Diese Aussage erschien ebenfalls mehr als verwunderlich. Seidler sprach keinen bayerischen Dialekt, wenngleich er Münchner war. Aber auch unter den Münchnern, die nicht Dialekt sprachen und auch ohne Bezug zur Kirche waren, hielt sich die Anrede „Grüß Gott". War Seidlers Ansprache ein Anzeichen von Heimweh? Es würde in das Gesamtbild passen, befand Trepper.

Er griff diesen Gedanken auf und schlug weiter in dieselbe Kerbe: „Wir sind aus Ihrer Vaterstadt München hierhergekommen, um in Ruhe mit Ihnen zu reden." „Vaterstadt" hatte Trepper absichtlich einfließen lassen. „Vaterstadt ...", murmelte Seidler traurig. „Ob ich überhaupt noch eine Vaterstadt habe?" – „Natürlich. Sie bleiben doch Münchner. Warum auch nicht?" Seidler sah mit traurigen Augen auf Trepper. „Weil ich hier jetzt erst mal sauber einsitzen darf. Deshalb. Zehn Jahre, 15 Jahre."

Trepper konnte sein Glück kaum fassen. Einen wichtigen Zeugen in einer derart maladen Situation aufzutreffen und dazu noch ohne anwaltliche Begleitung. Konzentriert bleiben, mahnte sich Trepper selbst. Hier ist vieles möglich. Zuerst muss Seidlers melancholische Stimmung vertieft werden.

„Sie sind doch noch jung, Herr Seidler. 33 Jahre – das ist doch kein Alter." Seidler hatte glasige Augen. Er hatte sich schon einiges geleistet, aber länger als einen Tag musste er noch nie im Gefängnis bleiben. Zumeist wurde er nach Demonstrationen oder Ausschreitungen in polizeilichen Gewahrsam genommen. Jetzt war die Situation eine andere: „Das sagt sich leicht, Herr Kommissar", jammerte Seidler in großem Selbstmitleid. Amüsiert nahm Trepper zur Kenntnis, dass er nun sogar als „Herr Kommissar" förmlich angeredet wurde und nicht mehr in abwertendem „Du" oder mit abwertenden Titeln.

„Die legen mir hier alles auf die Schulter. 92 Waffenverkäufe." Seine Stimme brach. Er musste eine Pause einlegen. Trepper sah zu seiner Kollegin. Paula übernahm daraufhin die Befragung. „Da sind Sie schon in einigem Schlamassel", begann die junge Kommissarin. „Aber ...", sie legte eine künstliche Pause von etwa drei Sekunden ein. „Sie sind noch immer Herr des Geschehens. Soweit ich Ihre Strafakte überblickt habe, sind Sie an keiner konkreten, gewalttätigen Straftat beteiligt – Sie haben nie geschossen. Richtig?" Seidler räusperte sich. Er befand sich in einem emotionalen Loch und musste kämpfen, um seine Fassung zu bewahren. Er nickte.

„Dann können Sie sicher das Schlimmste abwenden. Seien Sie kooperativ. Helfen Sie uns. Dann helfen wir Ihnen." Seidler atmete tief durch. Die Worte taten ihm gut. Allerdings konnte er sich noch keinen rechten Reim auf diese Aussage machen. „Was meinen Sie damit? Können Sie mir helfen, die Strafe zu reduzieren?" Paula Brückner sah ihm in die Augen und nickte.

Trepper ergriff daraufhin das Wort und erklärte: „Das sind keine leeren Versprechungen: Wenn Sie mit der Polizei zusammenarbeiten, Ihre Taten bereuen und offen zu uns sind, dann sprechen wir sicher nicht von zehn, fünfzehn Jahren, sondern vielleicht von fünf oder sechs Jahren. Also bei guter Führung", schränkte Trepper etwas ein.

„Fünf Jahre", wiederholte Seidler leise. „Das ist doch keine Zeit. Sie wären dann 1982 draußen. Vielleicht auch noch früher. Das kommt darauf an, in welchen Fällen und wie Sie uns weiterhelfen können."

Seidlers Stimmung hob sich umgehend. Er fuhr sich mit beiden Händen über sein Gesicht und richtete seinen Rücken gerade. „Ich möchte Ihnen glauben." – „Das dürfen Sie, Herr Seidler. Wir sagen Ihnen die Wahrheit."

Seidler nickte. Er deutete mit dem ausgestreckten rechten Zeigefinger auf Treppers Hemdtasche. Dort zeichnete sich eine Zigarettenpackung ab. Trepper holte seine Marlboro hervor und schob sie wortlos über den Tisch. Seidler entzündete eine der Zigaretten.

Schon wieder deutlich gefasster fragte er: „Wo soll ich anfangen?" Trepper wollte bereits die erste Frage zum Waffenhandel in München mit einer Kalaschnikow und einem G3-Sturmgewehr beginnen. Doch Brückner kam ihm zuvor: „Ganz ehrlich, Herr Seidler – mich würde vorab eines interessieren: Wieso sind Sie da jetzt draußen? Sie haben sich doch einmal mit diesem ganzen Widerstand identifiziert. Warum sitzen Sie jetzt hier und sind bereit, mit uns zusammenzuarbeiten?"

Seidler nahm einen tiefen Zug von seiner Zigarette. Er lächelte verlegen. „Das ist eine lange Geschichte", meinte er. „Wir haben Zeit", entgegnete Trepper.

41

„Scheiß Fraß!“, fluchte Uwe Seidler. Er stellte die Blechdose mit dem verwässerten Papieretikett „Hausgemachtes Suppengulasch“ ab. Eine feine Dampfschicht stieg aus der geöffneten Dose empor. Joschka und Daniel saßen neben ihm auf dem Holzboden der besetzten Villa. Auch sie aßen jeweils aus einer Blechdose. „Für Dich muss es was Feineres sein, oder?“, grinste Daniel. „Logo“, bestätigte Joschka: „Unser Uwi ist jetzt doch in den höheren Kreisen bekannt.“

Er spielte auf Seidlers lockere Liaison mit der Bankierstochter Karin Immenstaedt an. Die junge Studentin aus sehr reichem Elternhaus suchte schon seit Wochen Kontakt zur Hausbesetzerszene in Frankfurt. Schließlich kam sie mit Uwe Seidler zusammen und verliebte sich in ihn. Seidler bleckte seine Zähne. „Hör ich da Neid, Genossen?“ Joschka nahm seinen Löffel aus seiner Dose und winkte damit gönnerisch ab. „Neid kenn ich gar nicht. Hauptsache meinen Genossen geht es gut.“ – „Und außerdem“, warf Daniel, der rothaarige Student, ein, „Wenn die Revolution einmal kommt, dann hat Dein Mädel auch nix mehr. Dann sind wir eh alle auf einer Stufe.“

Seidler stand auf und hob seine geballte linke Faust zur Verabschiedung. „Dann habt Ihr ja nix dagegen, wenn ich mich vom Klassenfeind durchfüttern lasse.“ – „Nix dagegen, Uwi“, bestätigten seine beiden Freunde synchron. Darauf machte sich Seidler auf und verließ das besetzte Haus im Bahnhofsviertel.

Er strebte zum AfE-Turm der Frankfurter Goethe-Universität. Dort besuchte seine Freundin an diesem späten Nachmittag eine Vorlesung in Betriebswirtschaftslehre. Das Studium hatte ihr der Vater aufgenötigt, sie selbst hätte viel lieber Philosophie studiert.

Seidler kam gegen 17 Uhr vor dem Haupteingang des AfE-Turms an. Er steckte sich eine Zigarette an und ließ seinen Blick über das Gelände schweifen. Seidler trieb sich gerne auf dem Campus der Universität herum. Zwar hatte er selbst sein Studium in München abgebrochen, auch verspürte er keine Motivation, wieder an Vorlesungen teilzunehmen, aber dennoch strahlte der Ort und sein junges Publikum auf ihn eine besondere Atmosphäre aus. Hier traf sich die Elite der Zukunft, so meinte Seidler. Obwohl oft in seinen Kreisen von Proletariern und den unterdrückten Massen die Rede war, strebten sie doch nach oben. Seidler und seine Genossen wollten ja keineswegs selbst als Maurer, Landwirte, Pfleger oder Ähnliches arbeiten. Sie wollten eine Etage höher sitzen und die Gesellschaft steuern – natürlich hin zu einer besseren Welt. So sah es zumindest die grobe Richtung vor.

Plötzlich wurde es schwarz vor seinen Augen. Jemand hielt ihm von hinten beide Augen zu. Bei der Frage: „Wer bin ich?", erkannte er natürlich sofort die Stimme seiner Freundin. „Die Agnes? Die Dory? Die Nicki?", antwortete Seidler breit grinsend. „Hey", protestierte Karin und stieß ihn leicht in den Rücken. Er drehte sich um, legte beide Arme um ihre Taille und küsste sie. „Quatsch", meinte er brummend. „Gibt doch nur Dich." Die hübsche junge Frau strahlte. Ihre schönen braunen Augen strahlten. Sie küssten sich erneut.

Dann hielten sie Händchen und schlenderten einige Schritte den Gehsteig entlang. „Kommst Du heut zu uns?" Es gab eine Einladung von Karins Eltern für ein gemeinsames Abendessen. Seidler freute sich ungemein über die Offerte. Er hatte mit so einem „offiziellen" Umgang in einer der reichsten Bankiersfamilien Frankfurts nie gerechnet. Zu Recht vermutete er, dass Karins Eltern gegen eine Beziehung ihrer Tochter mit ihm waren. Doch vor allem Karins Vater übte sich stets in Toleranz und sprach deshalb die Einladung aus.

Uwe Seidler war sofort bereit, dem Termin zuzusagen. Jedoch schon aus eitlem Stolz zierte er sich einige Tage und ließ seine Freundin im Ungewissen. Er meinte, er würde da ja nicht hineinpassen und im Prinzip wäre er ja auch der „Gegner" dieser feinen Gesellschaft. Aber Seidler trug seine Vorwände auch nur halbherzig vor. Immer wieder ließ er durchklingen, dass er schon prinzipiell zu einem Treffen mit ihren Eltern bereit wäre.

Dabei war diese vorsichtige Umschreibung eine gewaltige Untertreibung: Seidler sehnte geradezu die Stunde herbei, in der er bei den Immenstaedts offiziell eingelassen wurde. Die scheinbare Akzeptanz seiner Beziehung zu der Tochter des Hauses machte ihn ungemein Stolz.

Ein klein wenig entwickelte er bereits in Gedanken Szenarien, wie er mit dieser Beziehung einen gesellschaftlichen Aufstieg hinlegen würde. Er malte sich vor seinem geistigen Auge Bilder aus, von Banketts auf großen Empfängen, Opernabende, Fernreisen in exotische Länder. Immer würde er natürlich eine gewisse Art Außenstehender sein. Er würde dabei immer seine kämpferische, sozialistische Überzeugung den Kapitalisten entgegenhalten. Aber andererseits: Was sprach schon dagegen, das Leben zu genießen?

„Ich komm schon mit", bestätigte er mit gespielt erzwungener Stimme. „Eigentlich sind das ja nicht so sehr meine Leute." Sie stieß ihn in die Seite: „Wahrscheinlich sind keine Polizisten dabei, die Du verprügeln kannst."

Ihre flapsige Bemerkung traf ihn. So wollte er nicht gesehen werden. Seidler stoppte. Er ließ ihre Hand los. „Was soll das heißen? Dass ich ein Schläger bin?", fragte er mit einiger Empörung. Seine Gesichtszüge zeigten Anspannung.

„War doch nur ein Spaß", beschwichtigte seine Freundin. „Naja", brummte Seidler. „Schöner Spaß." – „Das wird bestimmt schön", wechselte Karin schnell das Thema und griff wieder nach seiner Hand. „Und wahrscheinlich ist die Küche auch etwas besser als bei Euch", meinte sie kichernd. Seidler dachte an die auf der Kochplatte erwärmte, scheußlich schmeckende Dose Gulaschsuppe. „Da könntest Du recht haben. Wobei … Wenn das heute passt, lad ich Deinen Papa mal zum Gegenbesuch ein. Dann koche ich ihm was Feines."

42

Die Familie Immenstaedt wohnte zentral, nahe des Römers. Die wunderschöne Gründerzeitvilla, vor der Uwe Seidler das erste Mal in seinem Leben stand, erzielte enormen Eindruck: Vor ihm erhob sich ein dreistöckiger Prachtbau mit verzierten Fensterbögen, einem geschwungenen Dach, dessen Windfang kunstvolle Muster aufwies. Ein großer Balkon, gestützt von griechisch anmutenden Marmorsäulen schwang sich zentral über beinahe den gesamten ersten Stock. Der penibel getrimmte Rasen und die sauber ausgeschnittenen Zierbäume rahmten den würdigen Prunkbau.
„Donnerwetter", murmelte er beeindruckt. Seidler ließ das imposante Gebäude einige Momente auf sich wirken. „Hier bist Du aufgewachsen?", fragte er etwas unsicher seine Freundin Karin Immenstaedt. Sie schmiegte sich an seinen Arm. „Ja. Schön, nicht wahr?" Seidler räusperte sich. „Naja. Geht so", bemühte er sich, seine durchaus vorhandene Überwältigung, mit einer flapsigen Bemerkung herunterzuspielen.
Sie gingen zur Empfangsempore. Ein Butler öffnete die Tür. „Ah, das Fräulein Karin", grüßte der etwas untersetzte Mann im Frack. Seine Stimme wechselte von offener Freundlichkeit, zu etwas zurückhaltender Skepsis, als er beifügte: „Mit dem Herrn Seidler, wie ich annehme." Seidler klopfte ihm sehr fest auf die Schulter: „Logisch, Kumpel. Du nimmst richtig an." Karin lächelte etwas verlegen und zupfte an seinem Ärmel. „Bitte, Uwe", murmelte sie leise.
Er hob beschwichtigend seine Hände und machte eine kleine Verbeugung vor dem Butler. „Es ist mir eine Ehre", veralberte er den Hausangestellten.

Karin lächelte verlegen und riss ihn an seinem Arm nach oben. In diesem Moment betrat Rudolf Immenstaedt die Garderobe. Er hatte ein Sektglas in seiner rechten Hand. Ruhigen Schrittes trat er auf das Pärchen zu. „Hallo, mein Schatz", grüßte er seine Tochter und gab ihr einen Kuss auf die Wange. Dann wechselte er das Sektglas in seine linke Hand und streckte seine Rechte Seidler entgegen. „Sie müssen dann ja Herr Seidler sein."
Die elegante Erscheinung und höfliche Ansprache des Hausherrn machte Eindruck auf Seidler. Sein normalerweise immer schnell hervortretender Sarkasmus blieb ihm im Halse stecken. Brav erwiderte er die Begrüßung.
„Dann kommt mal rein, Kinder", gab sich Herr Immenstaedt freundlich. Er ging voran und führte seine Tochter und ihren Partner in den Salon der Villa.
Ein großer BANKetttisch, der eine Länge von etwa zehn Metern besaß, füllte die Mitte des mit Kerzenlicht ausgestrahlten Saales aus. An den Tischen saßen durchwegs Pärchen mittleren und höheren Alters. Karin und Uwe waren mit einigem Abstand die jüngsten Teilnehmer des festlichen Abendessens. Seidler kannte niemanden der illustren Gesellschaft, bis er an seinen Platz geführt wurde. Er schritt dabei direkt an Walter Möller, dem Oberbürgermeister Frankfurts, vorbei. Seidler kannte den SPD-Politiker von einer Großdemonstration aus dem Sommer. Dort hatte er ihn lauthals beschimpft und als „Reaktionär" verleumdet. Seidler schluckte daraufhin: Hoffentlich erkennt Möller mich nicht wieder. Das wäre ihm dann doch unangenehm gewesen. Doch seine Sorge war unbegründet. Möller konnte mit dem ihm unbekannten Gesicht nichts anfangen.
Karin hatte ihren Freund im Unklaren darüber gelassen, weshalb er ausgerechnet an diesem Abend im Haus Immenstaedt eingeladen war. Allerdings erbrachte hierzu die Tischrede des Hausherren schnell Klarheit: „Meine lieben Gäste, Ihr wisst ja, dass ich kein allzu großer Redner bin", begann Herr Immenstaedt. Seidler hielt diesen Beginn bereits für eine große Untertreibung. Sicher, so vermutete Seidler, war dieser Rudolf Immenstaedt ein großer Redner, der gerne seine eigene Stimme hörte.
„Aber wenn man schon einmal 65 Jahre alt wird, dann ist doch der Anlass gegeben, sich mit guten Freunden, Geschäftspartnern, der Familie …" Bei diesen Worten nickte Immenstaedt seiner Frau und seiner Tochter zu, Seidler ergatterte einen halben Blick, „sich zusammenzusetzen und einen guten Abend zu verleben."
„Du hättest mir doch sagen können, dass Dein Vater Geburtstag hat", murmelte Seidler zu seiner Freundin. „Ich hab es genau deshalb ver-

schwiegen: Nicht, dass Du ihm irgendein schräges Geschenk machst", erklärte sie lächelnd.

Am Ende seiner Rede erhob Herr Immenstaedt sein Glas und alle Gäste taten es ihm gleich. Ein älterer Herr im Smoking rief darauf: „Er lebe …", woraufhin die meisten Gäste – Seidler nicht – dreimal zurückriefen: „Hoch! Hoch! Hoch!" Dann begann das Festessen mit einer Suppe zur Vorspeise. Fünf extra für diesen Zweck bestellte Bedienungen trugen in schneller Reihenfolge den ersten Gang hinein.

Seidler saß nur zwei Plätze vom Hausherren entfernt. Gerne wollte er in dieser illustren Gesellschaft seinen Platz als Revoluzzer bestätigen. Natürlich hob ihn schon sein Äußeres – er trug ein ausgewaschenes Holzfäller-hemd und Jeans – von den nobel gekleideten Gästen ab. Aber das machte ihm nichts. Er wollte durchaus provozieren und auf sich aufmerksam machen.

Er legte sich dafür bereits vorab ein Gesprächsthema zurecht: Seidler in-formierte sich über den deutschen Kolonialismus. Sein Fachwissen bezog er dabei vollständig auf einen Spiegel-Artikel, den er überflogen hatte. Er las die mehrseitige Dokumentation nur zur Hälfte und begnügte sich an-sonsten die Bilder und deren Bildunterschriften zu verinnerlichen. Dieses etwas oberflächliche Studium der Thematik schien ihm aber bereits eine ausreichende Grundlage für ein kritisches Gespräch zu sein.

Er hätte es sich auch leichter machen können: Natürlich stand immer das Thema Nationalsozialismus im Raum. Es wäre ihm sicher ein Leichtes ge-wesen, die Gästerunde mit einigen flotten Vorwürfen zu Holocaust und Angriffskrieg aufzuscheuchen. Von der Altersstruktur her würde er damit sicher einige Treffer landen können.

Aber Seidler erschien dies zu platt. Immer dieses Rekurrieren auf die Nazi-Zeit. Für so eindimensional sollten ihn die anderen nicht halten. Er wollte sich als gebildeten Mann präsentieren. Nicht als jemand, der nur die The-sen der anderen nachplappert, sondern jemand, der komplexe Sachver-halte durchblickt und über alle Themen Bescheid weiß, nicht nur über eines.

Die Gelegenheit, sein vorbereitetes Thema einzubringen, kam schneller als gedacht: Rudolf Immenstaedt unterhielt sich mit seinem Tischnach-barn auf der linken Seite. Sie debattierten über den Konflikt zwischen Israel und Ägypten um die Sinaihalbinsel, die Israel nach dem 6-Tage-Krieg besetzt hatte. Bei Immenstaedts Tischnachbarn handelte es sich dabei um den jüdischen Bankier Theodor Steinkorn, den besten Freund des Haus-herren.

„Es war ohnehin ein Fehler, den Sinai zu besetzen. Das ist das Letzte, was Israel brauchen kann: Mit Ägypten einen weiteren Todfeind vor der Haustür", meinte Steinkorn zu seinem Freund. Ägypten gehört zu Afrika, dachte Seidler. Er fuhr deshalb dazwischen, um sein Thema zu setzen: „Auch wir Deutschen haben in Afrika viel verbrochen." Immenstaedt und Steinkorn blickten überrascht zu dem jungen Mann auf der anderen Tischseite. „Sie meinen die deutsche Schuld am jüdischen Exodus?", fragte Steinkorn interessiert.

Die Frage verunsicherte Seidler ein wenig. Das ging in die verkehrte Richtung. Aber zurück wollte er nun auch nicht mehr: „Ich meine den faschistischen Kolonialismus durch den Kaiser." – „Sie meinen jetzt aber nicht Franz Beckenbauer, oder?", stellte ein älterer Mann neben Steinkorn eine Zwischenfrage. Alle lachten. Seidler hatte sich mit seiner deplatzierten Zwischenbemerkung lächerlich gemacht. Die Zwischenfrage nach dem populären Fußballer, der den Spitznamen „Kaiser" trug, unterstrich dieses Malheur noch einmal zusätzlich.

Seidler wurde rot. Besonders schmerzte ihn auch bei Karin ein unterdrücktes Lächeln wahrzunehmen. Hätte ich doch bloß was von Hitler gesagt, tadelte sich Seidler in Gedanken. Aber jetzt gab es kein Zurück mehr. Mit geröteten Wangen und einiger Schärfe in seiner Stimme hielt er dagegen: „Das faschistische Kaiserreich hat Afrika ausgebeutet! Namibia, Kamerun ..." Er zögerte. Ihm fielen nicht mehr die anderen Kolonien ein. „Also ganze Länder wurden da brutal ausgebeutet. Es gab sogar Kriege dort. Brutale Kriege mit vielen Toten. So war das damals. Und heute lacht Ihr drüber. Da könnt Ihr stolz drauf sein." Er erhob sein Sektglas, um damit seine Missachtung zu unterstreichen.

„Naja, über den Kolonialismus lacht hier keiner, sondern über etwas anderes", brummte der alte Mann neben Steinkorn halblaut. Seidler verstand die neuerliche Spitze gegen sich. Er wollte bereits den Mann mit einem Nazi-Vergleich angreifen, als plötzlich Rudolf Immenstaedt eingriff. „Ein wichtiges Thema, das unser junger Gast hier anschneidet", kam er dem Partner seiner einzigen Tochter entgegen. „Der Kolonialismus ist kein Ruhmesblatt für unser Vaterland."

Seidler war dankbar für die Unterstützung. Er entspannte sich etwas. Kein schlechter Kerl, mein Schwiegervater in spe, dachte er gönnerisch. „Aber das mit der Ausbeutung stimmt so nicht." Erschrocken blickte Seidler auf die andere Tischseite. Theodor Steinkorn hatte diese Aussage in den Raum geworfen. „Was?", fragte Seidler entsetzt. „Sie verteidigen den Kolonialismus?" Steinkorn hob beschwichtigend die Hand. „Nein. Natürlich nicht. Es handelt sich selbstverständlich um ein dunkles Kapitel unseres Landes." Wieder senkte sich Seidlers Puls. Doch schon hörte er den Nachsatz: „Aber rein wirtschaftlich gesehen wurden die afrikanischen Kolonien nicht vom Deutschen Reich ausgebeutet."

Seidler riss die Augen weit auf. „Faschist!", fauchte er böse. Dass es sich bei Theodor Steinkorn um einen Verfolgten des Nationalsozialismus handelte, konnte Seidler nicht wissen. Die anderen an diesem Tisch wussten es aber schon. Betroffenheit stellte sich ein. Auch Rudolf Immenstaedt war sehr unglücklich über den boshaften und absolut falschen Titel, der seinem besten Freund umgehängt wurde.

„Mein lieber Herr Seidler", begann er streng. Doch Steinkorn unterbrach ihn: „Nein, Rudolf. Ich möchte das schon noch ausräumen: Mir geht es selbstverständlich nicht um die Rahmenbedingungen des Kolonialismus. Dieses ganze Gehabe der Europäer – natürlich auch von uns Deutschen – den Afrikanern mit dem Schwert die Neuzeit zu bringen und ihnen unsere Kultur überzuwerfen. Das ist verächtlich. Keine Frage. Aber wirtschaftlich betrachtet sieht es tatsächlich anders aus."

Seidler blicke irritiert zu dem Vortragenden. „Was soll das heißen? Wir haben die ausgebeutet. Die mussten schuften. In Ketten eingeschweißt. Ich hab da Bilder von gesehen", verteidigte Seidler seinen Beitrag. Steinkorn ließ sich davon nicht aus der Ruhe bringen: „Natürlich gab es Zwangsarbeit und auch Betrügereien gegenüber der dort einheimischen Bevölkerung. Aber wenn Sie sich einmal das Investitionsvolumen ansehen: Das damalige Kaiserreich hat deutlich mehr in seine Kolonien investiert, als es andersherum daraus exportierte."

Seidlers Augen starrten verständnislos auf den Wirtschaftsexperten auf der anderen Tischseite. „Alleine die Investitionen in die Eisenbahn übersteigen die wenigen, abgebauten Rohstoffe um ein Vielfaches. Dazu kommen noch Krankenhäuser, Schulen, Straßen, Hafenanlagen, Wohnhäuser, Telegrafenlinien und vieles mehr." Steinkorn, den die Beschimpfung als „Faschist" tatsächlich getroffen hatte, senkte seinen Blick und schloss seinen Vortrag ab: „Sie können mir das glauben. Ich habe darüber 1931 in Frankfurt promoviert: wirtschaftliche Wohlfahrt in Bezug auf die deutschen Kolonien 1888 bis 1914".

Ein Moment der Stille trat ein. Seidler blickte etwas verloren in die Runde. Da ergriff der alte Mann neben Steinkorn wieder das Wort und meinte: „Dann doch lieber Franz Beckenbauer, mein junger Freund, oder?" Wieder lachten alle am Tisch.

43

Nur mehr ein kleines, filigranes Nachtlicht leuchtete neben Karin Immenstaedts Bett. Sie entblößte ihren Oberkörper. Uwe Seidler betrachtete ihre schöne Figur. Seine Freundin legte sich zu ihm. Seidler lag auf dem Rücken. Sie legte sich zu ihm und schmiegte ihren Kopf an seine Schulter. Ihre warme Hand strich über seine Brust.

Er fühlte sich körperlich wohl, aber dennoch ärgerte er sich immer noch über den – aus seiner Sicht – peinlichen Abend in der Villa Immenstaedt. „Da habt Ihr mich ja schön zum Affen gemacht", brummte er. Karin spürte natürlich seinen Zorn. Nach dem Eklat beim Abendessen blieb Seidler den Rest des Abends sehr einsilbig. Verärgert, aber mehr noch eingeschüchtert, hielt er sich bei den späteren Konversationen zurück.

„Sei doch nicht sauer", flüsterte Karin leise. „Wir sind hier, es geht uns gut. Und gleich wird es Dir noch besser gehen." Ihre Hand wanderte langsam über seine Brust hinab. Er griff nach ihrer Hand und stoppte die Bewegung. „Dafür ist der Affe also noch gut genug!", stellte er mit zorniger Stimme fest. „Machen Affen das nicht gerne?", fragte sie lächelnd. Nun verlor auch Seidler kurzfristig seine aufgestaute Wut. Er mimte einige wilde Affengeräusche nach und tat so, als würde er sich unter den Achseln kratzen. Beide lachten.

An dieser Stelle hätte der Zwist vorbei sein können. Allerdings trieb Seidler die Situation am Abend noch immer um. „Dein Vater hält mich jetzt sicher für einen Volltrottel", befand er. Seidler erwartete nun heftigen Widerspruch von seiner Freundin. Doch Karin antwortete anders als gedacht: „Warum hast Du denn auch dieses Thema angesprochen? Es sollte doch ein schönes Fest werden. Gib's zu: Du wolltest provozieren?"

Damit hatte Karin exakt seine Motivation erkannt. Er wollte sich in der Runde als kritischer Geist profilieren. „Ja und? Ich bin halt ein Proletarier! Wir kämpfen eben gegen die da oben. Da gibt es nix Privates." Sie lachte laut auf. Es handelte sich nicht um ein gespieltes Lachen. Sie war wirklich amüsiert. Seidler zeigte sich irritiert: „Was soll das jetzt?" – „Proletarier? Du? Du hast doch in Deinem ganzen Leben noch nie gearbeitet. Wie willst Du da ein Proletarier sein?"

Jetzt fühlte sich Seidler in seiner Ehre gekränkt. Zwar hatte Karin inhaltlich Recht, Seidler war noch nie einer geregelten Arbeit nachgegangen, aber aus seiner Sicht zählten da ganz andere Dinge: „Ich bin ein politischer Aktivist! Ich kämpfe für das Proletariat! Das ist auch wichtig. Das ist fast noch wichtiger."

„Schon gut, Schatz. Lass uns nicht mehr darüber reden", meinte sie beschwichtigend. Sie war müde und wollte noch ein wenig Nähe spüren. „Doch! Genau darüber lass uns jetzt reden!" Sie stöhnte genervt. „Warum denn? Lass es doch gut sein." – „Gut sein lassen? Das meinst Du also? Die Großkapitalisten rümpfen über uns Proletarier die Nase und machen uns lächerlich. Aber dann soll es heißen: Schwamm drüber! So meinst Du das?"

Sie zog ihre Hand zurück und legte sich selbst auf den Rücken. „Was erwartest Du denn? Du hast ein Thema vorgebracht, bei dem Du - offensichtlich – selbst nicht sattelfest bist. Und dann hast Du eben den Falschen erwischt. Einen, der sich genauer ausgekannt hat. Dann läuft es nun mal so."

„So ist das also. Für Dich ist das ein Spaß! Aha! Da kenn ich mich jetzt ja aus." Sie kicherte und sagte: „Du konntest ja nicht mal alle Kolonien aufzählen. Und dann möchtest Du über das Thema reden?" Das saß. Seidler setzte sich im Bett auf. Zornig warf er ihr entgegen: „Das kannst Du auch nicht!" Ein dummer Satz, dachte er sich sofort. Wie ein kleines, beleidigtes Kind, tadelte er sich selbst in Gedanken. Zudem antwortete Karin mit vergnügter Stimme: „Togo, Kamerun, Deutsch-Südwestafrika, Deutsch-Ostafrika, Tsingtau und Deutsch-Neuguinea."

„Blablabla", äffte Seidler sie infantil nach. „Da wärst Du wahrscheinlich gut aufgehoben gewesen", seufzte sie. „Wieso?", fragte er überrascht. „Als Klassenkämpfer?" Sie lachte lauthals. „Nein, weil's dort viele Affen gibt."

44

Wutentbrannt hatte er daraufhin die Villa Immenstaedt verlassen. Sein Stolz war schwer verletzt. Vier Tage sah er Karin dann nicht mehr.

Zuerst fühlte er sich dabei noch sehr überzeugt von seiner Handlung. Sie musste sich bei ihm entschuldigen. Ja, kein Zweifel, war er sich sicher: Dafür musste sie zu Kreuze kriechen. Er würde sich dann etwas zieren und ihr zuerst die kalte Schulter zeigen. Dann aber, nach einigen Liebesbeweisen, würde er auch wieder umschwenken. Er würde ihr schlussendlich verzeihen und dann triumphal erneut in die Villa Immenstaedt einziehen. Dort aber – so seine Theorie – würde er den Hausherrn keines Blickes würdigen. Er ginge direkt mit Karin in deren Zimmer. Und dann sollten die pikierten Eltern durchaus hören, was die beiden Verliebten anstellen würden. Gerne stellte sich Seidler so die kommenden Ereignisse vor. Er schmückte die Handlung mit immer neueren Details aus und freute sich schon auf seinen Gegenschlag.

Allerdings verzögerte sich der Gegenschlag mehr und mehr. Karin tauchte nicht mehr in den besetzten Häusern im Westend auf. Auch bei einer Demonstration vor der Alten Oper konnte Seidler sie nicht finden. Das Ausbleiben seiner Freundin machte ihn nun doch etwas nervös. Aber da kam ihm die Lösung: Karin schämte sich. Sie bedauerte den Vorfall in der Villa Immenstaedt und traute sich nun nicht, den ersten Schritt hin zu einer Versöhnung zu machen. Klarer Fall.

Schließlich gab er sich friedliebend. Wenn das Mädel so verwirrt ist, dann muss ich halt auch mal aus mir rauskommen. Also beschloss Seidler an einem Mittwoch zum AfE-Turm zu gehen. Er kannte ihre Vorlesungszeiten im Groben und Ganzen und konnte sie deshalb normalerweise gut abpassen.

Er verspürte ein wenig Unruhe und durchaus Sehnsucht nach Karin. Seidler liebte sie wirklich. Darüber war er sich in den letzten Tagen ohne sie mehr und mehr klar geworden. Sein Blick suchte gegen 16:30 immer wieder unruhig die große Uhr auf dem Turm. Bald musste Karin doch vorbeikommen. Bald würde er sie endlich wiedersehen.

In diesem Moment emotionaler Anspannung verwarf er seine Rachepläne. Er würde ihr nicht die kalte Schulter zeigen. Er würde sie nicht betteln lassen und sie zu einer Entschuldigung zwingen. Er würde sie sofort in den Arm nehmen. Fest in den Arm nehmen. Und sie küssen. Innig küssen. Und sie in die Luft heben. Und sie drehen. Er würde mit ihr in den Tag tanzen. Und sie wären verliebt und alles wäre gut.

„Uwe", hörte er plötzlich eine skeptische Stimme. „Was machst denn Du hier?" Die Stimmlage von Karin war mehr als ablehnend. „Was werd ich machen, mein kleiner Schatz? Dich abholen", entgegnete er weich und liebevoll. So hatte er sich noch nie gegenüber Karin gegeben. Normalerweise spielte er sich auf, blieb kühl und stellte sich überlegen dar.

Sie sah mitleidig auf ihn herab, obwohl sie körperlich um einiges kleiner war als er. „Uwe, ich glaube … Das mit uns beiden … Also es tut mir leid." Seidler erstarrte. „Was? Aber … Wir beide … Du und ich … Das ist doch eine große Liebe …", stammelte er hilflos. Er tat ihr leid. Gerne hätte sie noch etwas Beschwichtigendes gesagt. Aber genau in diesem Moment trat ein junger durchtrainierter Mann an Karin heran. Er trug ein Seiden-

hemd und darüber ein blaues Jackett aus feinem Stoff. Seine Haare waren perfekt mit Haargel aufgerichtet. Der Mann fasste mit seinem rechten Arm um ihre Taille. „Was will der Typ von Dir?"
Für Seidler brach eine Welt zusammen. „So ist das also", stellte er traurig fest. „So ist das", übernahm der junge Mann neben Karin Seidlers Ausspruch in feindseligem Ton. „Und Du Penner schiebst jetzt besser ab. Sonst setzt's was. Verstanden?" – „Emil!", tadelte Karin ihren neuen Freund Emil von Stockhausen. Der junge BWL-Student war in vielerlei Hinsicht das glatte Gegenteil von Uwe Seidler: Er kam aus reichem Elternhaus, war strebsam und fleißig, legte großen Wert auf sein Äußeres und zudem stockkonservativ. Er war ein richtiger Snob. Zu Seidlers Bedauern trainierte von Stockhausen ferner in der Rudermannschaft des Frankfurter RG Germania 1869 e. V.
Deshalb verfügte Karins neuer Partner über eine deutlich bessere Konstitution als Seidler. Eine körperliche Auseinandersetzung, zu der Seidler durchaus eine zornige Motivation in sich aufsteigend verspürte, erschien so aussichtslos.
In Seidler strömte ein Gemisch aus Verzweiflung, Ernüchterung und Hass empor. Er machte einen übertriebenen Diener und meinte spöttisch: „Oder soll ich mich gleich in den Staub legen vor dem neuen Kronprinzenpaar?"
„Versager", kanzelte ihn von Stockhausen ab. Er baute sich vor Seidler auf und ballte seine Fäuste. Doch Karin zog ihn endgültig weg. „Wir gehen jetzt", verlangte sie ultimativ. Seidler erhob sich wieder. Er war richtig getroffen. Wie versteinert blickte er seiner großen Liebe hinterher. Da drehte sich von Stockhausen noch einmal um und rief seinem Kontrahenten zu: „Nächstes Mal nehm ich Dir ein paar Bananen mit, Du Affe!"

45

„Weiber", kommentierte Joschka aufmunternd. „Kannst nicht mit ihnen, geht nicht ohne sie." Seidler, der eigentlich nicht mehr über das Thema reden wollte, starrte ohne Reaktion auf das großflächige Plakat, welches er gerade bemalen sollte. Er hielt dafür große Pappschablonen über eine Bleistiftlinie und malte die entsprechenden Buchstaben mit Farbe aus.
Daniel ging währenddessen hinter ihm vorbei. Der rothaarige Ex-Student klopfte ihm auf die Schulter und meinte süffisant: „So schreibt man aber nicht Revolution. Außer Du willst die ‚Revulution' ausrufen."

Tatsächlich hatte sich Seidler bei der Schriftsetzung vertan. Seine Gedanken kreisten ganz woanders. So hatte er auf das große Plakat nun das Wort „Revulution" aufgepinselt. „Macht nix", beschwichtigte Joschka. „Aus nem ‚u' ist schnell ein ‚o' gepinselt." Dann hob er den Farbpinsel an und richtete ihn auf Seidler. „Und unseren Uwi schicken wir auf einen VHS-Kurs Rechtschreibung." Es sollte keine boshafte Anmerkung sein, eher ein kleiner Spaß unter Freunden. Doch für Seidler war es der Tropfen, der das Fass zum Überlaufen brachte.

Wütend pfefferte er seinen Pinsel in den Topf mit gelber Farbe. Die Farbe schwappte über und bekleckerte das Plakat. „Seid Ihr eigentlich bekloppt? Denkt Ihr denn, der ganze Scheiß bringt irgendwas?" – „Komm runter, Uwi. War nur ein Spaß", wollte Joschka die Lage beruhigen. Seidler hob jedoch seinen rechten Zeigefinger und kreiste zwischen Dany und Joschka hin und her.

„Über Euch lachen alle! Versteht Ihr das? Wisst Ihr überhaupt, wie uns die Mächtigen sehen? Die pfeifen auf uns. Plakate, Demonstrationen, Bullen verkloppen – da scheißen die drauf. Das geht denen am Arsch vorbei! Wisst Ihr, was wir für die sind? Affen!!!" Das Wort „Affen" brüllte er geradezu aus sich heraus.

„Sie haben die Macht, deshalb können Sie uns verhöhnen. Aber irgendwann haben wir die Macht. Dann läuft das anders", meinte Joschka. „Einen Scheiß! Das wird nie passieren!", legte sich Seidler fest. „Und außerdem: Was wäre denn, wenn wir die Macht hätten? Würden wir es denn dann wirklich anders machen?"

„Logisch", meinte Dany achselzuckend. Seidler winkte ab. „Blödsinn. Dann machen wir es doch genauso. Wenn wir da mal hinkommen, hocken wir in den fetten Häusern und fahren die dicken Schlitten. Und dann lachen wir über die, wo unten sind." – „Niemals!", protestierte Joschka.

Doch Seidler hatte sich über seine letzten Worte hin wieder beruhigt. Er glaubte nun, klarer zu sehen: „Nix gegen Euch, Leute. Alles gut." Er winkte ab. „Ich hab einfach keinen Bock mehr drauf. Mir reicht's." Er wischte sich seine leicht mit gelber Farbe beschmutzten Hände an einem Lappen ab und zog seine Jacke an. „Uwi, jetzt lass Dich doch wegen dem Mädel nicht aus der Bahn werfen", versuchte Dany noch einmal die Lage zu beruhigen. Seidler winkte jedoch nochmals ab. „Lasst es gut sein. Ich mach jetzt was anderes. Mir reicht's." Und so verließ er das besetzte Haus. Draußen, der Wind pfiff ihm kalt um die Ohren, fühlte er sich dennoch befreit. Jetzt läuft das Spiel anders, dachte er.

Uwe Seidler stand nun vor einem Problem: Er wollte nicht mehr ein Hungerleider am Rand der Gesellschaft sein. Kein kleiner Revoluzzer, den niemand für voll nimmt und von der Hand im Mund leben muss. Er strebte jetzt etwas völlig anderes an: Geld, Macht, Reichtum. Er wollte dazu gehören. Er wollte so leben wie Karin Immenstaedt, wie Emil von Stockhausen. Er wollte der wohlhabende Liebhaber sein, nicht der dahergelaufene Außenseiter, den man wegschickt wie einen geprügelten Hund.

Soweit, so gut. Doch sein Plan hatte eine gewaltige Fehlstelle: Wie sollte er dieses Ziel erreichen? Er hatte keine Ausbildung, kein Studium, keine Berufserfahrung. Er überlegte wieder zu studieren, doch dies erschien ihm unrealistisch: In soweit konnte er sich durchaus einschätzen, dass er ein Studium nicht durchziehen konnte oder wollte. Ganz zu schweigen davon, überhaupt erst einmal eine Zulassung für einen Studienplatz zu erhalten.

Eine Ausbildung? Nein. Das war ihm zu viel. Irgendwo dann als Zimmerer, Klempner, Krankenpfleger, Koch herumrennen und sich den Buckel krummarbeiten? Dazu hatte er keine Lust. Auch dafür war er nicht geboren, meinte er. Aber was blieb dann?

Er machte sich keine Illusion: Wenn man – außerhalb von Facharbeiterschaft und akademischen Kreisen – Geld verdienen wollte, viel Geld verdienen wollte, dann ging dies eigentlich nur mit kriminellen Handlungen. Er dachte an Banküberfälle. Seit den 50er Jahren schwappte eine Welle von Banküberfällen durch die Bundesrepublik. Man las täglich davon. Ganoven, Terroristen von links und rechts – jeder, der Geldsorgen hatte, bediente sich scheinbar bei einem Bankinstitut.

Aber, da lag der Haken, die Polizei kam immer besser mit den Banküberfällen zurecht. Sicherheitsschleusen, Alarmknöpfe unter jedem Tresen, Farbbomben in den Geldkassetten, um das Geld später unbrauchbar zu machen – längst war es kein „Spaziergang" mehr eine Bank zu überfallen, wie dies noch in den 50er und 60er-Jahren der Fall zu sein schien. Alles in allem war das Seidler zu riskant. Noch dazu war er allein. Für eine Serie erfolgreicher Banküberfälle benötigte er eine gute Mannschaft mit entsprechenden Kenntnissen. Wo sollte er die auch herbekommen?

Dann dachte er an eine Entführung. Einen richtig Reichen entführen und viel Geld verlangen. So wie die Oetker-Entführung, die gerade, im Spätherbst 1971, ein aktuelles Thema war. Allerdings scheute Seidler auch hier das Risiko. Die Polizei ging rigoros dagegen vor, zudem blieb die Problematik der Geldübergabe. Wie an das Geld kommen, ohne verhaftet zu werden oder zumindest die Polizei auf die eigene Spur zu bringen?

Nein. Es musste anders gehen. Es musste eine Möglichkeit sein, ohne zu große Gefahren, also zu große öffentliche Aufmerksamkeit an viel Geld zu gelangen. Das hieß, überlegte er, das „Handelsgut" musste hohe Rendite abwerfen. Drogen kamen ihm in den Sinn. Doch er verwarf diesen Gedanken schnell wieder: Das Milieu war sehr rau und er kannte einige Menschen, die durch Drogen abgestiegen waren. Kein schöner Anblick. Daran Geld zu verdienen verstieß doch irgendwo gegen seine inneren Werte.

Allerdings führte ihn dieser Gedankenweg zur – scheinbar – genialen Lösung: Waffen. Er kannte einen Waffenschieber aus dem Umfeld der RAF. Sie hatten sich auf einer Hausparty im Westend kennengelernt und auf Anhieb gut verstanden. Der Mann führte ihm genau aus, man könne pro Waffe schnell mal 1000 Mark und mehr verdienen. Bei den großen Büchsen auch mal das Doppelte oder Dreifache.

Das hörte sich doch vernünftig an: Beim Waffenverkauf selbst wählt man Zeitpunkt, Ort und Situation. Es verläuft in ruhigen Bahnen, nicht wie das chaotische Szenario eines Banküberfalls oder einer Entführung. Die Gewinnspanne stimmte. Die Gefahr entdeckt zu werden schien ihm überschaubar. Wenn man entsprechend vorsichtig agierte, nur von öffentlichen Telefonzellen aus kommunizierte, auf Verfolger achtete und so weiter.

Seidler hatte nun also seinen Weg gefunden. So würde es klappen. Viel Geld machen, dann das Geld anlegen und für sich arbeiten lassen. So zumindest seine Theorie. Nun musste er natürlich noch an die richtigen Leute kommen, um in das Geschäft einsteigen zu können.

Dies stellte sich als schwieriger dar als gedacht. Den Bekannten von der Hausparty fand Seidler erst nach zwei Monaten wieder. Dessen Begeisterung, als er von Seidlers Plänen hörte, hielt sich auch stark in Grenzen. Er benötigte keinen weiteren Spieler auf dem Feld. Da log Seidler einfach: Er habe direkten Draht zu einflussreichen Rechtsextremisten, die eine Menge Geld für Waffen ausgeben wollten, aber nur ihm vertrauten. Das zog. Ein neues Abnahmefeld zu erschließen – dafür war der Waffenhändler gerne zu haben. Er nahm Seidler mit nach Bremen.

In Bremen warteten sie in einem stillgelegten Hafenkontor fast sechs Stunden. „Kommt der überhaupt noch?", fragte Seidler mehrmals. Doch sein Kontakt beruhigte ihn: Stromberg sei vorsichtig. Schließlich traf Jens Stromberg ein.

„Welche Waffen brauchen Deine Kunden? Wie viele? Wann?", lauteten Strombergs erste, an Seidler gerichteten Worte. Seidler schluckte und lächelte etwas verlegen. „Die Leute sind mir abgesprungen. Leider." Stromberg und sein Unterhändler machten lange Gesichter. „Der ist n'Bulle!", meinte Strombergs Kollege und zog eine Pistole aus seiner Manteltasche.
Jens Stromberg hob die Hand. „Bleiben wir alle mal schön ruhig." Er stellte sich breitbeinig vor Uwe Seidler auf. „Was soll der Schmu?", fragte er lässig. „Ich … Ich bin natürlich kein Bulle. Wirklich nicht!" – „Und was dann?" Seidler bemühte sich, Stromberg in die Augen zu sehen. „Ich bin ein junger Mann, der gerne gutes Geld verdienen möchte. Und zwar nicht mit mauern oder putzen." Stromberg musterte Seidler skeptisch von oben bis unten. Dann begann er zu lachen. „So ist das also", fasste er zusammen. „Na dann. Es gibt jetzt eh nur noch die beiden Möglichkeiten: Entweder wir legen Dich um …" Er blickte dabei zu seinem Mitarbeiter. „Oder Du arbeitest für mich."

47

„Sie hatten aber trotzdem keine ‚Kunden', oder?", fragte Paula Brückner. Seidler nickte. „Zu anfangs nicht. Ich hatte aber Glück. Oder … Naja, wenn Sie meine jetzige Lage sehen vielleicht auch nicht." – „Glück?", fragte Trepper nach. Seidler nahm einen Zug von seiner Zigarette. „Der Stromberg suchte wirklich einen Handelsvertreter – so nannte er seine Waffenschieber – für Süddeutschland und Österreich. Der Kerl aus Frankfurt kam nur selten runter. Und da ich Münchner war und mich dort ohne größere Umstände bewegen konnte, war ich dafür gar nicht so schlecht geeignet. Außerdem hatte ich ja auch den ein oder anderen Kontakt in den Untergrund."
„Aber Sie haben die Waffen nicht nur in die rote Ecke geschoben?" – „Nein. Da war der Stromberg immer pragmatisch: Wir machen keine Politik, sagte er immer. Jeder, der eine Waffe haben will und bezahlen kann, bekommt eine von uns." Auch Trepper steckte sich jetzt eine Zigarette an. Es war aber seine Erste während dieses Verhörs. Er bot auch Brückner das Päckchen an, aber sie wies diesmal lächelnd sein Angebot ab.
Währenddessen fuhr Seidler ungefragt fort: „Das ging dann eigentlich recht gut: Ich habe die Waffen in Bremen abgeholt. Der Stromberg ist ja ein schlauer Bursche. Die Aufträge liefen über ihn, die Auslieferung selbst

haben wir übernommen. Er hat die Waffen an immer derselben Stelle abgelegt. Wir haben die dann abgeholt – er war nie vor Ort – und sind dann damit durch das Land gefahren. Immer natürlich schön getarnt. Ich hatte mal eine AK 47 in alle Einzelteile zerlegt im Mantel eines Rollkoffers sauber eingearbeitet. Das Ding hab ich dann bis Südtirol gebracht."

Für Trepper waren diese Details bereits unwichtig. Schon Seidlers langer Lebensbericht ging ihm etwas zu sehr in die Tiefe. Zumindest hatte sich aber ein erquicklicher Redefluss bei Seidler eingestellt, der natürlich den beiden Mordermittlern nutzen konnte. Eine Vorfrage hatte Trepper allerdings noch, bevor er auf den Mordfall Korbinian Strobmeier zu sprechen kommen wollte: „Warum haben Sie sich eigentlich noch in diesem linken Milieu herumgetrieben? Dafür gab es doch eigentlich keinen Grund mehr."

Seidler zog die Mundwinkel nach unten und zuckte mit den Schultern. „Bei den Leuten, in dem Milieu, wie Sie sagen, habe ich die letzten zehn Jahre verbracht. Ich dachte mir, so eher noch am Wenigsten aufzufallen. Außerdem wollte ich billig leben, das Geld ansparen und dann aussteigen." Das hörte sich für Trepper plausibel an. „Und Sie hatten bei Stromberg einen falschen Namen angegeben? Armin Hempel?" – „Ja", bestätigte Seidler. „Auch das war schon so eine Vorstufe für das spätere Ausscheiden. Keiner sollte meinen echten Namen kennen. So hatte ich mir das gedacht. Aber nun ..."

Damit fühlte sich Trepper genug im Bilde. Er ging nun zum eigentlichen Kern der Befragung über: „Sie haben auch zwei Waffen, eine Kalaschnikow AK 47 und ein G3-Sturmgewehr nach München verschoben. Das war am 13. September 1977. Das kam durch ein Abhörprotokoll zutage. Sie haben den Ermittlern angegeben, das G3 wäre von einem Bundeswehr-Diebstahl, die Kalaschnikow hätten Sie gefunden ..." Trepper beließ es dabei, diese offensichtliche Falschaussage noch einmal detailliert aufzuführen und erhoffte sich nun von Seidler eine Aufklärung des Waffengeschäfts.

Seidler nahm den letzten Zug von seiner Zigarette und zerdrückte die verrauchte Kippe im Aschenbecher. Sein Blick ruhte auf dieser Handlung, während er erklärte: „Das war gelogen. Da möchte ich jetzt ehrlich zu Ihnen sein." Er hob seinen Blick an. „Ich vertraue Ihnen. Ich nehme Sie beim Wort", sagte er zu Trepper. „Ja. Sie können uns beim Wort nehmen. Wenn Sie uns hier an dieser Stelle weiterhelfen, werden wir entsprechend auf die Staatsanwaltschaft einwirken. Ihre Kooperation wird sich auszahlen." - „Gut", meinte Seidler. Er nickte sich selbst zu.

Jeden Morgen um exakt 10:15 Uhr ging Uwe Seidler an ein anderes Münztelefon in München. An diesem Montag stand er vor einem öffentlichen Fernsprecher am Stachus. Es gab noch vier andere Telefonzellen, denen die Funktion eines Kommunikationszentrums zukam.

Stromberg telefonierte den Fernsprecher an exakt dieser Zeit an. Seine Waffenhändler mussten nur von 10:15 bis 10:20 Uhr warten. Wenn es keinen Auftrag gab, klingelte das Telefon nicht. Wenn der Fernsprecher besetzt war, erfolgte der Anruf einfach am nächsten Tag, an einem anderen Apparat. Stromberg hielt diese Form der verdeckten Kommunikation für schlichtweg genial und vor allem für sicher.

Seidler besetzte bereits um 10 Uhr die Telefonzelle am Stachus. Er blickte auf das Rondell mit der Durchgangsstraße und tat so, als würde er telefonieren. Um etwa fünf nach zehn fand sich eine ältere Dame vor der Telefonzelle ein und wartete. Seidler hatte den Hörer eng an sein Ohr gepresst und tat so, als würde er mit jemandem reden. Er machte sich einen Spaß daraus, unzusammenhängende Sätze in den Hörer zu sprechen. „Ja Oma, die Socken darfst du nicht in das Backrohr zum Trocknen legen." – „Kann schon sein, dass dein Nachbar eine Transe ist." – „Glaub ich nicht, dass der Schmidt zur CDU geht. Auch wenn der Strauß sein bester Freund ist."

Seidler spielte dieses Schauspiel bis exakt 10:13. Dann legte er den Hörer auf, um die Leitung freizugeben. Die alte Dame freute sich bereits, bald telefonieren zu dürfen. Doch Seidler hob seinen Zeigefinger und schüttelte mit dem Kopf. Dann begann er in seinem Geldbeutel umständlich nach Münzen zu suchen. Er zögerte dieses Schauspiel hinaus, bis um ziemlich genau 10:15 Uhr das Telefon klingelte. „Ja, hast Du zurückgerufen, Schatz", meldete er sich.

Er dachte, somit die alte Frau zu täuschen. Stromberg ging darauf nicht ein. Er erkannte die Stimme seines Geschäftspartners. „Bei uns in Stuttgart ist alles gut", begann er sein Telefonat. Er nannte jedes Mal eine andere Stadt in Deutschland. „Es gäbe da eine Einladung für eine Hochzeitsfeier. Hohenzollernstraße 14 ist der Treffpunkt. Zur bekannten Zeit. Wir dachten an 500 Mark als Geschenk."

Stromberg hatte vier Treffpunkte für die Waffenübergabe in München festgelegt. Jede wurde mit einer falschen Straße codiert. Die Angabe Hohenzollernstraße 14 stand in Wirklichkeit für eine Lagerhalle in Unterhaching. Der Hinweis 500 Mark bedeutete, dass Stromberg 5000 DM verlangte. Welchen Preis dann Seidler verlangte, lag bei ihm. In der Regel durfte er rund 30 bis 40 % aufschlagen.

Von nun an begann Seidlers „Arbeit". Er würde die nächsten drei Tage nicht auf einen Anruf warten, sondern umgehend nach Bremen fahren. Er benötigte gut neun Stunden für die Fahrt. In der Windhukstraße, direkt am Hafen, konnte der Waffenschieber dann mit seinem Audi 80 unmittelbar durch ein geöffnetes Tor einfahren.

Die heruntergekommene Industriebrache gehörte einem Strohmann und diente nicht nur Jens Stromberg zur Abwicklung seiner krummen Geschäfte. So manch anderer Drogen- und Schwarzhandel wurde über diese Adresse abgewickelt.

Wie gewohnt fuhr Seidler an einen großen Stahlcontainer. Dort öffnete er das schwere Vorhängeschloss, schob den massigen Stahldeckel, der auf zwei Schienen geführt wurde, zurück und entnahm einen präparierten Cellokoffer. Der Cellokoffer war eine Sonderanfertigung und kam unzählige Male zum Einsatz. Tatsächlich befand sich im inneren, mit Samt ausgeschlagenen Kofferboden ein komplettes, originales Cello. Das Instrument war absolut hochwertig. Seidler kannte zur Tarnung alle Einzelheiten des Instruments.

Der Koffer selbst war – für den Laien nicht zu erkennen – an beiden Deckeln etwa vier Zentimeter breiter. In diesem erweiterten Zwischenraum befand sich genügend Platz, um bis zu vier Langwaffen, oder sogar 20 kleinere Waffen, wie Revolver oder Polizeipistolen zu transportieren.

Seidler fuhr noch am selben Tag zurück, gegen 23 Uhr kam er in München wieder an. Das Cello verblieb in seinem Audi, den er auf einen Tiefgaragenparkplatz in Schwabing abstellte.

Seidler ging dann zurück in die nahe Kommune und reihte sich in die Clique um Ingo Drilling ein.

48

Seidler schlurfte entspannt durch den Tag. Gewohnheitsmäßig wollte er noch einmal am nächsten Tag sein Auto kontrollieren. Die Übergabe sollte in zwei Tagen um 18 Uhr stattfinden. Deshalb schlenderte er zur Tiefgarage unterhalb einer Mietskaserne.

Alles in Ordnung, dachte der Waffenhändler beruhigt. Nichts anderes hatte er erwartet. Doch plötzlich, als Seidler schon wieder auf dem Rückweg war, sprach ihn ein Mann mit Lederjacke an: „Was machen Sie hier?", fragte er streng.

Seidler sah erschrocken auf den fast zwei Meter großen Mann. Erst jetzt fiel ihm auf, dass sich mehrere Männer durch die Tiefgarage bewegten und die abgestellten Autos kontrollierten. Seidler schluckte. Polizei, war er sich sicher. Was suchen die hier? Wissen die von mir? Hat mich doch jemand verpfiffen? Der Koffer muss sofort raus, dachte er panisch.

„Ich?" Er zuckte mit den Schultern und bemühte sich gleichgültig zu schauen. „Ich wollte mein Cello holen." - „Cello?", fragte der Mann misstrauisch zurück. Sein Gesicht verzog sich zu einer skeptischen Fratze. „Wieso Cello?"

Seidler lächelte. „Wieso nicht?" Dann wurde er ernster. „Ich bin Straßenkünstler und ..." Doch der Kriminalbeamte ließ Seidler nicht ausreden und fragte scharf nach: „Kleingewerbeschein?" Seidler presste die Lippen zusammen und schüttelte den Kopf. „Hab ich nicht. Leider ... schwarz." Er seufzte: „Glauben Sie mir, es ist nicht leicht, sich als Musiker durchzuschlagen. Ich suche noch nach einer festen Anstellung in einem Orchester und deshalb muss ich mich so durchschlagen."

Der Kriminalbeamte winkte ab. „Nach Schwarzarbeitern suchen wir weniger." Seidler bemühte sich, einen erleichterten Eindruck zu machen, obwohl er innerlich zitterte. „Dann lassen Sie mich laufen? Ich wäre Ihnen wirklich dankbar. Die Stadt verlangt 50 Mark und die hab ich aktuell nicht."

Der vormals so strenge Polizist machte nun einen freundlichen Eindruck. „Ach, schon gut. Wir wollen auch nicht päpstlicher sein als der Papst." Seidler bedankte sich nochmals artig und eilte zu seinem Auto. Schnell hob er den wuchtigen Instrumentenkoffer von der Rückbank und eilte davon. Er erwartete eigentlich noch eine Nachfrage des Polizisten, wie ein armer Straßenmusiker einen doch recht ordentlichen Mittelklassewagen besitzen konnte. Sofort hatte sich Seidler dazu eine passende Antwort bereitgelegt: Er würde einfach sagen, sein wohlhabender Vater hätte ihm den Wagen gestellt. Dann würde er noch etwas jammern, dass sein Vater unglücklich sei über seine brotlose Kunst.

Allerdings konnte sich Seidler dieses Schauspiel ersparen. Der Polizist fragte nicht nach und grüßte ihn beim Verlassen der Tiefgarage mit der Hand. „Dein Freund und Helfer", murmelte Seidler halblaut.

„Hast Du Brennholz gestohlen?", machte sich Drilling lustig, als Seidler den großen Cellokoffer anschleppte. „Nix da. Ich möchte was Schönes erlernen." Drilling lachte lauthals. „Du? Du hast ja nicht mal die Geduld zu lernen, wie die Waschmaschine funktioniert."

Seidler gingen Drilling und die anderen Bewohner auf die Nerven. Dieses ständige Gefasel vom Klassenkampf, dieses ewige, aus seiner Sicht sinnlose Diskutieren. Er verspürte wenig Lust, sich jetzt für die kommenden zwei Tage ständig dumme Sprüche anhören zu müssen.

„Ich mache wenigstens was!", rechtfertigte er sich. „Du? Was denn? Weibern auf den Arsch glotzen?" Seidler biss sich wütend auf seine Zähne. Er stellte den Koffer gegen die Wand und öffnete ihn. Dann kratzte er mit dem Zeigefinger an einer Stelle weit oben den Samtverschlag auf. Dort befand sich ein Repetierhaken. Er öffnet ihn und klappte den Boden ein Stück weit auf. Man konnte kurz die Kalaschnikow sehen, auch das G3 lugte hervor.

Drilling nickte. „Du besserst wieder die Kriegskasse auf?" Seidler verschloss schnell wieder den Cellokoffer. „Einen Scheiß tu ich. Ich möchte was bewegen. Mit den Knarren legen die Genossen ein paar von den Kapitalisten um." Seidler wusste nichts über die Bestimmung der Waffen. Er wollte sich nur Ruhe verschaffen und auch etwas angeben. Zudem wusste er natürlich, welcher Zweck für die geschmuggelten Waffen am besten bei den Mitbewohnern der Kommune ankam. „Red doch nicht: Der Klassenkampf ist Dir doch völlig egal. Dir geht's nur um die Kohle. Ich weiß es. Du schlägst doch voll drauf. Nicht für den Kampf. Nur für Deine Kasse."

Seidler verdrehte die Augen und stöhnte auf. „Mein Gott. Was Du Dir immer zusammenspinnst. Ich verdiene praktisch nichts dran. Ja, damit ich mir mal ein bisschen was nebenher kaufen kann. Mal ne Jeans oder so was. Aber das wird ja wohl noch erlaubt sein." Drilling glaubte ihm nur halb. Er schüttelte etwas mit dem Kopf und meinte: „Hör auf, Uwi. Mir kommen sonst gleich die Tränen."

„Sie wurden abgehört", stellte Trepper fest. Seidler presste die Lippen fest zusammen. Er nickte. „Das wenn ich gewusst hätte." Trepper kannte die Akte und wusste, dass nach Seidlers unbedachten Äußerungen sofort der Polizeiapparat eine Observierung in Gang setzte.

„Da hatte ich eh Glück, oder auch Unglück, oder ..." Er winkte ab. „Der Handel wurde vorgezogen. Stromberg hatte mir ein verschlüsseltes Eil-Telegramm zukommen lassen. Die Sache sollte noch am selben Tag steigen. Die Kunden waren nervös und benötigten die Waffen schneller. Das kommt immer wieder mal vor."

„Großes Pech für Korbinian Strobmeier", kommentierte Trepper erstaunt. Seidler stutze aufgrund Treppers Kommentar. „Wenn der Termin für den Waffenhandel wirklich erst die zwei Tage später gewesen wäre, würde

Korbinian Strobmeier heute noch leben", klärte Trepper seinen Gedanken auf. Seidler nickte. „Könnt schon sein. Auf jeden Fall hab ich dann bis 17 Uhr gewartet. Dann bin ich zurück zum Wagen. Eure Leute waren da noch nicht vor unserer Kommune. Ich konnte einfach so rausspazieren." Er zuckte mit den Schultern. „Der Rest war einfach. Wie immer eigentlich: Ich bin zurück zu meinem Karren und hab eingeladen. Dann ging es zum verabredeten Treffpunkt. Wieder eine Tiefgarage. Da gibt es einige Mietsgaragen, die man absperren kann. Da bin ich rein. Der Kunde wusste wohin. Der hat geklopft, ich hab ihm die beiden Waffen gegeben, er mir das Geld und dann bin ich ein paar Minuten später wieder rausgefahren."

Er schnalzte mit der Zunge. „Und als ich dann wieder zurück in die Kommune bin, da hat mich gleich so ein Orang-Utan von Euch umgenietet. Das war's." Mit diesen Worten beschrieb Seidler seine Verhaftung durch ein Sondereinsatzkommando der Münchner Polizei.

Trepper hatte ihn ausreden lassen. Längst interessierte ihn jedoch eine andere Passage von Seidlers mündlichem Bericht: „Der Kunde! Sie sprachen von einem Kunden, dem Sie die Waffen übergeben haben." Seidler nickte ruhig. Er konnte sich schon vorstellen, dass diese Information essenziell für Trepper war. „Ja, ein junger Kerl. Hab ihn aber noch nie davor und natürlich danach gesehen."

„Ein junger Mann", wiederholte Trepper etwas aufgeregt. Er zog aus seiner Ledertasche ein weißes Kuvert hervor. Der Kommissar öffnete den Umschlag und legte ein Bild heraus. Es handelte sich um eine Farbfotografie von Jürgen Gensheim.

„Ist das der Mann? Ist das der Kunde, der Ihnen die Waffen abgenommen hat?" Seidler beugte sich etwas über den Tisch vor. Trepper beobachtete aufgeregt, wie Seidler langsam das Bild anhob und es genau betrachtete. Auch Paula Brückner starrte gebannt auf Seidler.

Die Ermittlungsarbeiten in einem Mordfall sind zumeist ein mühsames Puzzlespiel, in dem viele kleine und kleinste Indizien zusammengetragen werden müssen, um dem Täter auf die Spur zu kommen. Aber dann gibt es auch diese großen Momente, diese bedeutenden Augenblicke, in denen ein einziges Ergebnis ein gesamtes Rätsel aufklären konnte. Trepper spürte in sich diese hoffnungsvolle Erwartung, dass ein solcher Moment unmittelbar bevorstand.

„Wahrscheinlich", antwortete Seidler unsicher. Die freudige Anspannung bei Trepper wechselte abrupt in Enttäuschung. „Wahrscheinlich?", wiederholte Trepper fragend. „Können Sie sich nicht mehr genau an das Gesicht erinnern?"

Seidler schüttelte den Kopf. „Ich kann mich schon noch an die ganze Sache erinnern. Relativ gut sogar. Auch an den Typen. Ist ja nicht lang her. Aber, der Mann trug eine große Sonnenbrille."
Trepper stöhnte auf. Er lehnte sich weit zurück und bedeckte mit beiden Händen sein Gesicht. Seine Ellenbogen standen nach vorn. „Schauen Sie sich bitte noch einmal das Bild genau an. Erkennen Sie eine Ähnlichkeit? Die Backen, der Mund, irgendwas", fragte Paula Brückner nach.
Seidler fühlte sich beinahe ein wenig schuldig für die Enttäuschung der Ermittler. Er räusperte sich und warf noch einmal einen genauen Blick auf die Fotografie. „Naja, das passt schon. Also irgendwie. Das Gesicht schaut schon so aus. Also ... Bis eben auf die Augen und so. Das weiß ich nicht sicher."
Trepper sah zu Brückner hinüber. Auch sie sah enttäuscht aus. „Macht nix, Simon", meinte die Kommissarin. „Wir sind dran." Trepper zuckte mit den Augenbrauen. Er nickte. „Irgendwie schon. Aber irgendwie auch nicht."

49

Adolf Wessling benötigte mehrere Anläufe, um seinen jungen Mandanten Jürgen Gensheim zu beruhigen. Der Lebensgefährte von Sylvia Strobmeier befand sich jetzt seit einigen Stunden in Untersuchungshaft. Trepper und Brückner konnten trotz der etwas vagen Identifizierung durch Uwe Seidler einen Haftbefehl erwirken. Auch Staatsanwalt Dr. Horngruber unterstützte die härtere Gangart gegen Jürgen Gensheim. Die Indizien schienen eindeutig, die Aussage von Uwe Seidler eine weitere Erhärtung des Verdachts: Gensheim musste in die Ermordung Korbinian Strobmeiers verwickelt gewesen sein.
Für Wessling, einem 63-jährigen Ur-Münchner, stand dagegen gar nichts fest. Die Aussage Seidlers war für den Vollblutjuristen praktisch nichtig. In dubio pro reo – im Zweifel für den Angeklagten. Dieser eherne Rechtsgrundsatz war eindeutig: Entweder der Zeuge Uwe Seidler konnte Jürgen Gensheim eindeutig und hundertprozentig als Waffenkäufer identifizieren – oder eben nicht. Und in der aktuellen Situation war Zweiteres der Fall.
Ebenso der Einbruch in die Wohnung von Helmut Strobmeier. Weshalb sollte es sich dabei um einen stichhaltigen Beweis handeln? Sein Mandant gab den Einbruch ja unumwunden zu. Er brauchte Geld. Das ist nicht schön, aber noch weit davon entfernt, bei einem Mordanschlag beteiligt zu sein. Warum sollte auch ein Raubüberfall mit diesem Mord zusammen-

hängen? Vor Gericht würde das keinen Millimeter standhalten, war sich Wessling sicher.

Dementsprechend baute er seinen niedergeschlagenen Mandanten auf. „Die haben nichts", erklärte er feierlich. Es kostete ihn einiges an Mühe, aber schließlich hatte er Gensheim wieder etwas Optimismus eingeflößt. Der junge Student sah nun wieder zuversichtlicher auf das kommende, erste Verhör durch die Münchner Mordkommission.

Trepper richtete das Tischmikrofon, schaltete das Tonband ein und kommentierte die Beteiligten. Dann setzte er sich neben seine Kollegin Paula Brückner.

„Herr Gensheim, Sie wissen, weshalb wir Sie für dringend tatverdächtig halten?" Anwalt Wessling übernahm daraufhin sofort die Gesprächsführung: „Ich bin im Bilde und habe Ihre ..." Er legte eine künstliche Pause ein. Sein bleiches Gesicht, das ihm beinahe eine gewisse Ähnlichkeit mit einem Vampir einbrachte, zog er in die Länge. „Nein, Beweise kann ich diese unsaubere Aneinanderhäufung von Halbgarheiten nicht nennen", endete der Verteidiger seinen ersten Satz. Trepper überlegte, ob Wessling absichtlich „Halbgarheiten" anstelle von „Halbwahrheiten" gesagt hatte. Dann nahm er schnell wieder die Befragung auf: „Sie wurden erkannt, am 13. September 1977 zwei Schusswaffen ..." – „Mein lieber Herr Kriminalhauptkommissar", unterbrach ihn Wessling. „So geht das ja nun nicht. Sie haben die halbe Behauptung von einem einsitzenden Waffenhändler, der sich eine Strafminderung erhofft. Dieser Unglücksrabe behauptet das, was Sie von ihm erwarten: Dass er angeblich meinen Mandanten bei dem fragwürdigen Waffengeschäft erkannt habe. Oder glaubt, unter einer dicken Maskerade, erkannt zu haben."

Trepper hatte die Aussage Seidlers vor sich liegen. „Der Zeuge hat mehrere Merkmale von Herrn Gensheim eindeutig erkannt: die Lippenpartie, die Farbe der Haare und der Augenbrauen, das Profil von Backen und Kinn." Gensheim schluckte. Er sah etwas verschüchtert zu seinem Anwalt, der rechts neben ihm saß. Adolf Wessling verzog unterdessen keine Miene und schüttelte stoisch, zu jedem Aufzählungspunkt von Trepper mit dem Kopf.

„Seien Sie mir nicht böse, Herr Kriminalhauptkommissar, aber ‚die Lippenpartie'? Die gleiche Haarfarbe? Das will Ihr sauberer Zeuge nach einem vielleicht dreiminütigen Treffen Wochen später so genau noch wissen?"

Trepper glaubte Seidler. Dennoch konnte er nicht völlig von der Hand weisen, dass Seidler sicher auch den gewünschten Verdächtigen identifizieren „wollte". Schon allein, um die Chancen für seine erwünschte Strafminderung zu verbessern. Zudem waren die Identifikationsmerkmale wirklich schwach. Zumindest noch.

„Wir können und werden die Sache natürlich noch etwas vertiefen", begann Trepper etwas geheimnisvoll. Während Gensheim gebannt und etwas ängstlich auf den weiteren Wortlaut wartete, lächelte Wessling überlegen. Der Anwalt wusste genau, womit Trepper nun aufwarten würde.

„Wir werden eine Gegenüberstellung veranlassen. Herr Gensheim wird sich so kleiden wie bei der Waffenübergabe. Wir stellen ihm vier weitere, ähnlich aussehende und gleich gekleidete Kandidaten zur Seite. Dann wird der Zeuge besser und eindeutiger die Möglichkeit haben, Ihren Mandanten zu identifizieren."

Gensheim riss die Augen weit auf. „Sie sind damit doch einverstanden, Herr Gensheim?", fragte Paula Brückner. Der junge Mann stammelte: „Äh … Ich weiß nicht." Er blickte hilfesuchend zu seinem Anwalt. Dieser antwortete ruhig und gefasst: „Natürlich stellt sich mein Mandant der Gegenüberstellung." Wessling amüsierte sich über die billigen Tricks der Mordkommission: Diese Frage hätten sich die Ermittler schenken können. Natürlich musste Gensheim ohnehin bei der Gegenüberstellung teilnehmen. Die Frage zielte also alleine darauf ab, seinen Mandanten zu verunsichern.

„Herr Gensheim – was wird bei der Gegenüberstellung herauskommen? Ich möchte es Ihnen sagen: Der Zeuge wird Sie eindeutig identifizieren. Er wird Sie an Stimme, Mimik und Auftreten erkennen. Dann haben wir Sie." Trepper trug diese Worte sehr scharf vor. Der Kommissar sah und spürte die Verunsicherung Gensheims und wollte diese nutzen.

Allerdings fungierte Wessling als veritabler Prellbock. „Gar nichts wird Ihr Zeuge herausfinden. Und am Allerwenigsten wird er meinen Mandanten identifizieren können." Trepper schien die Worte des Anwalts absichtlich zu überhören. Er fokussierte den Verdächtigen: „Sie wissen es Herr Gensheim: Er wird Sie eindeutig erkennen, auch neben anderen Vergleichskandidaten. Der Zeuge hat sich den Moment der Waffenübergabe genau eingeprägt. Er wird Sie erkennen!"

Die eindringlichen Worte zeigten durchaus Wirkung. Gensheim senkte geknickt seinen Kopf. Nervös rieb er seine ineinander gelegten Hände.

„Wollen Sie uns etwas sagen?" Wessling fing die Attacke umgehend souverän ab. „Ich bitte Sie. Was soll das? Mein Mandant wird Ihnen hier gar nichts sagen. Sie müssen stichhaltige Beweise liefern. Dann können wir reden. Aber diese Beweise werden Sie nicht liefern können. Weil es diese Beweise nicht gibt."

50

Trepper schnaufte laut aus. Er lehnte sich zurück. Paula Brückner sah darin ein Zeichen, die Vernehmung weiter voranzutreiben. „Sie sind der Lebensgefährte von Sylvia Strobmeier." Gensheim nickte. „Würden Sie sagen, dass Ihre Frau … äh … Ihre Freundin von dem Tod Korbinian Strobmeiers profitiert hat?"

Gensheim fuhr sich mit der Hand über seinen Mund und nickte. „Bitte antworten Sie hörbar für das Band", tadelte Brückner. Einmal hatte sie ihm das stumme Kopfnicken durchgehen lassen. Er antwortete deshalb jetzt mit einem halblauten: „Ja". Sogleich intervenierte Wessling: „Das hat aber keinen Bezug zu meinem Mandanten", behauptete er.

Trepper schaltete sich wieder ein. Er rückte mit dem Oberkörper etwas nach vorne, blickte zum Anwalt und meinte: „Das kann man auch anders sehen." Dann wandte er seine Augen zu Gensheim und fuhr fort: „Ihre Lebensgefährtin hatte ein entscheidendes Interesse, dass Korbinian Strobmeier ermordet wurde. Nur so konnte der bereits festgesetzte Scheidungstermin ins Leere laufen, nur so blieb sie formal die Ehefrau von Korbinian Strobmeier. Nur so stand ihr das Erbe, zumindest aber der Pflichtteil von wenigstens einem Drittel der enormen Erbschaft zu."

Gensheim erduldete Treppers Aufzählung ohne Reaktion. „Würden Sie meiner Folgerung zustimmen?", bohrte Trepper nach. Doch wieder blieb Gensheim still. „Hierzu wird sich mein Mandant nicht äußern", unterstützte ihn Wessling.

„Auch wenn Sie sich nicht dazu äußern – das Motiv ist eindeutig. Absolut eindeutig." Wieder zeigte Gensheim keine Reaktion. Paula Brückner nahm einen kleinen Schluck Wasser gegen ihren trockenen Mund und erwähnte anschließend einen anderen Aspekt: „Ihr Einbruch im Haus von Helmut Strobmeier. Sie geben die Tat ja zu." Paula legte den Bericht der Spurensicherung vor sich auf den Tisch. „Sie behaupten ja, durch den Kohlenkeller eingestiegen zu sein. Es wurden allerdings keine Spuren im Haus entdeckt, obwohl zu diesem Zeitpunkt der gesamte Raum unterhalb des Fensters mit Kohlen befüllt war."

Gensheim blickte zu seinem Anwalt. Dieser schloss kurz die Augen, schüttelte mit dem Kopf und fuhr mit der flachen Hand über die Tischfläche. „Sie lügen", fügte Brückner an. Ihre Stimme war ruhig, der Inhalt ihrer Aussage dagegen heftig. Gensheim zuckte zusammen. Sogar Wessling wusste auf Anhieb keine rechte Erwiderung.

„Wenn Sie wirklich durch den Kohlenkeller eingestiegen wären, hätte es Fußspuren gegeben. Sie hätten schon feucht den Boden wischen müssen, damit unsere Spurensicherung keine Fußabdrücke findet. Der Kohlenstaub schmiert sich auf den Boden. Noch dazu sind sie eine erhebliche Strecke durch die Wohnung gelaufen. Unsere Spurensicherung hat den gesamten Boden überprüft. Da war nichts. Zudem waren alle Fenster verschlossen, von innen."

Gensheim waren die aufgeführten Fakten sichtlich unangenehm. Er rutschte auf seinem Stuhl hin und her. „Ich habe das Fenster nur aufgebogen. Und dann bin ich einfach wieder rausgeschlüpft", brach es aus ihm hervor.

Endlich, dachte Trepper. Jetzt können wir ihn festnageln. „Unsere Techniker haben ihre Version überprüft. Das ist praktisch unmöglich. Der Spalt, um den sich das Fenster aufdrücken lässt, ist äußerst schmal. Maximal fünfzehn Zentimeter sind möglich. Noch dazu hätten Sie zwingend einen zweiten Mann gebraucht beim Wiederausstieg. Aber wie gesagt: Bereits der Einstieg dürfte ein Ding der Unmöglichkeit gewesen sein."

„Mein Mandant wird sich hierzu nicht äußern!", unterband Wessling streng eine weitere Aussage seines Mandanten. Diesen Punkt in der Ermittlungsakte hatte er gänzlich unterschätzt. Für ihn erschien es ausreichend, dass sein Mandant den Einbruch überall zugab und eine halbwegs plausible Geschichte über den Hergang zum Besten gab. Nun verstand er aber die Intention der Kriminalpolizei.

„Warum lügen Sie?", fragte Brückner scharf nach. Er antwortete nicht. „So kann es nicht gewesen sein", flankierte Trepper. Gensheim blieb stumm. „Sie kommen da nicht so einfach raus. Das wird vor Gericht gehen", verstärkte Brückner ihre Aufzählung. „Wir werden Sie bei der Gegenüberstellung kriegen. Wir können nachweisen, dass dieser Einbruch fingiert war", führte Trepper aus. „Ihre Lebensgefährtin brauchte den Mord an ihrem Ehemann", zählte Brückner den nächsten Punkt auf.

Der Druck erhöhte sich weiter. Gensheim lief weiß an. Schweiß trat auf seine Stirn. Wessling wollte gerne einschreiten. Er spürte die Gefahr. Doch die Mutmaßungen der beiden Ermittler waren formal korrekt und nicht zu beanstanden. Natürlich durften sie ihre Ermittlungsinhalte aufbereiten und den Verdächtigen damit konfrontieren.

„Sie können doch diesen Einbruch vor Gericht überhaupt nicht erklären. Das stimmt doch alles so nicht. Ihre Räuberpistole von wegen ‚hab mich da durch's Fenster gedrückt' – das wird vor Gericht nicht halten. Das fliegt Ihnen vor Gericht um die Ohren."

Diese Worte hatten sogar auf den eigentlich gefassten Wessling eine Wirkung. Auch er dachte nun mit Unbehagen an diese schwere Lücke in der Verteidigung. Andererseits: Da werden wir schon was finden, beruhigte er sich. Wir müssen halt vor Gericht das Ganze etwas anders darstellen. Ein fester Beweis bleibt das nicht, dachte Wessling zumindest. „Das fliegt uns nicht um die Ohren", entgegnete er den beiden Kommissaren.

51

Die verhängte Untersuchungshaft gegen Sylvia Strobmeier wurde von Trepper als vorgezogenes Weihnachtsgeschenk interpretiert. Für immerhin mindestens 48 Stunden durfte er die Ehefrau des Mordopfers Korbinian Strobmeier in der Untersuchungshaft behalten.

Längst folgte der Staatsanwalt den Ermittlern der Löwengrube: Sowohl Helmut Strobmeier, als auch seine Schwägerin Sylvia Strobmeier, wie auch deren Partner Jürgen Gensheim, steckten in diesem Mordfall unter einer Decke. So glaubte man es zumindest im Landgericht München II. Wie die Decke gespannt war, wer tiefer darin verstrickt war und wer weniger – das stand noch nicht fest. Aber unter Berücksichtigung aller Indizien konnte es daran keinen echten Zweifel geben.

Während Trepper und Brückner bereits mehrmals Jürgen Gensheim und Helmut Strobmeier bearbeitet hatten, stand nun seit langer Zeit wieder Sylvia Strobmeier im Mittelpunkt eines Verhörs.

Der eleganten, sehr hübschen Frau setzten die Bedingungen der Haft enorm zu. Seit nicht einmal vier Stunden saß sie in der Untersuchungszelle, schon wirkte sie müde und betroffen. Vor dem ersten Verhör beredete sie sich fast zwei Stunden mit ihrer Anwältin, der promovierten Strafverteidigerin Adelheid Scharngruber.

Trepper und Brückner sahen darin nichts Besonderes. Schließlich ging es um viel. Bei Mord, aber auch beim Straftatbestand „Anstiftung zu einem Mord" standen lange Haftstrafen im Raum. 15 Jahre und mehr drohten einem Verurteilten.

Sylvia Strobmeier wurde von einem grünuniformierten Gefängnismitarbeiter vorgeführt und in den Verhörraum III gebracht. Sie nahm mit ernstem Gesicht Platz. Ihr hübsches Gesicht war scheinbar - trotz der äußeren Umstände - geschminkt. Das dezente Make-up verstärkte ihre Attraktivität. Trepper wunderte sich darüber. Normalerweise durften Untersuchungshäftlinge keine persönlichen Gegenstände mit sich führen.

„Warum musste meine Mandantin in Untersuchungshaft genommen werden?", fragte die Anwältin vorab. „Es liegen mehr als berechtigte Beweise und Indizien vor, dass Ihre Mandantin an der Ermordung von Korbinian Strobmeier beteiligt war." – „Welche Beweise und Indizien haben Sie vorzuweisen?" Trepper senkte den Blick auf sein Notizbuch und begann aufzuzählen: „Das Motiv: Ihre Mandantin stand unmittelbar vor der Scheidung von Korbinian Strobmeier. Sie hätte nach vollzogener Scheidung keinerlei Erbanspruch mehr besessen, nicht einmal den Pflichtanteil. Zudem ist der Partner von Frau Strobmeier, Herr Jürgen Gensheim, tief in den Fall verstrickt: Er hat nachweisbar die Unwahrheit ausgesagt, über einen Einbruch auf dem Nachbargrundstück, welches dem verhassten Bruder des Mordopfers gehört." Trepper zögerte einen Moment, dann fügte er an: „Zudem wurde Herr Gensheim von einem Zeugen bei dem Ankauf von zwei Langwaffen identifiziert. Er kaufte dabei aus illegalen Beständen eine Kalaschnikow und ein G3-Sturmgewehr – die beiden Tatwaffen aus dem Mordfall."

Trepper hatte sich damit etwas weit aus dem Fenster gelehnt: So eindeutig und unstrittig stand die Identifikation von Gensheim nicht fest. „Das sind eher Indizien gegen Herrn Gensheim, nicht gegen meine Mandantin", entgegnete die Anwältin. Trepper lächelte spitz. „Nun ja, Frau Anwältin – Herr Gensheim steht in einer intimen Beziehung zu Ihrer Mandantin. Welchen Nutzen hätte er, eine Ermordung im Stil eines Terroranschlags der RAF zu inszenieren, außer wenn er damit seiner Partnerin hilft? Es geht um sehr große Geldsummen, die im Nachlass von Korbinian Strobmeier vererbt werden. Nur durch dessen frühen Tod konnte Ihre Mandantin in den Genuss der Erbschaft gelangen. Sie wäre sonst leer ausgegangen."

„Es ist genug", rief Sylvia Strobmeier plötzlich laut. Trepper und seine Kollegin Paula Brückner blickten erstaunt zu der Verdächtigen. Diese wandte sich mit dem Kopf zu ihrer Anwältin. Die beiden nahmen Blickkontakt auf, dann nickte Sylvia Strobmeier. Die Anwältin drehte ihren Kopf zurück zu Trepper. Sie räusperte sich und fragte: „Sollte meine Mandantin mit Ihnen kooperieren und eine vollumfängliche Aussage machen, so würden Sie sich für eine Strafminderung einsetzen, nicht wahr?"

Trepper lehnte beide Ellenbogen auf die Tischfläche und beugte sich ein Stück vor. Überrascht musterte er Sylvia Strobmeier. Diese wich seinem Blick aus und sah mit gebeugtem Kopf auf ihre Hände. Treppers Blick wanderte zurück zur Anwältin. „Das brauche ich Ihnen nicht zu erzählen, Frau Scharngruber. Das wissen Sie als Anwältin wahrscheinlich besser als ich: Wer geständig ist, zur Aufklärung eines Falles beitragen kann, Reue zeigt, der wird sein Strafmaß mindern."

„Sie haben Recht, Herr Kriminalhauptkommissar. Mir sind diese Umstände natürlich bekannt. Ich hatte vorhin eine intensive Unterredung mit meiner Mandantin. Ich habe Frau Strobmeier dabei auch über diese Möglichkeit der Strafreduktion aufgeklärt. Sie wollte es aber noch einmal von Ihnen hören." – „Es ist ja mein Leben", hauchte Sylvia Strobmeier plötzlich dazwischen. „Ich muss es doch wissen. Ich …" Sie wischte sich mit dem Handrücken über ihr rechtes Auge.

„Sie kommen ohnehin nicht mehr raus. Der Fall wird vor Gericht kommen. Diesen fingierten Überfall durch die RAF glaubt niemand mehr. Der Plan ist schief gegangen. Jetzt geht es nur noch darum, die Sache zu beenden."

Die Verdächtige schüttelte mit dem Kopf. „Sie brauchen das nicht mehr zu sagen, Herr Kommissar. Ich bin nicht dumm. Auch wenn Sie mich dafür vielleicht halten. Das denken Sie doch, oder: Das ist so ein kleines verlogenes Ding. Dumm und eiskalt. Die ist nur mit dem Alten zusammengegangen, um ihn auszunehmen. Das denken Sie doch? Oder etwa nicht?" Sylvias Stimme hatte sich immer mehr in einen zornigen Klang verwandelt.

Trepper faltete beide Hände vor seinem Gesicht. Er schüttelte den Kopf. „Nein, Frau Strobmeier. So denke ich nicht." Tatsächlich hatte Strobmeier mit ihrem Verdacht nicht unrecht. Trepper dachte wirklich teilweise so von ihr. Nur wollte sich Trepper natürlich in dieser Situation auf keine Moraldiskussion einlassen. „Ich sehe vor mir einen Menschen, der sich etwas von der Seele reden möchte. Und ich glaube, das ist das Richtige in dieser Situation."

Sie blickte auf. Zum ersten Mal hielt sie dem Blickkontakt mit Trepper stand. Ihre Augen waren glasig. Sie wischte sich noch einmal über beide Augen und räusperte sich. Sie nickte schließlich. „Hören Sie zu, Herr Kommissar."

52

Sylvia Strobmeier kannte den alten Herrn nicht, der spätabends bei ihr klingelte. Er sah schon etwas vertraut aus, aber sie konnte sich nicht an ihn erinnern. Sie drehte sich um. Die kleine Wanduhr neben ihrer Garderobe zeigte schon 22:03 Uhr an. Noch einmal blickte sie durch den Türspion. Soll ich überhaupt aufmachen? Wer soll das denn sein, um diese Zeit? Ich lasse einfach zu. Ich mach nicht auf, dachte sie entschlossen. Sie kontrollierte noch einmal die beiden Sicherheitsschlösser und drehte das Licht im Gang ab.

Der Mann vor der Tür sah am Türspalt, dass das Licht abgestellt worden war. „Sylvia!", rief er gepresst. „Bitte mach auf!" Er kennt meinen Namen? Sie ging noch einmal zurück und öffnete erneut den Deckel zu ihrem Türspion. „Ich bin's, Helmut. Der Bruder von Korbinian."

Ach deshalb … Deshalb kam ihr der Mann so bekannt vor. Die Nase, die Augenpartie – es gab tatsächlich eine gewisse Ähnlichkeit mit ihrem Ehemann Korbinian Strobmeier. „Äh … Servus", sagte sie verunsichert. Sie hatte eigentlich keinerlei Kontakt mit ihrem Schwager. Ein irgendwie geartetes Verhältnis zwischen den Brüdern – negativ wie positiv – existierte nicht. „Servus", grüßte Helmut Strobmeier zurück. „Ich … äh … Was willst Du denn bei mir?", fragte Sylvia.

„Mit Dir reden. Nur reden." – „Reden? Aber über was sollen wir beide reden?" Eine offensichtlich nur allzu berechtigte Frage. „Über Korbinian", lautete Helmuts Antwort.

„Hätte ich die Tür nicht geöffnet – alles wäre anders gekommen", meinte Sylvia Strobmeier gegenüber den beiden Kommissaren aus der Mordkommission. „Ich hätte ihn einfach wegschicken sollen. Dann wäre alles anders ausgegangen." – „Aber Sie haben die Tür geöffnet?" Sylvia nickte.

„Ich weiß schon: Es ist eigentlich zu spät", begann Helmut Strobmeier. Das stimmte. Ihr war dieser späte Zeitpunkt äußerst unangenehm. „Aber ich wollt nicht gesehen werden", erklärte Helmut etwas verschüchtert.

Sie erzählte es Trepper nicht, aber bereits in diesem Moment, bei diesen ersten Worten, hatte sie eine Vorahnung, die gar nicht soweit von dem späteren Geschehen abwich. Sofort kam ihr der Gedanke, es ginge dem Bruder darum, Korbinian aus dem Weg zu räumen.

Helmut setzte sich auf den angebotenen Platz auf ihrer Wohnzimmercouch. „Ich habe gehört, Ihr lasst Euch scheiden?" Sylvia ging zu einer

Glaskommode und öffnete das Türchen. „Woher weißt Du das?", fragte die Hausherrin, während sie zwei Cognac-Gläser anhob.

„Ein Geschäftspartner hat mich darauf angesprochen. Er hatte davon im Amtsgericht gelesen. Also eure Scheidung stand da schon auf dem Zeitplan und beim Namen Strobmeier dachte er an mich." Sie stellte die Gläser auf dem niedrigen Couchtisch ab. Erst jetzt bemerkte Sylvia den noch laufenden Fernseher. „Stimmt", bestätigte sie Helmuts Frage schlussendlich. „Wir beide wollen es." Währenddessen hatte sie ihren Weg zum Fernsehapparat zurückgelegt und drückte den großen Ausschalter auf der oberen Gehäuseseite.

„Und dann? Wie geht es bei Dir weiter?" Sie lachte belustigt. „Ich werde keinen Strobmeier mehr heiraten, wenn Du das meinst." Nun musste er selbst lachen. „Nein, nein", wiegelte Strobmeier ab. „So war es nicht gemeint." Sein Lachen stoppte abrupt. „Ich meine vom Geld her. Wie geht es da mit Dir weiter?"

Sie setzte sich in einen tiefen Ledersessel, der neben der Couch stand. „Mach Dir keine Sorgen. Ich krieg diese Wohnung hier und auch noch einiges an Geld zur Abfindung. Damit komme ich schon gut voran."

Sylvia zog aus einem niedrigen Schränkchen, welches neben dem Sessel stand, eine Flasche Whiskey hervor. Sie schenkte sich einen kleinen Schluck ein. Helmut hielt die rechte Hand über sein Glas. „Besser nicht. Ich mag etwas weniger trinken." Er kam zu seinem ursprünglichen Punkt zurück: „Aber reicht Dir eine kleine Abfindung? Du bist ja noch keine 30. Du willst doch nicht mehr irgendwo die Empfangsdame in der Bank machen oder kellnern oder sowas?"

Sylvia verärgerte seine Frage. Helmut traf mit dieser einen wunden Punkt. Sie hatte tatsächlich ein wenig Zukunftsangst. Manchmal sah sich Sylvia schon als Putzfrau oder hinter der Fleischtheke. Sie gruselte dieser Gedanke. Sylvia fühlte sich zu Höherem hingezogen. Und ganz egal, wie man es dreht und wendet: Geld ist für diesen Lebensstil von außerordentlicher Bedeutung. Sie dachte bereits an einen neuen, finanziell potenten Partner. Doch andererseits hatte sie davor auch ein Stück weit Graus: Wieder so ein alter Mann, dem sie sich hingeben musste ... Keine sehr verlockende Aussicht. Zudem liebte sie Jürgen Gensheim, ihren aktuellen Partner, wirklich sehr. Auch wenn er bettelarm war.

„Mach Dir keine Sorgen!", wiederholte sie zornig. „Kellnern werd ich eher nicht!" Sie stand auf und wollte den ungebetenen Gast zur Tür begleiten. Helmut hob beide Hände. Er schüttelte den Kopf. „Ich wollte Dich nicht beleidigen. Entschuldige bitte." Sie schnaufte laut durch und stemmte beide Hände in ihre Hüften. „Was willst Du?", fragte sie mit unfreundlichem Ton.

„Was ich will?" Er griff nun selbst zur Whiskey-Flasche und schenkte sich ein. „Ich kann Dir sagen, was ich brauche", begann er nebulös. „Geld! Viel Geld! Sonst gehen bei mir die Lichter aus. Sonst darf ich bald Putzen gehen oder betteln."

Sie setzte sich wieder. „Und was habe ich damit zu tun?" Helmut hatte sein Glas halb befüllt. Er stürzte den starken Alkohol mit einem großen Schluck in seiner Kehle hinab. Danach verzog er das Gesicht säuerlich. „Was Du damit zu tun hast? Du brauchst auch Geld." Er stellte das Glas ab. „Du brauchst Geld, ich brauche Geld. Mein Bruder, Dein Ehemann hat genug davon."

Sie nickte. Ihre erste Eingabe war also richtig. Sie verhandelten gerade über das Leben von Korbinian Strobmeier.

53

Die Herreninsel im Chiemsee beherbergt in ihrer Mitte das wunderschöne Märchenschloss des Bayernkönigs Ludwigs des II. Vom Schiffsanleger lassen sich täglich die Touristen mit einer Pferdekutsche in den Vorhof des Schlosses kutschieren und verbringen dann dort einen schönen Tag vor der beeindruckenden Kulisse des Prunkbaus.

Warum Helmut Strobmeier ausgerechnet diesen Ort ausgewählt hatte, um sich mit Sylvia Strobmeier und Jürgen Gensheim zu treffen, wusste das Liebespaar nicht. Er hatte zwar gesagt, man dürfe nicht zusammen gesehen werden, aber musste man es denn gleich so übertreiben? Noch dazu wimmelte es auf der Insel von Touristen, nicht zuletzt auch von Münchnern, die das Schloss für einen Tagesausflug nutzen mochten.

Doch diese Bedenken hatte Helmut Strobmeier beiseite gewischt. Die Herreninsel war ein großes Areal. Im Norden der Insel gab es ein altes, mittlerweile verlassenes Kloster. Im Zentrum der Insel lag das Schloss. Der weitläufige Süden der Insel war dagegen dicht mit Wald bewachsen. Helmut instruierte Sylvia und Jürgen, die beiden mögen gegen 15 Uhr am südlichsten Punkt „Pauls Ruh" auf ihn warten. Dort würden sie sich treffen und alles in Ruhe besprechen.

Es klappte: Helmut und das Pärchen trafen sich tatsächlich gegen 15 Uhr an der vereinbarten Stelle. Jürgen Gensheim, der bis jetzt nicht wusste, worum es ging, wollte nun endlich wissen: „Was soll das ganze Theater?

Sylvie meinte, wir sollen mal miteinander reden. Müssen wir dafür wirklich an den Arsch der Welt fahren?"

Helmut Strobmeier wirkte ernst und konzentriert. „Keiner darf uns zusammen sehen. Deshalb wollte ich hierher." Gensheim lächelte spöttisch: „Sag mal, hast Du Tomaten auf den Augen? Die ganze Insel ist voll mit Leuten. Wenn wir gesehen werden, dann hier." Helmut kreiste mit seinem Zeigefinger über den äußeren Rundweg. „Siehst du jemand?" Die Dreiergruppe war allein auf weiter Flur. „Die Leute wollen alle das Schloss sehen oder vielleicht noch das Kloster. Hierher verirrt sich doch niemand."

Gensheim winkte ab. „Schwachsinn! Wir hätten uns auch leicht irgendwo in München treffen können. Oder im Umland." Sylvia sah es genauso wie ihr Freund. Sie dachte, Helmut wolle das Ganze mehr wie eine Spionage-Aktion ausführen und hatte deshalb diesen derart komplizierten Ort gewählt.

Doch sie wollte diese Diskussion unbedingt unterbinden: „Egal, Schatz. Darum geht es jetzt nicht. Wir sind hier und wir haben was zu besprechen. Was Wichtiges!" Gensheim blickte misstrauisch zu Helmut Strobmeier. „Dann mal raus mit der Sache. Sylvie wollte mir nix erzählen."

Strobmeier nickte. „Es geht um Sylvias Ehemann. Was hältst Du von ihm?" Gensheim zuckte unbedarft mit den Schultern. „Was soll ich von dem Kerl halten? Ein fetter fauler Kerl, der nur wegen seinem Geld meint, er wär was Besseres." Helmut hörte diese Worte nur allzu gern. Sie deckten sich mit den Ausführungen von Sylvia. „Du bist sicher froh, dass Sylvia bald geschieden ist und frei für Dich." Gensheim grinste breit. „Logisch. Dann gehört Sylvia für immer zu mir." Sie lächelte ihn an. „Ich gehöre Dir doch jetzt schon." Die beiden legten ihre Hände ineinander. Helmut ließ die romantische Zuneigung völlig ungerührt. Er setzte umgehend fort: „Aber nach der Scheidung verliert Sylvia allen Anspruch auf sein Vermögen."

Jürgen Gensheim runzelte die Stirn. „Stimmt doch gar nicht. Sylvie kriegt doch 100 000 Mark. Und dazu noch die Wohnung am Lehel. Stimmt doch Sylvie, oder?" Er sah irritiert zu seiner Freundin. Sie nickte.

„100 000 Mark", wiederholte Strobmeier verächtlich. „Was sind schon 100 000 Mark? Das ist nichts gegen zwei Millionen D-Mark." – „Wieso zwei Million?" Gensheims Blick wanderte verständnislos zwischen seiner Freundin und Helmut Strobmeier hin und her. „Zwei Millionen sind die Hälfte von vier Millionen. Und eine Hälfte steht euch zu, die andere mir." – „Sylvie? Was meint er?" Sie biss sich auf die Lippen und sah ihrem Freund tief in die Augen. Dann erklärte sie mit sanfter Stimme. „Wenn

Korbinian Strobmeier noch vor dem 3. Oktober stirbt, dann bleibe ich seine Ehefrau. Dann bin ich seine Alleinerbin."

Gensheim war von der Information und dem Grund dieses geheimen Gesprächs noch so überfahren, dass er irritiert antwortete: „Aber das ist doch nicht realistisch, das der Alte in den paar Tagen noch abkratzt." Doch noch während er diese Worte aussprach, wurde ihm klar, weshalb es dieses geheime Treffen an diesem außergewöhnlichen Ort gegeben hatte: „Oder wollt Ihr ihn etwa aus dem Weg schaffen?"

54

Sie hatten miteinander geschlafen. Gensheim lag auf dem Rücken und rauchte. Sie mochte es eigentlich nicht, wenn er im Bett rauchte, aber dieses Mal wollte sie nichts sagen. Sie machte sich Sorgen. „Du bist so leise", begann sie behutsam.

Er legte seine Zigarette in dem Aschenbecher neben seinem Bett ab. Dann legte er seinen Arm um sie und drückte Sylvia an sich. „Naja. Ich denke nach." – „Über den Plan?" Sie nannte die auf Herrenchiemsee besprochene Ermordung ihres Noch-Ehemannes nur den „Plan".

Er atmete aus. „Hm. Schon ein bisschen." Ihre Hand strich über seine rasierte Brust. „Du machst Dir Sorgen?" Er lächelte etwas. „Sorgen? So würde ich es nicht nennen. Eher …" Er fand kein passendes Wort. „Ihr verlangt von mir da schon etwas ziemlich Wildes. Das ist Euch schon klar." Sylvia schmiegte ihren Kopf fest auf seine Brust. „Ja", hauchte sie leise. „Sehr viel. Aber es wäre doch so das Beste. Oder findest Du nicht?"

Gensheim blies beide Backen auf. Seine Hand streichelte über ihren Rücken. „Das Beste? Für Korbinian Strobmeier wohl eher nicht." – „Nein", bestätigte sie. „Für ihn natürlich nicht." Sie fühlte sich schlecht. Der „Plan" war niederträchtig. Darüber war sie sich im Klaren. Ein Mord aus niedrigsten Beweggründen. Noch dazu hatte sie bei Korbinian Strobmeier durchaus Liebe gespürt. Er verehrte sie. Damals hatte es ihr geschmeichelt. Sie bemühte sich, das Gleiche für den älteren Millionär zu empfinden, doch darüber war sie sich nun im Klaren: Sie hatte sich etwas vorgemacht. Wahrscheinlich fand sie immer nur Strobmeiers Geld anziehend, nie den Menschen.

„Sei ehrlich: Du willst es nicht tun!" Gensheim schluckte. Er hatte wirklich Skrupel vor dem „Plan". Der junge Mann hob seine rechte Hand und fuhr sich durch sein Haar. Dann ließ er die Hand auf dem Polster oben liegen.

„Was willst Du hören? Natürlich bin ich nicht gerade vom ‚Plan‘ begeistert. Ich soll einen Menschen erschießen. Das ist nicht gerade alltäglich. Ich bin doch kein Mörder.“
Auf einmal kam ihm der rettende Gedanke: „Ein Killer. Ein Auftragskiller“, brachte er aufgeregt hervor. „Das ist doch die Idee. Wir holen uns einen Killer. Dem geben wir zehn, 20 000 Mark. Der macht das und alles ist gut.“
Die Worte ihres Geliebten machten Sylvia traurig. Er haderte also gänzlich mit dem Plan. „Aber Schatz, dann haben wir einen Mitwisser. Irgendeinen Fremden, dem wir nichts bedeuten. Der könnte uns dann erpressen. Wir hätten doch nie mehr Ruhe. Stell Dir mal vor, der wird später gefasst, wegen ganz was anderem und dann packt er aus und erzählt dann alles. Außerdem: Wie sollen wir denn so jemanden finden?“
Gensheim seufzte. „Wahrscheinlich hast Du recht“, sagte er desillusioniert. Plötzlich begann Sylvia zu weinen. „Es tut mir leid“, schluchzte sie ehrlich. Sie hatte tatsächlich Skrupel, ihrem Freund diese extreme Bürde aufzulasten. Aber weder sie, noch der alte Helmut Strobmeier konnten den Plan umzusetzen. Über die Gartenmauer zu steigen, hinüber und wieder zurück, mit zwei geschulterten Gewehren, dazu waren weder Helmut Strobmeier noch Sylvia Strobmeier in der Lage.
Jürgen Gensheim hob ihr Kinn an. Er beugte sich hinab und küsste sie. „Wein nicht, Schatz. Alles wird gut. Wir gehen jetzt durch dieses finstere Tal. Danach wird es wieder hell. Und zwar für immer.“ Sie küssten sich innig.

55

Helmut Strobmeier kannte über einige windige Immobiliengeschäfte den Waffenhändler Jens Stromberg aus Bremen. Stromberg nutzte einige Strohmänner, um sein Schwarzgeld aus Waffenverkäufen in sauberes „Betongold“ umzuwandeln. Strobmeier war dabei nicht zimperlich, woher seine Kunden ihr Geld hatten – Hauptsache die Umsätze stimmten.
Man kam sich näher und schließlich erfuhr Strobmeier – nachdem er einige eigene Gesetzeswidrigkeiten zum Besten gegeben hatte, womit Stromberg wirklich sein Geld verdiente. So löste er die Beschaffung der Waffen aus. Jürgen Gensheim sollte diese abholen und in sein Versteck bringen.
Die außergewöhnliche Wahl der Waffen – zwei Sturmgewehre mit hoher Feuerkraft – hatte natürlich einen ganz besonderen Sinn: Helmut Strobmeier wollte die Ermordung seines Bruders als RAF-Terrorakt aussehen

lassen. Und hierfür schaffte er bereits vorab eine doppelte Absicherung. Sollte ein Verdacht auf ihn zurückzuführen sein, schließlich wohnte er auf demselben Grundstück, wollte er eine fingierte Spur zu einem RAF-Kommando legen. Hierfür inszenierte er den Hauseinbruch im April. Strobmeier hielt dieses Detail seines Plans für besonders gelungen. Vor allem der Diebstahl des Bauplans seines Hauses. Warum sollte schon ein x-beliebiger Räuber einen Bauplan stehlen? Für Terroristen konnte dieser dagegen wertvoll sein. Schließlich befand sich auf dem Nachbargrundstück ein echter „Kapitalist", ein reicher Banker.

Da er auf eine langwierige Reparatur eines gebrochenen Fensters verzichten wollte - er hatte bei etlichen Baufirmen ohnehin ausstehende Rechnungen - ließ er einfach seine Haustür offen stehen, damit Jürgen Gensheim den fingierten „Einbruch" durchführen konnte. Der Polizei gegenüber würde er einfach behaupten, er wüsste es auch nicht, wie der Räuber eingebrochen sei, wahrscheinlich mit einem Dietrich.

Bei diesem Detail unterschätzte Strobmeier die Möglichkeiten der Spurensicherung. Diese fanden später heraus, dass das Haustürschloss und auch das Türschloss im Garten nicht manipuliert worden waren. Es gab keine derartigen Kratzspuren oder anderweitige Verletzungen der Oberfläche, die beim Einsatz eines Dietrichs normalerweise festgestellt werden konnten.

Später, bei den Verhören nach dem Mord, redete sich Jürgen Gensheim damit um Kopf und Kragen. Er behauptete durch das große, doppelte Kellerfenster oberhalb des Kohlenkellers eingestiegen zu sein. Er kannte diese Schwachstelle des Hauses. Sie sollte später, falls die Polizei eben einen Verdacht gegen Helmut Strobmeier in Betracht zog, als möglicher Ein- und Ausstieg für die RAF-Terroristen dienen.

Diese hätten die Waffen im Keller, in dem geheimen Versteck, deponiert und von dort aus den Mordanschlag gegen Korbinian Strobmeier durchgeführt. Das Geheimversteck im Keller befand sich ja auf dem gestohlenen Bauplan. So sollte die Polizei es sich selbst zusammenreimen. So wünschte es sich Helmut Strobmeier. Er selbst wäre dabei völlig unschuldig. Die bösen Terroristen hätten sich den Plan des Hauses einverleibt, weil sie in Wirklichkeit an den Bruder heranwollten. Dessen Haus stand direkt an einer belebten Hauptstraße. Das Haus des Bruders dagegen lag nur an einer Nebenstraße und war außenherum blickdicht mit einer Hecke bewachsen. So hätten die Terroristen sein Haus ausgewählt um hier einzusteigen und dann über den gemeinsamen Garten einen Anschlag auf Korbinian Strobmeier durchzuführen. Ein genialer Plan, befand Helmut

Strobmeier. Auch Jürgen Gensheim nötigte die vielschichtige Planung Respekt ab. Eigentlich eine sichere Sache. Dachte er.

56

Der 14. September 1977. Helmut Strobmeier und Jürgen Gensheim saßen im Wohnzimmer. Auf dem Fernseher flimmerte die Serie „Kein Pardon für Schutzengel" im ZDF. Gensheim befand sich schon seit dem Vortag in Strobmeiers Haus. Er hatte auf der Wohnzimmercouch geschlafen. Der junge Mann sollte das Haus nicht mehr verlassen. Erst nach dem Mord an Korbinian Strobmeier würde er laut Plan schnell zu Sylvia in deren Stadtwohnung am Lehel gehen und dort ein entsprechendes Alibi vorweisen.
Die Anspannung war enorm groß. Die beiden Männer blafften sich mehrmals an. Nur die bevorstehende Tat verhinderte immer wieder eine größere Konfrontation zwischen dem Hausherren und dem jungen Mann. Schließlich fanden beide einen scheinbar guten Kompromiss: Gensheim sah fern, Strobmeier betrank sich. Helmut Strobmeier hatte längst ein enormes Alkoholproblem. Begleitend mit dem wirtschaftlichen Niedergang seiner Immobilienfirma, suchte er immer häufiger Trost bei der Flasche. Er trank beinahe täglich. Nur einige Male, um es sich selbst zu beweisen, verzichtete er Tage- oder auch nur stundenweise auf Alkohol. Hielt er eine solche Karenzzeit wieder einmal durch, gab ihm dies das trügerische Gefühl, die Situation im Griff zu haben. Doch davon konnte längst keine Rede mehr sein: Er war Alkoholiker.
Eigentlich hatte er sich auch für diesen bedeutenden Abend mit einem Alkoholverbot belegt. Doch der Druck war zu groß. Nach einigen Auseinandersetzungen mit Jürgen Gensheim begann er ab 16 Uhr mit dem Trinken. Er stürzte die ersten vier Gläser Scotch Ex hinunter. Damit wurde er tatsächlich ruhiger. Anfangs schien dies sogar hilfreich. Helmut wurde ruhiger und redete Gensheim aufmunternd zu.
Doch schon gegen 19 Uhr hatte er den Pegel übersehen. Strobmeier lallte und redete wirr. Für Jürgen Gensheim eine unangenehme Situation. Er starrte in den alten Telefunken-Fernseher und versuchte dem Programm zu folgen. Doch er konnte sich damit nicht ablenken. Seine Gedanken kreisten nur immer auf dem Kommenden. Würde er wirklich einen Menschen töten? Könnte er das tatsächlich? So sicher war er sich nicht. Er mochte Korbinian Strobmeier nicht sonderlich. Mehr noch: Er verabscheute den Noch-Ehemann seiner Freundin Sylvia. Aber andererseits: Jürgen

Gensheim war kein Mörder. Er war nicht einmal ein sonderlich gewalttätiger Mensch. Schlägereien, die im wilden Münchner Studentenleben durchaus ihren Platz hatten, ging er eher aus dem Weg. Er wollte nach außen, besonders gegenüber den Frauen, als kalt, abgebrüht und mutig gelten. Aber in ihm selbst sah es oft ganz anders aus. Er war kein Held. Ein Mörder schon gar nicht.

So saß das ungleiche Männergespann auf der Wohnzimmercouch. Sie sprachen nicht mehr viel miteinander. Der eine trank, der andere sah fern. Es wurde 20 Uhr, es wurde 21 Uhr. Noch immer brannte kein Licht im Nachbarhaus. Aus dem Wohnzimmer konnte man in den Garten blicken. Korbinian Strobmeier war noch aus dem Haus, dachte Gensheim. Wenn er mit dem Auto zurückkommt, würde man das Licht in der Einfahrt sehen. Der Lichtkegel wäre trotz der hohen Gartenmauer sichtbar. So dachten die beiden zumindest.

Doch ihre Konzentration für diese Beobachtung war viel zu gering. Längst, schon seit dem späten Nachmittag, befand sich Korbinian Strobmeier wieder zuhause. Helmut Strobmeier schlief ein. Die Trunkenheit drückte ihn in einen unruhigen Halbschlaf. Sein Kopf sackte dabei mehrmals auf Gensheims Schulter, was diesen anwiderte. Er drückte den betrunkenen Hausherren mehrmals von sich weg.

Schließlich stand er auf. Strobmeier klappte dabei zur Seite weg und lag nun vollends auf dem Sofa. Gensheim seufzte und schüttelte den Kopf. Er hatte Helmut bisher für schlichtweg genial gehalten. Die Planungen beeindruckten ihn. Allerdings schwand nun sein positives Bild mehr und mehr. Das ist auch nur ein Ertrinkender, der nach einem Rettungsring greift, schoss es ihm durch den Kopf. Er schaltete den Fernseher ab.

Ich blas die Sache ab. Es muss ja nicht heute sein. Es geht auch ein anderes Mal. Heute nicht. Da erkannte er etwas, dass er schon vor einer Stunde beobachten hätte können: Im Nachbarhaus, der Villa von Korbinian Strobmeier, brannte Licht. Er hatte sich so darauf konzentriert, den Lichtschein eines einfahrenden Autos zu erspähen, welches über die Gartenmauer schwappt, dass er das offensichtliche übersehen hatte.

Heute nicht, flüsterte ihm noch einmal eine Stimme im Kopf ein. Es würde ein anderes Mal gehen. Vielleicht schon morgen. Dann dachte er an Sylvia. Er wollte sie nicht enttäuschen.

57

So unsicher und von Zweifeln geplagt die Aktion begann, so sicherer wurde er mit jedem Weg, mit jedem Handgriff. Gensheim ging in den Kohlenkeller, öffnete das geheime Versteck und entnahm die beiden Langwaffen. Er kontrollierte nochmals den Sicherheitshebel. Die groben Züge der Waffentechnik kannte er aus seiner Zeit als Wehrdienstleistender bei der Bundeswehr.

Er schulterte die beiden Waffen und stieg die Kellertreppe hinauf. Plötzlich stand Helmut Strobmeier im Aufgang zwischen Keller und erstem Stock. Er schwankte und stützte sich gebeugt an die Wand. „Is es soweit?", fragte er lallend. Gensheim stoppte. Er nickte wortlos. Strobmeier nickte zurück. „Mach's gut, Junge", brachte er mit undeutlicher Aussprache hervor, dann torkelte er zurück ins Wohnzimmer.

Gensheim verließ das Haus durch die Gartentür. Wie geplant nahm er die Alu-Gartenleiter auf und trug sie zu der Klinkermauer in der Mitte des Gartens. Dort stellte er sie steil an und stieg auf die Mauerkrone. Oben angekommen zog er in gebückter Haltung die Leiter hinter sich her und setzte sie dann auf der Gegenseite an.

Der Abend war angenehm. Es roch herrlich nach frisch gemähtem Gras. Die Luft war warm. Diese äußeren Umstände erleichterten Gensheim sein weiteres Vorgehen. Er fühlte sich angespannt aber doch wohl. Langsam machte sich ein gegenteiliges Gefühl in ihm breit: jetzt schnell alles hinter sich bringen. Dann haben sie es geschafft. Dann sind er und Sylvia frei. Zwei Millionen Mark. Ein sorgenfreies Leben. Die Welt würde ihnen gehören.

Er trug Lederhandschuhe und eine schwarze Sturmhaube. Langsam tastete sich Gensheim an die Villa heran. Helmut Strobmeier kannte das Gebäude aus seiner Kinder- und Jugendzeit. Er hatte handschriftlich einen kleinen Plan der Villa aus dem Gedächtnis gezeichnet und Gensheim darüber unterrichtet. Dazu hatte Gensheim selbst Kenntnisse über das Gebäude: Hier hatte er sich einige Male mit Sylvia zu einem intimen Schäferstündchen getroffen.

Allerdings verschwanden bei ihm schnell alle Erkenntnisse zu der Villa. Seine Gedanken kreisten über der bevorstehenden Tat. Er tastete sich an das Gebäude, als hätte er es noch nie gesehen.

Er suchte sich den Weg über die Terrasse. Der junge Mann war bereit, ein Fenster einzuschlagen, um in das Gebäude zu gelangen. Aber er hatte Glück: Die Terrassentür stand offen. Korbinian Strobmeier trank gerne noch eine halbe Bier bei Mondschein. Heute würde er dazu keine Gelegenheit bekommen.

Gensheim tastete sich langsam in das Gebäude. Hinter der Terrasse lag das großflächige Wohnzimmer. Es war dunkel in dem Raum, aber Gensheim sah einen Lichtrand um eine geschlossene Tür. Er ging mit vorsichtigen Schritten auf die Tür zu und öffnete sie. Ein breiter Gang tat sich vor ihm auf. Er nahm nun die Kalaschnikow vom Rücken. Die G3 blieb auf seinem Rücken geschultert.

Gensheim ging an die erste Tür auf dem Gang. Er drückte in Zeitlupengeschwindigkeit den Türhebel hinab. Aber schon nachdem er einen Spalt geöffnet hatte, sah er, dass in diesem Zimmer kein Licht brannte. Das Schauspiel wiederholte sich zweimal. Dann kam er an das Kaminzimmer von Korbinian Strobmeier.

Strobmeier erkannte sofort, dass jemand die Tür öffnete. „Hallo? Ist da wer?", fragte er laut, als er sah, wie der Türhebel sich hinabsenkte. Strobmeier besaß selbst einen kleinen Revolver. Dieser befand sich in einem kleinen Tresor, den er unter einem gemalten Bild der Münchner Residenz versteckt hatte.

Korbinian Strobmeier stand auf. In diesem Moment hatte sich die Tür aber vollständig geöffnet. Gensheim stand im Türrahmen, die Kalaschnikow im Anschlag. „Gensheim!", erkannte Strobmeier den ehemaligen Praktikanten seiner Bank und mittlerweile Lebensgefährten seiner Frau wieder. „Bist Du verrückt geworden?", erboste sich Strobmeier.

Gensheim atmete schwer. Seine Hände zitterten. „Leg sofort die Waffe weg!" Was jetzt? Panik machte sich breit. „Dir werd ich's zeigen!", fauchte der alte Mann. Ich muss, schrie eine Stimme in seinem Kopf. Er hat mich doch erkannt. Währenddessen strebte der Hausherr auf die andere Seite. Er wollte trotz des bewaffneten Mannes direkt vor ihm zu seiner eigenen Waffe gehen und diese hervorholen. „Halt!", schrie Gensheim. „Bleib stehen! Oder ich leg Dich um!"

Strobmeier stoppte. „Geh zurück!", befahl Gensheim. Der alte Mann ging zurück an seinen Schreibtisch. „Was soll das? Braucht ihr Geld?" – „Ja", antwortete Gensheim. Dann legte er den Sicherheitshebel um und betätigte den Abzug. Mit ohrenbetäubendem Lärm lösten sich die Schüsse. Die Kugeln durchschlugen den Körper des alten Mannes und schlugen danach in die Rückwand ein.

Ein wohliges Gefühl durchströmte Gensheim. Mitleid oder Gewissensbisse empfand er in diesem Moment nicht. Es fühlte sich gut an. Sogar sehr gut. Er atmete frei durch. Geschafft!

Kontrollieren, ob Strobmeier noch lebte, wollte Gensheim nicht. Eigentlich war dies so im Plan vereinbart worden, doch dazu fehlte ihm dann doch der Mut. Er hatte aber auch gesehen, wie etliche Geschosse den alten Mann getroffen hatten. Wie sollte er das überleben? Man hörte zwar noch ein leises Röcheln, aber der Boden des Arbeitszimmers bedeckte sich schon großflächig mit Blut.

Diesen Teil des Plans übersprang Gensheim zwar – beim Rest hielt er sich aber an den Fahrplan. Er stellte kurz die Kalaschnikow an der Wand ab und nahm nun das G3 von der Schulter. Er wechselte etwas die Position, um einige Meter zur Seite und feuerte nun eine zweite Salve auf etwa dieselbe Höhe ab.

Der perfekte RAF-Mord, dachte Gensheim zufrieden. Das Bekennerschreiben würde er morgen in einen Briefkasten außerhalb der Stadtgrenze einwerfen. Da passt alles, dachte der junge Mann. Er schulterte wieder seine beiden Waffen und ging zurück zur Gartenmauer. Diesmal lief er allerdings. Gensheim schaffte es in kaum drei Minuten zurück. Dann verstaute er noch die Leiter im Gartenschober und ging zurück in das Haus von Helmut Strobmeier.

Dort nahm er die Sturmhaube ab. Er schloss die Augen und lächelte. Selten in seinem Leben hatte er ein solches Glücksgefühl verspürt. Doch er durfte, musste jetzt schnell handeln. Noch war nicht alles erledigt. Er eilte in den Keller, drückte auf den Öffner und deponierte die beiden Waffen in dem geheimen Versteck im Kohlenkeller.

Dann strebte er zum Ausgang. Helmut Strobmeier torkelte wieder über den Gang. „Und?", fragte er kurz. „Alles gut gegangen!", strahlte Gensheim. Strobmeier klopfte ihm anerkennend auf die Schulter. „Guter Junge", lobte er. Sie schlugen mit den Händen ein. „Ich muss jetzt zu Sylvie", entschuldigte sich Gensheim. „Alles gut. Beeil Dich. Und schau, dass Du nicht auffällst." – „Ich doch nicht", entgegnete Gensheim euphorisch. „Ich bin ein Profi."

58

„Er kam dann zurück zu mir", berichtete Sylvia Strobmeier. „Und dann hat er mir alles erzählt. Alles." Sie begann zu weinen. Trepper stand auf. Er nickte seiner Kollegin Paula Brückner zu. „Wir legen eine Pause ein." Auch

Paula Brückner stand auf. Die Kommissare waren hochzufrieden. Eine kleine Verzögerung stellte nun kein Problem dar. Der Fall war gelöst.
„Was passiert jetzt mit Jürgen?", fragte Sylvia tränenüberströmt. Trepper stoppte seinen Weg aus dem Verhörraum. Er sah mitleidig zu der verzweifelten Frau. „Er wird ins Gefängnis müssen. Sicher einige Jahre. Aber nicht für immer. Bei guter Führung ..." Was sollte Trepper sagen? Dass ihr Geliebter 15 Jahre oder mehr bekommen würde. „Er wird wieder frei kommen."

Im Gang rauchten Paula und Trepper eine Zigarette. „Das wird ein schönes nächstes Verhör mit Helmut Strobmeier." Trepper lächelte. Er nickte. „Endlich. Dem wird die Kinnlade runterfallen." Paula schwankte etwas mit dem Kopf. „Vielleicht auch nicht. Er wirkte irgendwie so, als wäre es ihm mittlerweile egal. Wahrscheinlich hat er deshalb so abgeschaltet und wollte gar nichts mehr sagen. Ich glaube, der lässt sich jetzt einfach treiben. Er ist bankrott und wird wegen Anstiftung zum Mord angeklagt."
„Ja, in seinem Alter noch dazu – da sind die Aussichten eher mau." Brückner verzog ihr Gesicht. „Ich verstehe nur die Geschichte mit dem Testament nicht. Warum hat er das gemacht? Sie hatten sich doch schon auf halb-halb geeinigt. Mit dem Testament hätte er seine Partner doch noch hintenrum reingelegt."

Als Jürgen Gensheim das Haus verlassen hatte, setzte Helmut Strobmeier sein Trinkgelage fort. Auch er war in absoluter Hochstimmung. Nicht das kleinste Mitleid teilte er mit dem getöteten Bruder. Er lobte sich in Gedanken für seinen genialen Plan. Das Land würde den nächsten Terrortoten betrauern und die RAF verfluchen, während er den bevorstehenden Bankrott abwenden und mit dem weiteren Geld von vorne beginnen kann.
In dieser euphorischen Phase kam ihm – vor allem aufgrund der hohen Alkoholisierung – gleich der nächste, so wie er in dieser Situation meinte, brillante Einfall: Er setzte sich an seine Schreibmaschine und schrieb das gefälschte Testament, in dem sein Bruder ihn vermeintlich als Alleinerben einsetzte.
Tut mir ja leid für die zwei anderen. Aber so gehen manchmal die Sachen. Außerdem: Es war mein Plan. Die haben nur geholfen. Und zur Polizei können die nicht gehen. Die hängen genauso drin.
Schnell zeichneten sich vor seinem geistigen Auge nun die weiteren, finanziellen Möglichkeiten ab. Nun könnte er in ganz anderen Dimensionen

rechnen. Alle offenen Rechnungen werden beglichen und noch dazu großzügig investiert. Ich bin wieder da. Ich spiele wieder oben mit, um die Meisterschaft – nicht mehr gegen den Abstieg.

Feinheiten und Problemstellen seines Planes konnte er, eben wegen seiner starken Alkoholisierung, nicht mehr richtig einschätzen. Dass Sylvia Strobmeier als Witwe ohnehin zumindest den Pflichtteil von einem Drittel erben würde, bedachte er nicht. Damit hätte er sich den Ärger sparen können. Zudem überdachte er nicht, wie sehr ihn dieses gefälschte Testament später noch in die Bredouille bringen würde.

Er nahm eine Flasche Gin mit auf den Weg, betrank sich weiter und torkelte zum Notariat von Preisberg. Dort warf er freudestrahlend sein gefälschtes Dokument ein. Was für ein Tag, jubilierte er trunken. Die wenigen Passanten hielten ihn für einen obdachlosen Alkoholiker. Aber die schrägen Blicke machten ihm nichts. Er fühlte sich wie ein ganz großer Gewinner.

Als er am nächsten Morgen mit sehr schwerem Schädel erwachte, drückte sich ihm sofort ein Gedanke auf: Habe ich das wirklich gemacht? War ich wirklich so dermaßen dumm?

In den beiden letzten Verhören äußerte sich Helmut Strobmeier nicht mehr. Er verweigerte jegliche Aussage. So blieb die Anekdote über das gefälschte Testament ungelöst.

59

Jürgen Gensheim erlitt einen Nervenzusammenbruch, als ihn Trepper und Brückner mit der Aussage von Sylvia Strobmeier konfrontierten. Er musste drei Tage stationär behandelt werden. Erst nach einigen Besprechungen mit dem Anstaltspsychologen und unter Zuhilfenahme von Beruhigungsmitteln besserte sich sein Zustand.

Gensheim sah sein Leben an sich vorbeiziehen. Zu Recht. Er hatte einen Mord begangen. All seine Zwänge und Nöte, die Tat auszuführen würden ihm nicht mehr weiterhelfen. Er hatte es aus Liebe getan. Aber nicht nur. So sauber war seine Tatmotivation nun auch nicht. Er betrog Sylvia auch gerne einmal. Sie ging ihm auch manchmal schlichtweg auf die Nerven. Aber dennoch: Er liebte sie. Er wollte mit ihr zusammenbleiben. Und, das war nun mal ein anderes, großes Argument für ihn: Sie würde reich sein, eine Millionärin. Wahrscheinlich war ihm dieser Umstand sogar der Wichtigste. Deshalb konnte er sich nicht vollständig auf das vielleicht edlere Motiv Liebe berufen.

Die Gerichtsverhandlung im Februar 1978 wurde durch eine sehr große mediale Berichterstattung begleitet. Neben allen großen regionalen Zeitungen, waren auch Reporter von Spiegel, Bild, Welt und weiteren überregionalen Blättern zugegen. Der Prozessbeginn und die Urteilsverkündung wurden später sogar in der Tagesschau und den ZDF „heute"-Nachrichten verkündet. In der Tagesschau gab es sogar eine Fotocollage der drei Hauptverdächtigen, die eingeblendet wurde.
Trepper sagte als Zeuge aus. Er hätte den Termin auch gerne an Paula Brückner übergeben. Doch ihr war die Zeit mit der Familie wichtiger. Sie verzichtete auf den großen medialen Auftritt und fuhr am Tag des Prozessauftaktes mit ihrem Mann und den beiden Kindern in die Berge nach Garmisch-Partenkirchen zum Schlittenfahren.
Trepper trug die Ermittlungsarbeiten vor und wurde noch zu einigen Verhalten der Angeklagten während der Aufklärung des Falls befragt. Trepper betonte dabei die Kooperation der Angeklagten Sylvia Strobmeier. „Ohne die vollumfängliche und korrekte Aussage von Frau Strobmeier hätte sich die Aufklärung des Falls sicher noch in die Länge gezogen", attestierte er dem Wert ihrer Aussage eine möglichst hohe Stellung.
Die drei Angeklagten blieben vor Gericht sehr zurückhaltend. Helmut Strobmeier verweigerte jegliche Aussage völlig. Er beantwortete keine Frage und ließ auch keine Stellungnahme verlesen.
Jürgen Gensheim wirkte den gesamten Prozess über apathisch. Der junge, hübsche Mann schien richtiggehend verfallen. Er musste medizinisch und psychologisch betreut werden. Im Gefängnis wurde er unter ständige Kontrolle gestellt, um einen Suizid zu vermeiden.
Sylvia Strobmeier wiederholte ihre Aussagen in etwas gekürzter Version. Auch die junge Frau machte einen angeschlagenen Eindruck. Dennoch hielt sie den Prozess besser durch. Ihre Sicherheit steigerte sich sogar von Tag zu Tag. Schnell stellte sich heraus, dass sie mit einer deutlich niedrigeren Strafe zu rechnen hatte, als ihre beiden männlichen Mitangeklagten.
Der Tag der Urteilsverkündung kam.

Helmut Strobmeier wurde wegen Anstiftung zum Mord, Planung eines Mordanschlags, Urkundenfälschung, einem Verstoß gegen das Kriegswaffenrecht und dem Vortäuschen einer Straftat – dem fingierten Einbruch in sein Haus – zu einer Freiheitsstrafe von 25 Jahren verurteilt. Strobmeier nahm das Urteil ohne jegliche äußere Reaktion zur Kenntnis.

Jürgen Gensheim wurde wegen der Ermordung von Korbinian Strobmeier zu 18 Jahren Haft verurteilt. Dem Angeklagten liefen dicke Tränen über die Wangen. Er vergrub anschließend das Gesicht in seinen auf der Anklagebank abgelegten Händen. Sein Schluchzen dröhnte durch den Gerichtssaal.

Sylvia Strobmeier erhielt wegen Beteiligung an der Planung eines Mordanschlags und Anstiftung zu einem Mordanschlag eine Freiheitsstrafe von sieben Jahren auferlegt. Die Anstiftung wurde ihr aber nur teilweise angerechnet. Als Hauptinitiator galt Helmut Strobmeier. Zudem rechnete man ihr die Kooperation und die vollumfängliche Aussage positiv an. Sylvia war nun 28 Jahre alt. Wenn sie die volle Strafe absetzen musste, konnte sie mit 35 wieder frei sein. Bei guter Führung war sogar eine Entlassung nach vier Jahren möglich. Mit 32 Jahren wäre sie dann frei und besäße ein Millionenvermögen. Der Pflichtteil von Korbinian Strobmeiers Vermögen stand ihr noch immer zu, obwohl sie an dessen Ermordung beteiligt gewesen war. Das Erbrecht sah hierbei keine Ausnahme vor. So wirkte die junge Frau auch einigermaßen optimistisch, als die Urteilsverkündung beendet wurde.

Kurz bevor die Justizvollzugsbeamten an die Anklagebank traten, um die Verurteilten mit Handschellen abzuführen, sprang Jürgen Gensheim über die Holzbank und lief die wenigen Schritte zu seiner Freundin. Das Paar umarmte sich. Beide hatten Tränen in den Augen. „Ich werde Dich immer lieben", schwor sie ihm. Es folgte eine weitere, innige Umarmung und einige wilde Küsse.
Dann zogen die mittlerweile eingetroffenen Beamten die beiden Liebenden auseinander. „Ich werde auf Dich warten, Jürgen! Egal, wie lang es dauert. Wir gehen noch durch dieses finstere Tal, dann strahlt eine goldene Zukunft für uns." Sie hielten sich noch einmal bei den Händen. „Ich werde auf Dich warten", beschwor Sylvia noch einmal ihre große Liebe.

Helmut Strobmeier entwickelte sich zu einer festen Größe in der Justizvollzugsanstalt Stadelheim. Über seine Vergangenheit verlor er kein Wort. Zu seinen Angehörigen und wenigen Verwandten brach er jeglichen Kontakt ab.

In Stadelheim selbst war Strobmeier beliebt. Die Justizvollzugsbeamten, wie auch die anderen Häftlinge schätzten den älteren Herren, der sich immer korrekt verhielt.

Im Frühjahr 1984 verschlechterte sich sein Gesundheitszustand massiv. Er hustete Blut und hatte kaum mehr die Kraft aufzustehen. Lungenkrebs wurde nach einer intensiven Untersuchung festgestellt. Strobmeier wurde in ein Hospiz am Ammersee überführt. Offiziell blieb die Haftstrafe während seines Aufenthalts in dem Hospiz nur ausgesetzt. Selbstverständlich ging aber von dem körperlich bereits schwer verfallenen, kranken Mann keine Gefahr mehr aus. Die JVA stellte nicht einmal einen Wachmann ab. Wenige Wochen später verstarb Strobmeier nach einigen besonders qualvollen Tagen.

Die Stadt München äscherte die Leiche von Helmut Strobmeier ein und bereitete ein anonymes Begräbnis im Ostfriedhof vor. Der damit beauftragte Stadtbeamte fand allerdings im Register den Friedhofsplatz von einem gewissen Korbinian Strobmeier. Schnell konnte er über das Standesamt feststellen lassen, dass Helmut und Korbinian Brüder gewesen waren. Der Beamte hielt es für eine gute Idee, die beiden Brüder im Tod wieder zusammenzuführen, vor allem, da Korbinian Strobmeier alleine in seinem Grab bestattet worden war und scheinbar keine weiteren Angehörigen besaß. Von den Ereignissen im Herbst 1977 rund um die Ermordung Korbinian Strobmeiers und der Mitwirkung seines Bruders Helmut in diesem Kriminalfall, besaß der Verwaltungsbeamte keine Kenntnis.

So wurde Helmut Strobmeier am 3. April 1984 im Grab seines Bruders Korbinian bestattet. Die Trauergemeinde umfasste nur einen katholischen Priester und den von der Stadt München bezahlten Totengräber.

Für Sylvia Strobmeier wurde die Haftzeit zu einer große Bewährungsprobe: Sie wurde geschnitten und war wenig beliebt. Es hatte keinen besonderen Grund, weshalb sie mit vielen im Streit lag. Die Gefängniswelt stellt einen eigenen, hochkomplexen Kosmos dar. Es bilden sich Grüppchen und Hierarchien. In diesem Wertesystem wurde Sylvia etwas weiter unten einsortiert und musste damit zurechtkommen. Einer der wenigen Lichtblicke in dieser Zeit waren die vielen zärtlichen Briefe, die sie mit Jürgen Gensheim wechselte.

Nach fünf harten Jahren wurde sie im Februar 1983 entlassen. Auf ihrem roten Sparbuch, welches über die Jahre bei der Stadtsparkasse München unberührt geblieben war, fand sie den Betrag von 1 254 718, 90 DM. Der Pflichtteil von einem Drittel des Erbes von Korbinian Strobmeier wurde ihr rechtmäßig ausgezahlt. Der andere Teil seines Vermögens ging gemäß seinem Testament an Strobmeiers geschiedene, erste Ehefrau Luise.

Zudem besaß Sylvia noch die schöne Stadtwohnung am Lehel. Sie war nun 33 Jahre alt, reich und frei. Das hieß nicht ganz frei. In vielen zärtlichen und emotionalen Briefen hatte sie ihre Sorgen und Nöte, aber auch den Wunsch für eine gemeinsame Zukunft mit Jürgen Gensheim geteilt. Sie blieben über diesen Weg tatsächlich ein Pärchen, wenngleich die räumliche Trennung natürlich eine schwere Bürde darstellte.

Sylvia fühlte sich schuldig. Sie meldete sich deshalb für einen Besuchstermin in der JVA Mühldorf an. Hier saß Gensheim seit dem Frühjahr 1978 ein. Gensheim konnte es kaum erwarten, endlich, nach diesen Jahren wieder das Antlitz seiner geliebten Sylvia zu sehen. Über die Jahre war er sich mehr und mehr klar darüber geworden, dass er sie liebte. Noch nie hatte er seine Gefühle so offen einer Frau gegenüber gezeigt, wie in den vielen Briefen mit Sylvia. Es mochte auch den äußeren Umständen geschuldet sein. Darüber machte sich Gensheim gar nicht so große Illusionen. Hätte er sich emotional so auf diese Frau eingelassen, wenn er in Freiheit alle Möglichkeiten gehabt hätte? Wahrscheinlich eher nicht.

Nun stand es aber so. Er sehnte sich nach ihr. Er wollte nur noch mit ihr zusammen sein. Fünf Jahre hatte Gensheim bereits inklusive der Untersuchungshaft hinter sich. Es würden sicher noch sieben, acht Jahre hinzukommen, vielleicht auch mehr. Doch sie würden das durchstehen. Darüber war sich Gensheim mittlerweile sicher. Liebe ist ein starkes Band. Nicht irgendwelche schnellen Bettgeschichten, von denen er selbst zu genüge hatte. Nein. Die echte Liebe. Bei jemanden bleiben, auch wenn es einmal schwierig ist. Nicht jedem neuen Reiz erliegen, sondern sich auf einen Partner einlassen und bei ihm bleiben. Durch dick und dünn.

So wünschte er es sich. Doch nach 45 Minuten Wartezeit im Besuchsraum der JVA Mühldorf, waren seine Träume ernüchtert. Sylvia war nicht gekommen. Sie kam nie mehr. Jürgen sendete einige Briefe an die Adresse der Stadtwohnung am Lehel. Die ersten beiden Briefe blieben unbeantwortet. Der dritte Brief kam zurück mit einem aufgestempelten Vermerk der Bundespost: „Empfänger nicht mehr unter dieser Adresse wohnhaft".

62

Ein rechtes Glück fand sie nicht mehr in ihrem Leben. Die hohe Gesellschaft wollte nichts mehr von dem einstigen Liebling Sylvia Strobmeier wissen. Die Ermordung von Korbinian Strobmeier zerstörte ihr gesellschaftliches Ansehen dauerhaft.

Sylvia bemühte sich, einen neuen Platz in der Gesellschaft anzunehmen. Sie besuchte Theatervorstellungen und teure Restaurants, kaufte sich Karten für Galas und Empfänge. Aber doch blieb sie außen vor.

Sie konnte noch einige Zeit bei den Männern Erfolge erzielen. Sylvia war ja eine bildhübsche Frau. Sie heiratete insgesamt viermal. Nicht alle Männer meinten es gut mit ihr. Vielen ging es nur um ihr attraktives Äußeres oder das Geld. Sie blieb kinderlos. Mit den Jahren verging schließlich ihre Schönheit und auch ihr Reichtum.

Mit 64 Jahren war sie dann völlig mittellos und allein. Aus den Mitteln eines Sozialfonds wurde ihr ein Platz in einem Altenheim in Unterhaching bezahlt. Früh setzte bei ihr Demenz ein. Sie konnte sich bald nicht mehr an ihr Leben erinnern. Dann vergaß sie einfache Handgriffe. Sylvia wurde schwer pflegebedürftig. 2020 verstarb sie.

„Sehr komisch", meinte die türkischstämmige Pflegekraft Aylin Sercü. „Was meinst Du?", fragte ihre Kollegin Agnes Neumeier. Aylin nippte an ihrer Tasse Apfeltee. Die beiden Frauen machten gerade Pause während ihrer Spätschicht im Pflegeheim. „Gestern ist doch die Sylvia Pfannengruber gestorben." Agnes Neumeier nickte. „Oh ja. Gut, dass sie es hinter sich hat. Das war ja auch ein schlimmes Dahinsiechen." Sie schüttelte den Kopf. „Schon schlimm, was Demenz mit den Menschen anrichtet."

Aylin stellte ihre Tasse ab. Sie runzelte die Stirn. „Die hat doch nicht mehr gesprochen, oder?" Neumeier zuckte mit den Schultern. „Eher nicht mehr. Nur noch so ein bisserl gebrabbelt." Aylin nickte. „Genau. Ich hab von der auch kein richtiges Wort mehr gehört. Aber gestern, kurz bevor sie es hinter sich hatte, da hat die noch einmal den Mund aufgemacht. Das war ganz leise. Ich hab mich ein bisschen zu ihr gebeugt. Da hat man das ganz leise gehört. Sie hat irgendwas gesagt. Hat sich angehört wie ‚Jürgen‘ oder so ähnlich.“

63

Am 26.06.1996 stand das große EM-Halbfinale Deutschland gegen England im Wembley-Stadion an. Trepper, mittlerweile seit sechs Jahren in Pension, interessierte sich nicht mehr allzu viel für Fußball. Die großen Turniere der Nationalmannschaft verfolgte er aber schon. Die Spiele der deutschen Mannschaft sah er sich alle an, meistens endete dann sein Interesse, wenn die eigene Mannschaft aus dem Turnier ausschied.
Er blickte auf seine Armbanduhr. 16 Uhr. Noch hatte Trepper genügend Zeit. Er musste noch Wurst, Käse, frische Brezen und ein Bier einkaufen. Gemeinsam mit seiner Frau Elisabeth wollte er dann Brotzeit machen und das Spiel in Ruhe ansehen. Er freute sich auf den Abend.
Vor der Markthalle in der Kaufinger Straße holte er eine Stofftasche aus seiner Jackentasche. „Haben Sie eine Mark?“ Trepper blickte skeptisch auf den Fußweg. Neben ihm hockte ein Obdachloser auf dem Boden. Sein Rücken war an die Mauer gelehnt. Der heruntergekommene Mann trug ein zerschlissenes Hemd mit aufgekrempelten Ärmeln und eine alte Jeans, auf der sich viele Schmutzflecken abzeichneten. Sein Gesicht war mit einer braunen Kruste bedeckt und von einem ungepflegten Bartwuchs überwuchert. Neben dem Mann stand eine halb leere Bierflasche. Seine glasigen Augen verrieten, dass es sich wahrscheinlich nicht um die erste Flasche Bier an diesem Tag gehandelt hatte.
Trepper zückte seinen Geldbeutel. Er gab nicht jedem Bettler Geld. Wenn es gerade passte oder er gut Zeit hatte, ließ er sich darauf ein, ansonsten ging er auch oftmals wortlos vorüber. „Aber bitte nicht für Alkohol. Kaufen Sie sich doch lieber was zu essen“, bat Trepper und warf dem Mann eine D-Mark in dessen geöffnete Hand.
„Jawohl, Herr Kommissar“, antwortete der Mann auf dem Boden. Das Wort „Kommissar“ löste bei Trepper natürlich Erinnerungen aus. „Kennen wir uns?“, fragte der ehemalige Kriminalhauptkommissar den Obdachlosen. Dieser sah zu Trepper auf. Er hatte ihn sofort erkannt. „Nein“, log Jürgen Gensheim. „Ich hab Dich noch nie gesehen. Aber Du redest halt daher, wie so ein Kommissar.“
Trepper ärgerte sich über den Kommentar. So eine Frechheit, dachte er. Da will man helfen und wird dann noch dumm angeredet. „Schönen Tag

noch!", grüßte Trepper zornig und ging in das Kaufhaus. Gensheim drehte das Münzstück in seiner Hand und murmelte leise: „Dir auch.“

www.ingramcontent.com/pod-product-compliance
Lightning Source LLC
Chambersburg PA
CBHW052009150726
47999CB00004B/1590